Linda Barnes

Carlotta jagt den Coyoten

Roman

Deutsch von Jürgen Bürger

Wunderlich

1. Auflage März 1992

Die Originalausgabe erschien 1990 unter dem Titel «Coyote»
bei Delacorte Press, Bantam Doubleday Dell
Publishing Group, Inc., New York

Umschlag und Einbandgestaltung Nina Rothfos
Satz Palatino bei Utesch Satztechnik GmbH, Hamburg
Druck und Bindung Clausen & Bosse, Leck
Printed in Germany
ISBN 3 8052 0527 9

Für Sam

DANKSAGUNGEN

Bei der Entstehung eines Manuskriptes kommt der Augenblick, in dem die Autorin es mit anderen als ihren eigenen Augen betrachten muß. Ich möchte mich bei Richard Barnes, Susan Linn, James Morrow und Karen Motylewski bedanken, mir diesen kritischen Blick ermöglicht zu haben. Ferner möchte ich Gladys Roldan für die Korrekturen meines nicht besonders guten Spanisch danken, und mein Dank gilt auch John Hummel für seinen Beitrag.

Meiner Agentin Gina Maccoby möchte ich für ihre unermüdliche Unterstützung und meinem Lektor Brian DeFiore für sein sachverständiges Urteil meinen Dank aussprechen.

Manchmal gebührt Ereignissen im Leben ebenso wie in der Literatur Dank. Daher möchte ich auch Dr. Benjamin Sachs, Dr. Judith R. Wolfberg, Dr. Johanna Pallotta und Alexandra Paul-Simon meine tiefste Dankbarkeit aussprechen für ihre Hilfe, die Widmung dieses Buches möglich zu machen.

Woe to the sheep when the coyote is the judge.

Wehe dem Schaf, wenn der Coyote der Richter.

Sprichwort

The crops are all in and the peaches are rott'ning,
The oranges piled in their creosote dumps,
You're flying 'em back to the Mexican border;
To pay all their money to wade back again.

Good-bye to my Juan, good-bye Rosalita,
Adiós, mis amigos, Jesús y María,
You won't have a name when you ride the big airplane,
All they will call you will be deportees.

From «Deportee»
by Woody Guthrie

I

«Mixed Pickles erinnern sich vielleicht nicht mehr, wie sie eingelegt worden sind, aber deswegen sind sie noch lange keine Gürkchen.»

Das hat meine Mutter immer zu mir gesagt, als ich noch ein kleines Mädchen war. Sie hob sich diese Bemerkung für solche Gelegenheiten auf, bei denen ich Vergeßlichkeit als Ausrede benutzte: für alles mögliche von «Hab vergessen, mein Bett zu machen» bis zu «Hab vergessen, meine Hausaufgaben zu machen». Sie sagte es auf jiddisch, und ich dachte immer, sie hätte diesen Spruch von ihrer Mutter, die ihn wiederum von ihrer Mutter hatte, meiner Urgroßmutter, einer sehr beeindruckenden Frau – ein Rotschopf genau wie ich –, die angeblich zwei Meter zehn groß gewesen sein soll.

Die Leute neigen zu Übertreibungen; wahrscheinlich war sie auch nicht größer als ich mit meinen einsfünfundachtzig.

Den Spruch mit den Pickles hätte ich auch gern der Frau in meinem Büro gesagt, die sich nicht mehr erinnern konnte, woher sie meine Visitenkarte hatte. Aber sie hätte das Jiddisch nicht verstanden. Also, genaugenommen hätte sie ihn auch auf englisch nicht verstanden.

Ihr Name war Manuela Estefan.

Sie saß auf dem Klientenstuhl neben meinem Rolladenschreibtisch, ihr verhärmtes Gesicht umrahmt von dunklem Haar. Sie trug eine weiße, langärmelige Bluse mit Stikkereien an Kragen und Manschetten. Ich bin kein Handarbeitsexperte, aber das Muster sah nicht so flach aus wie maschinelle Stickerei, und daher kam mir der Gedanke, es könnte selbstgemacht sein. Zu der Bluse trug sie einen dunklen Baumwollrock und schwarze Pumps. Die Hände hielt sie auf ihrem Schoß fest umklammert. Sie blinzelte, als hätte sie seit Tagen kein Sonnenlicht mehr gesehen, und ich fragte mich, ob ich die Jalousien vor den September-Sonnenuntergang ziehen sollte.

Ihr Name gehörte zu den wenigen Dingen, die wir klären konnten. Der Grund dafür war, daß sie wenig Englisch und ich wenig Spanisch sprach.

«Car-loo-ta», sagte sie, verlieh dem Namen eine spanische Aussprache, als meinte sie, ich wäre ebenfalls lateinamerikanischer Abstammung. Ich konnte nicht genug Spanisch, um zu erklären, daß mein schottisch-irischer Dad mich nach irgendeinem Filmstar benannt hatte, der in den späten vierziger Jahren mal einen B-Film gemacht und anschließend wieder in der Vergessenheit versunken war. In meiner Anzeige im Branchenbuch wurde mein Vorname nicht erwähnt – von wegen der immer noch existierenden Vorurteile gegen weibliche Privatdetektive. Und wie ich schon sagte, ich hatte noch nicht herausbringen können, wie Manuela an meine Karte gekommen war.

Sie hatte sich praktisch an der Karte festgehalten, als sie an meiner Tür klingelte. Dann hatte sie sie hastig in ihre Plastikhandtasche gestopft, aber ich hatte sie gesehen.

Normalerweise vereinbaren meine Klienten Termine, aber ich habe durchaus nichts gegen etwas Laufkundschaft. Wenn ihr mein verschwitztes Gesicht, mein Aufzug in Jeans und T-Shirt und vielleicht ein Hauch Eau de Umkleideraum nichts ausmachte, hatte ich absolut nichts dagegen einzuwenden, ein bißchen Geld zu verdienen.

Ich hoffte nur, mein Magen würde nicht zu laut knurren.

Wenn Manuela ihren Überraschungsbesuch ein bißchen früher gelegt hätte, hätte sie Pech gehabt. Vor einer Stunde war ich noch in der Turnhalle des YWCA in Cambridge gewesen und hatte wahrscheinlich das beste Volleyball meines Lebens gespielt. Die angenehme Erinnerung daran erfüllte mich immer noch. Ich war außer Atem, verschwitzt, euphorisch – und verdammt stolz auf einen umwerfenden Sieg, ein weiterer Schritt auf das Endspiel der Stadtliga, ein Schritt, von dem kein Mensch gedacht hatte, daß die *Y-Birds* ihn schaffen könnten.

Wir hatten einen ziemlich laschen Start gehabt, die ersten beiden Sätze verloren, bevor wir endlich unseren Rhythmus fanden. Glücklicherweise gibt es beim Volleyball, genau wie beim Baseball und im Leben, kein Zeit-Limit. Man spielt weiter, macht Punkte, schlägt den Ball, bis eine Seite drei von fünf Sätzen gewonnen hat, und ein Satz ist erst dann beendet, wenn eine Mannschaft zwei Punkte Vorsprung hat.

Am Anfang des dritten Satzes spürte ich, wie wir in Schwung kamen. Die rostigen Zahnrädchen, die die ersten beiden Sätze verloren hatten, griffen plötzlich als Team ineinander und gewannen die nächsten beiden.

Wir hatten Punkte gemacht, an die ich mich immer noch mit einem prickelnden Gefühl erinnerte. Spielzüge, die ich in der direkten Wiederholung verflixt gern noch einmal auf einem nicht vorhandenen Bildschirm gesehen hätte. Hatte Kristy, unser Captain, wirklich diesen unglaublichen Wurf gemacht? Hatte ich es geschafft, diesen Schuß dicht hinter das Netz ins gegnerische Spielfeld zu knallen? Mit soviel Power?

Der letzte Satz war wie Schweben, wie eine Zeitlupen-Choreographie, wie ein gemeinsames stummes Gebet. Ich wußte genau, was meine Mitspielerinnen tun würden, bevor sie es dann wirklich taten. Diesen letzten Punkt zu machen war für mich nicht schwieriger, als zu atmen.

Ich muß an einem Streifen gequasselt haben, als ich Paolina nach Hause fuhr. Manchmal wirkt ein gutes Spiel so auf mich. Paolina, meine kleine Schwester – also nicht meine richtige kleine Schwester, sondern meine *Big-Sisters*-kleine-Schwester – war eigenartig still und mißmutig gewesen. Ich fragte mich, ob sie die *Y-Birds* nicht mochte, ob es ihr nicht gefiel, mich mit der Mannschaft teilen zu müssen. Ich nahm mir vor, mir in Zukunft wieder etwas mehr Zeit für meine kleine Schwester zu nehmen.

Ich hatte es in einer ganz ordentlichen Zeit zurück nach Hause geschafft, indem ich wie der Teilzeit-Taxifahrer fuhr, der ich bin, ohne dabei einen Strafzettel für zu schnelles Fahren zu kassieren. Ich hatte meinen Schlüssel ins Schloß gesteckt, T. C., meine Katze, gestreichelt und war dann in die Küche gestürmt, um mir als Vorbereitung auf ein opulentes Abendessen ein Glas Orangensaft zu gönnen.

Ich verschaffte mir gerade einen Überblick über den kläglichen Inhalt des Kühlschrankes, als es an der Tür klingelte. Mein Magen wurde langsam ungeduldig, weil er nicht damit gerechnet hatte, noch mehrere Runden *Trivial Pursuit* auf spenglisch hinter sich bringen zu müssen.

Manuela schaute sich nervös um und stand unvermittelt auf. Ich dachte schon, sie würde jeden Augenblick hinausstürmen und mit einem Dolmetscher zurückkommen. Doch sie marschierte nur bis zum Schaukelstuhl meiner verstorbenen Tante Bea und zu dem *Globe*, den ich dort auf dem Sitzkissen liegengelassen hatte.

Ich kann besser das Gewicht von Leuten schätzen als ihr

Alter, also schätzte ich sie auf irgendwas zwischen siebzehn und dreißig. Ihre Haare waren schulterlang, dünn und glatt, wodurch sie mich an eine dunkelhaarige Alice im Wunderland erinnerte.

Ich war noch nicht dazu gekommen, die Zeitung zu lesen. Sie lag immer noch mit einem Gummiband zusammengerollt da. An manchen Tagen lese ich sie eifrig, an anderen Tagen landet sie auf dem Boden des Sittichkäfigs, direkt nachdem ich die Comics gelesen habe.

Manuela schnappte sie sich triumphierend, schlug den Lokalteil auf und breitete ihn auf meinem Schreibtisch aus. Mit einem ihrer knochigen Finger stieß sie auf einen Artikel. Ihre Nägel waren kurz und nicht lackiert, ihre Hände rauh und rissig. Mit diesen Händen war sie eher dreißig als siebzehn.

Ich verzog das Gesicht, denn als erstes sprang mir das Bild eines verletzten Kindes auf der ersten Seite ins Auge. Es war zusammen mit einundzwanzig anderen Kindern auf einem Schulhof in Kalifornien niedergeschossen worden. Die Schlagzeile verkündete, der Täter hätte ein AK-47-Sturmgewehr benutzt. Man geht einfach in sein Waffengeschäft an der Ecke und sagt, man möchte einen Spielplatz voller Kinder abknallen. Okay, Mister, geht das dann auf *Visa* oder *MasterCard*?

Ich richtete meinen Blick auf Manuelas tippenden Finger. Er zeigte auf einen kurzen Artikel, eine Spalte von vielleicht sieben, acht Zentimeter Länge. «Leiche identifiziert» stand dort.

Ich kniff die Lippen zusammen, während ich den kurzen Bericht las. Der Polizei war es gelungen, eine weibliche Leiche, die vor etwa drei Wochen in den Fens entdeckt worden war, aufgrund eines Dokumentes zu identifizieren, das man bei ihr gefunden hatte.

Die Fens, das ist ein Park, der einen ausgefransten, jämmerlichen Fluß umgibt – manche nennen ihn Fenway, andere auch einfach Muddy River. Es ist eine großstädtische Oase, in der es reichlich zu den üblichen Überfällen kommt, aber Leichen tauchen dort nicht gerade jeden Tag auf. Ich war überrascht, daß diese Leiche so wenig Beachtung in der Presse gefunden hatte.

Ich las weiter. Der Name des Opfers war Manuela Estefan.

Ich starrte die Frau in meinem Büro an.

Ich las den letzten Satz, den letzten Absatz noch mal.

Ich schaute auf. Meine Manuela Estefan war zu dem Stuhl neben dem Schreibtisch zurückgekehrt und spielte nervös mit dem Ring an einem Finger. Es war ein filigran gearbeiteter Silberring, ein Trauring vielleicht. Ich bemerkte, daß ihre Fingernägel nicht einfach nur kurz, sondern abgebissen waren, abgenagt bis auf winzige Halbmonde, unter denen die Fingerkuppen deutlich vorsprangen.

«*¿Usted es parienta de ella?*» fragte ich, hoffte, halbwegs so was wie «Sind Sie mit dieser Frau verwandt?» gesagt zu haben.

«*No es su nombre.* Nicht ihr Name», sagte Manuela, schüttelte heftig den Kopf. «Wir ... ich denken ...»

«Hat jemand anders ...?»

«Nein. Ich denken ... *Mi tarjeta.* Sie sein ... nein ... sie meine Karte *haben.* Sie mir meine Karte wiederholen.»

«Welche Karte?» fragte ich. «Meinen Sie vielleicht eine Ausweiskarte? Ist Ihnen der Ausweis gestohlen worden? *¿Por un ladrón?*» An das Wort für «Dieb» erinnerte ich mich nur aus dem einen Grund, weil Paolina gerade erst aus Bogotá zurückgekommen war, wo sie ihre Kamera an eine Horde Straßenjungen verloren hatte – verlassene Kinder, die sehr erfahrene *ladrones* geworden waren. Es war eine billige Kamera gewesen. Ich konnte mich nicht mehr an das Wort für «gestohlen» erinnern. Ich wünschte, ich hätte bei Paolinas Versuchen, mein Spanisch aufzupolieren, ein bißchen besser aufgepaßt.

Manuela antwortete nicht, aber ich bin ziemlich sicher, daß sie die Frage schon verstanden hatte. Unverzagt versuchte ich es mit einer weiteren.

«Wer ist sie?» fragte ich, zeigte auf den Artikel, erhielt aber keine Antwort. Ich versuchte es auf spanisch. *«¿Cómo se llama, la mujer?»*

«No sé», murmelte Manuela. Ich weiß nicht.

Während sie antwortete, spielte sie weiter an diesem Silberring herum. Sie sah mir nicht in die Augen.

«Manuela, wir müssen zur Polizei gehen», sagte ich langsam in sorgfältigem, wenn auch wahrscheinlich falschem Spanisch. «Ich werde Sie begleiten, und es wird schon nichts passieren ...»

«Nein», sagte sie sofort. *Polizei* verstand sie.

«Ich werde mit Ihnen gehen. Ich weiß, mit wem wir sprechen müssen.»

«Nein», wiederholte sie entschieden. «*Usted. Sola.*»

«Warum? *¿Por qué?*»

«Sie ihnen sagen», sagte sie langsam, tastete nach den fremden Worten. «Sie *policía* sagen, sie nicht sein Manuela. Meine Karte, Sie mir holen.»

«Man wird mich fragen, woher ich weiß, daß sie nicht Manuela ist. *¿Comprende? ¿Cómo yo sé?*»

Manuela biß auf ihre Unterlippe und spielte wieder an ihrem Ring. «Sie ihnen sagen, Sie wissen», sagte sie beharrlich.

«*Sie* müssen es ihnen sagen.»

«No es posible.»

«Mir haben Sie es doch auch gesagt.»

«La Migra», flüsterte sie, schaute sich schnell in meinem Wohnzimmer/Büro um, als würden Agenten des U. S. Immigration and Naturalization Service nur darauf lauern, hinter dem abgewetzten Samtsofa hervorzuspringen.

«Scheiße», brummte ich leise vor mich hin. «Sie sind illegal hier.»

«Ich nicht zurückgehen.»

Ich kannte zu viele Immigranten, legale und illegale, um ihr zu widersprechen. Statt dessen las ich noch einmal den kurzen Zeitungsartikel und leckte mir über die trockenen Lippen. «Es war sehr mutig – *valiente* – von Ihnen, zu mir zu kommen», sagte ich sehr langsam. «Erzählen Sie mir von dieser anderen Manuela, von dieser Frau, von der die glauben, Sie wären es. Sagen Sie mir ihren Namen. *Dígame su nombre.*»

Ich bin nicht sicher, ob sie verstanden hatte, was ich sagte, aber plötzlich fing sie an zu weinen und zu schluchzen. Sie griff nach ihrer Brust, und ihre Haut wurde blaß und fleckig. Sie machte eine Handbewegung in der Luft, so als würde sie ein Glas umklammern, trinken, und sie sagte: *«Por favor, señorita.»*

Ich dachte, sie braucht wahrscheinlich ein Glas Wasser, wenn nicht sogar was erheblich Stärkeres, also flitzte ich hinaus in die Küche.

Ungefähr dreißig Sekunden muß ich gebraucht haben, bis ich ein relativ sauberes Glas fand und das Leitungswasser so lange laufen ließ, bis es so klar war, wie es in Cambridge je werden würde. Ich nahm mir nicht mal die Zeit, nachzusehen, ob Roz unseren Scotch-Vorrat aufgefüllt hatte.

Als ich zurückkam, war sie fort.

Ich lief gerade noch rechtzeitig aus der offenen Haustür, um ein Auto um die nächste Ecke verschwinden zu sehen – eine beigefarbene Klapperkiste mit einem verbeulten Kotflügel und einem Nummernschild, das ich nicht entziffern konnte.

Ich fluchte leise, ging ins Haus zurück und trank das alberne Glas Wasser selbst. Ich hatte es auf Tante Beas bestem Mahagoni-Beistelltisch stehenlassen, und der feuchte Kranz, den es hinterließ, kam mir wie ein stummer Vorwurf vor. Ich wischte einmal kurz mit meinem Ärmel drüber, ging zurück in die Küche, fand ein altes Geschirrtuch und polierte den Wasserfleck so lange, bis nichts mehr zu sehen war.

Dann ließ ich mich auf meinen Schreibtischsessel fallen und las den Artikel im *Globe* noch mal.

In Massachusetts dürfen sich Privatdetektive nicht in Mordfälle einmischen, es sei denn, der Fall wird bereits verhandelt und der PI arbeitet für einen Rechtsanwalt, sammelt Beweismaterial. Aber in dem Artikel stand nichts von einer Todesursache. Es könnte, nahm ich an, durchaus auch eine natürliche Ursache gewesen sein, Unterkühlung zum Beispiel, vom Blitz getroffen, was wußte ich denn schon.

Ich nahm den *Globe* vom Schreibtisch, und ein Umschlag fiel auf den Boden. Einfach nur ein weißer Umschlag mit fünf 100-Dollar-Scheinen.

Die Scheine waren brandneu, einmal in der Mitte gefaltet. Ich strich sie glatt und zählte noch einmal. Manuela hatte nichts von Mord gesagt. Sie wollte nur ihre Karte, ihre *tarjeta*, zurückhaben.

Ich mußte an ihre Plastikhandtasche, an ihre billigen Schuhe denken. Ich fragte mich, was sie wohl getan hatte, um sich diese brandneuen Scheine zu verdienen. Eine ganze Weile saß ich so an meinem Schreibtisch, spielte mit diesen Scheinen, schaute zu, wie die Sonne in einem letzten blutroten Aufflackern, gefolgt von Violett und einem immer dunkler werdenden Blau, unterging. Und dann, getrieben von meinem Magen, ging ich zum Kühlschrank und zauberte mir ein paar riesige Sandwiches mit Schinken, Salat und Tomaten. Das Ganze spülte ich mit genug Pepsi runter, um meine Nieren am Schwimmen zu halten.

Außerdem genug, um mich die Nacht über wach zu halten.

Ich versuchte alles mögliche. Ein ausgiebiges heißes Bad, ja sogar ein absolut bedeutungsloses Spiel der Red Sox auf meinem flackernden Schwarzweißfernseher. Schließlich zog ich meine Gitarre unter dem Bett hervor und fing an, ein paar knifflige Riffs zu üben, hoffte, daß etwas von diesem magischen Gefühl des Volleyballspieles zurückkehrte und meine Finger inspirierte. Doch das Bild von dem Silberring an Manuelas durch harte Arbeit zerschundener Hand schob sich immer wieder zwischen mich und den Blues.

2

«Völlig richtig», sagte Mooney mit vollem Mund um neun Uhr am folgenden Morgen. Er aß einen Doughnut.

Er sprach nicht mit mir. Lieutenant Joseph Mooney vom Boston Police Department sagt nur selten so was wie «völlig richtig», wenn er mit mir redet. Er telefonierte, und dem Ausdruck auf seinem Gesicht nach zu schließen, murmelte er schon eine ganze Weile irgendwelche höfliche Nichtigkeiten in den Hörer, hörte erheblich mehr zu, als daß er selbst etwas sagte, und das, was ihm zu Ohren kam, schien ihm nicht besonders zu gefallen.

Er gähnte, drehte dabei seinen Kopf vorsorglich zur Seite und legte eine Hand über den Hörer, damit sein Gesprächspartner nichts davon merkte. Auf seinem Kinn klebte Puderzucker.

Kaum hatte ich sein winziges Büro in Southies altem D-Street-Revier betreten, bedeutete er mir mit einem Kopfnicken, mich auf einen Stuhl zu setzen, und zwinkerte. Er zwinkerte nicht wirklich. Er hat diese Eigenart, sein linkes Augenlid zu senken. Es ist kein verstohlener Blick. Keine Falten. Es sieht aus, als wäre die eine Hälfte seines Gesichtes eingeschlafen.

Ich tippte mir an die entsprechende Stelle aufs Kinn, wo er den Puderzucker kleben hatte. Er verstand sofort und rieb sich das Kinn. Mooney und ich verstehen uns gut, teils durch Gestik, teils durch Gedankenlesen. Es war ziemlich nützlich, als ich noch für ihn gearbeitet habe.

Mooney hat ein gutes Gesicht, schläfrig oder nicht. Vielleicht eine Idee zu rundlich, mit einer leicht zu großen Nase, ganz eindeutig irisch. Er war mein Boss, als ich noch ein Cop gewesen war. Er ist immer noch mein Freund, obwohl es eine durchaus komplizierte Beziehung ist. Ich hasse das Wort *Beziehung*. Es gibt zwar romantische Unter- und Zwischentöne, die jedoch zum größten Teil von ihm ausgehen. Von meiner Seite gibt es eine Menge Wärme. Nicht Hitze. Wärme.

Mooney sagt, ich wüßte gar nicht, wie ich einen Mann lieben sollte, der mich als Freund anzieht. Ich meine, einen Typen, den ich mag, mit dem ich gerne rede. Und wenn man an meine verflossenen Beziehungen mit Männern denkt, ist an seiner Theorie vielleicht was dran. Wer weiß? Eine Beziehung mit Mooney könnte durchaus okay sein –

auf eine herzliche Art. Aber das erregende und verrückte Prickeln ist einfach nicht da. Mooney, der acht Jahre älter ist als ich und stramm auf die Vierzig zumarschiert, sagt, eines Tages würde auch ich aus der Erregendes-und-verrücktes-Prickeln-Phase rauswachsen.

Aber wer will das schon?

Mitten in dem Chaos aus Formularen, Styropor-Kaffeebechern, zerknitterten Unterlagen, Kugelschreibern und Bleistiften auf Mooneys Schreibtisch lag eine Zeitung. Der *Herald*. Ich nahm ihn mir, obwohl es nicht meine bevorzugte Tageszeitung ist, voller Interesse, wie sie wohl Manuela Estefans Geschichte brachten.

Ich entdeckte den Artikel auf Seite siebzehn, weit nach dem wirklich wichtigen Zeug wie Norma Nathans Klatschkolumne.

Während der *Herald* zwar nichts brachte, was nicht auch im *Globe* gestanden hatte, war jedoch der Ton des Artikels von der atemlosen, sensationslüsternen Sorte. Es gab Anspielungen auf «sexuelle Verstümmelung» und eine verschämte Andeutung auf eine wichtige Entdeckung. Der Name Manuela Estefan stand ebenfalls dort.

Bei sexueller Verstümmelung wäre es Mord.

Ich fragte mich, ob Manuela Estefan ein weitverbreiteter Name war, wie Jane Smith.

Mooney grunzte ins Telefon, klemmte den Hörer zwischen Kinn und Schulter, während seine Hände den Schreibtisch durchwühlten, bis er schließlich einen vollen Becher Kaffee gefunden hatte. Er sah mich mit hochgezogenen Augenbrauen an, und ich nahm den Plastikdeckel von dem Becher ab. Ich überlegte, wer da wohl am Telefon war. Der Commissioner? Der Bürgermeister? Ein Stadtrat? In der Regel ließ Mooney keine langen Telefongespräche über sich ergehen.

Sein Büro bot abgesehen von dem einzigen Holzstuhl, auf dem ich gerade saß, nicht direkt viel Ablenkung, und die harte Sitzfläche ermunterte nicht gerade zu längeren Besuchen. Ich wußte, wo der Kaffeeautomat stand, aber der Duft aus Mooneys Becher war nicht verführerisch genug, um mich auf den Korridor hinauszulocken. Wenn noch Doughnuts übriggeblieben wären, hätte Mooney vermutlich längst darauf gezeigt. Also blieb mir zur Beschäftigung nichts außer dem *Herald* und Mooneys häßlichem Büro, an dessen Wänden aus Hohlblocksteinen nicht mal ein Poster hing. Vielleicht hatte er zur Verschönerung seiner Umgebung noch keine Gelegenheit gehabt, seit man ihn von seinem Posten als Verbindungsbeamter unten im Polizeipräsidium wieder zur Mordkommission zurückversetzt hatte.

Dabei fiel mir ein, in seinem Büro in der Berkeley Street hatte er auch keine Poster gehabt. Nicht mal eine Topfpflanze. Kahler Schreibtisch. Kahle Wände.

Ich drehte mich um hundertachtzig Grad und entdeckte einen Stadtplan, der mit Heftzwecken an die Innenseite der Tür befestigt worden war. Ein Detailplan des Back Bay Fens Park, in dem dicht nebeneinander drei Nadeln mit bunten Köpfen steckten – rot, weiß und gelb. Ich stand auf, um mir die Sache genauer anzusehen.

«Ich werde mich sofort darum kümmern», versprach Mooney dem Telefon und legte so schnell auf, daß ich das Gefühl hatte, der am anderen Ende der Leitung würde noch reden.

«Carlotta», sagte Mooney, schob seinen Stuhl zurück. «Sorry. Ich habe jetzt keine Zeit für dich. Leider muß ich zu einer Besprechung ins Präsidium. Ich habe versucht, die Mistkerle davon zu überzeugen, daß ich hier nützlicher wäre, aber ...»

«Ich werde dich fahren», sagte ich.

«Bist du mit deinem Taxi hier?»

«Nee, mit meinem eigenen Wagen. Du kannst dich dann später von irgendeinem Lakaien in einem Streifenwagen zurückfahren lassen.»

Er warf einen skeptischen Blick auf seine Uhr. Ich glaube, Mooney hält nicht besonders viel von meinem Fahrstil.

«Verdammt», sagte er. «Klar, wieso nicht?»

Als wir angeschnallt in meinem roten Toyota saßen und uns in den endlosen Verkehrsstrom zwängten, sagte ich: «Wie ich höre, habt ihr diese Leiche aus den Fens identifiziert.»

«Das sagt man mir, ja», sagte Mooney.

«Bist du sicher?»

«Wieso sollte ich sicher sein? Nur weil es in der Zeitung steht?»

«Arbeitest du an dem Fall?» fragte ich.

«Ich hab die Sache zwar nicht direkt von Anfang an gehabt, aber ich habe damit zu tun.»

Wie die meisten Cops rückte Mooney nicht gerade bereitwillig mit Informationen heraus.

«Weißt du, ob sie einen Ausweis mit Foto gefunden haben», fragte ich beiläufig, «oder sonst was?»

«Laß mich mal nachdenken», sagte er, und ich fragte mich, ob er die Pause benutzte, um sich zu erinnern oder um mich verstohlen von der Seite anzustarren. «Ich glaube, es ist eine *green card*, eine Aufenthaltsgenehmigung. Das Opfer war Immigrantin.»

«Aber eine *green card* ...», wollte ich schon protestieren.

«Aber was?» sagte Mooney, als ich plötzlich nicht weitersprach.

«Dann habt ihr also ein Foto, richtig?» sagte ich.

«Ja, aber soweit ich weiß, hat sie ihrem Foto nicht mehr besonders ähnlich gesehen, als der Kerl mit ihr fertig war.»

«Ich dachte, es wäre – wie hat sich der *Herald* noch gleich ausgedrückt? – irgendwas mit ‹sexueller Verstümmelung› gewesen.»

«Das Gehirn ist das ultimative Geschlechtsorgan, Carlotta. Sage ich dir doch ständig.»

«Ist nicht komisch.»

«Man merkt, du arbeitest schon eine ganze Weile nicht mehr bei der Mordkommission, Kleine», sagte er. «In der Mordkommission ist alles komisch.»

Eine *green card*. Jetzt verstand ich aber überhaupt nichts mehr. Eine *green card* ist eine permanente Aufenthaltsgenehmigung, eine Bescheinigung, die ihren Inhaber berechtigt, für unbegrenzte Zeit in den USA zu leben und zu arbeiten. Ein kostbarer Besitz, mit dem man die Staatsbürgerschaft beantragen kann. Kein Privileg, das illegalen Einwanderern gewährt wird.

Auch früher haben mich Klienten schon mal angelogen.

«Woher kam die Lady?» bohrte ich nach. «Weißt du das schon?»

«Wir wissen, wo sie ins Land gekommen ist. In Texas. Wahrscheinlich aus irgendeinem mittelamerikanischen Land», sagte er, hielt sich krampfhaft am Türgriff fest, während ich an einem Buick vorbeiflitzte, dessen Fahrer Angst zu haben schien, eine enge Kurve zu nehmen. «Vielleicht aus Guatemala oder El Salvador. Denk doch nur an all die Scheiße, die sie durchgemacht haben muß – all die Scheiße da unten –, und dann geht sie in den Fens spazieren, und boing! – schon ist sie in unserer Verbrechensstatistik drin.» Mooney zuckte zusammen, als ich scharf nach rechts ausscherte, um einem Volvo-Kombi auszuweichen, der glaubte, ihm gehöre die ganze Straße. Ich hätte einfach über die Dorchester Avenue zur East Berkeley Street fahren können, aber ich wollte dem späten Berufsverkehr ausweichen und fuhr Taxifahrer-Abkürzungen. Mooney schien nicht sehr beeindruckt. Natürlich mußte ich irgendwo den Fort Point Channel überqueren, und vor Brücken gibt es immer Staus. Während wir standen und Auspuffgase eines Heizöllasters einatmen mußten, kam ich auf den Grund meines Besuches zu sprechen.

«Mooney», sagte ich. «Gestern ist was Komisches passiert.»

«Ach ja?»

«Und das hat mich auf die Idee gebracht, daß eure Identifizierung über die *green card* vielleicht nicht stimmt.»

«Das hat mir gerade noch gefehlt», brummte er. «Paß auf den Wagen da auf.» Und es war auch nötig, denn eine alte Rostlaube von einem Plymouth Volare meinte, gleich zwei Spuren gepachtet zu haben.

Ich erzählte ihm Manuelas Geschichte, nicht wortwörtlich, aber ziemlich vollständig.

«Und dann verließ sie einfach deine Wohnung», sagte er mit einem tiefen Seufzer.

«Abgehauen trifft die Sache wohl eher», sagte ich.

«Ich werde eine Personenbeschreibung brauchen.»

«Kriegst du», versprach ich. «Ich habe schon alles aufgeschrieben. Ich kooperiere.»

«Ach. Wie kommt's?»

Was ich überhörte.

«Carlotta, muß ich dich daran erinnern, daß du dich aus Ermittlungen in einem Mordfall heraushalten sollst?»

An der Brücke versuchte mich ein *Town Taxi* zu schneiden. Ich weigerte mich, Blickkontakt mit dem Burschen aufzunehmen, und er gab klein bei. Mooneys Hand lag auf dem Türgriff – bereit, sofort rauszuspringen, nehme ich an.

«Mooney», sagte ich freundlich, «*du* hast einen Mordfall zu bearbeiten. Nicht ich.»

«Du wirst diese Frau einfach vergessen?» sagte er. «Das glaube ich genausowenig, wie ich an den Osterhasen glaube.»

«Ich habe nicht gesagt, daß ich sie vergessen würde. Sie hat mich engagiert, um etwas für sie zu erledigen. Und dabei kannst du mir vielleicht helfen.»

«Aha!» sagte Mooney.

«Oho», erwiderte ich. Das *Town Taxi* klebte an meiner Stoßstange.

«Du bist also nicht nur vorbeigekommen, um mir mit deiner verrückten Fahrweise Magenschmerzen zu machen?»

«Das ist ein kleines Extra», sagte ich. «Und bislang fahre ich noch ziemlich gemäßigt, Mooney. Wenn du's eilig hast...»

«Vergiß es», sagte er.

«Wie sieht unser Gefälligkeitenkonto aus?» fragte ich.

Was nicht ganz fair war. Er schuldete mir noch einen großen Gefallen, und das wußte er.

«Womit könnte ich dir deiner Meinung nach denn helfen?» sagte er schließlich. «Und paß auf diesen verdammten BMW auf.»

«BMW-Typen können auf sich selbst aufpassen», schoß ich zurück. «Glaubst du, der will sich seinen schicken Lack verknittern? Ich dachte, du könntest mir vielleicht helfen, die *green card* meiner Klientin wiederzubeschaffen. Sie braucht sie.»

«Carlotta, wenn man seine *green card* verliert, geht man zur Einwanderungsbehörde und füllt siebenundvierzig Formulare in dreifacher Ausfertigung aus, und dann geben sie dir eine neue.»

«Ich habe so das Gefühl, als wollte meine Klientin die ganze Prozedur nicht noch mal durchmachen.»

«Scheiße», sagte Mooney.

Ich folgte einer langen Schlange von Autos, die am Park Square bei Gelb über die Kreuzung fuhren. Eigentlich hatte *ich* ja anhalten wollen, aber das *Town Taxi* hinter mir ganz sicher nicht. Wahrscheinlich wäre es einfach über mich weggefahren, hätte ich's getan.

«Und?» sagte ich. Mooney schaute sich nach einem Verkehrspolizisten um. Da konnte er lange schauen.

«Dieser Termin dürfte eigentlich nicht sehr lange dauern.»

«Wo habe ich das schon mal gehört?» sagte ich.

«Es wird auch ein Bursche vom INS da sein. Nachher könnten wir darüber reden, wir drei.»

«Wie lange?»

«Eine Stunde, nicht mehr.»

Mit quietschenden Reifen hielt ich vor dem Polizeipräsidium. «Ich hole euch beide in einer Stunde hier ab», sagte ich.

«Auf gar keinen Fall», brüllte Mooney und sprang auf den Bürgersteig. «Stell dein Auto irgendwo ab. Gönn dir auf der anderen Straßenseite einen Kaffee und einen Doughnut. Wenn wir früher fertig sind, kommen wir dich dort abholen. Ansonsten bleib hier irgendwo in der Nähe der Treppe. Ganz gleich, wo wir uns zusammensetzen, wir gehen zu Fuß hin!»

«Auf gar keinen Fall.» Genau das ist es, was Mooney normalerweise zu mir sagt: «Auf gar keinen Fall.»

3 Zwei Stunden später kühlte ich meinen Hintern auf den steinernen Eingangsstufen des Polizeipräsidiums, beobachtete rauskommende Cops, reingehende Verbrecher und umgekehrt. Ich bemerkte ein paar Undercover-Agenten des Drogendezernates und grüßte sie voller Absicht nicht, auch wenn die in Handschellen ins Revier geführten Gangster alle zu wissen schienen, wer sie waren. Außerdem stellte ich meinen Wagen um in einem – sicher vergeblichen – Versuch, die innerstädtischen Politessen auszutricksen – niederträchtige Weibsbilder, die einem nicht nur einen Strafzettel verpassen, weil man länger als erlaubt an einer Parkuhr steht, sondern die einen tatsächlich auch noch dafür drankriegen, daß man Münzen in das verdammte Ding nachwirft. Diese eifrigen Hüter der Staatskasse notieren sich pedantisch jedes einzelne Nummernschild auf ihrer Route, und selbst wenn man für lausige fünfzehn Minuten seinen Wucher-Quarter einwarf, wenn man länger als die maximal zulässige Stunde an einem Platz stehenblieb, hatte man todsicher seinen Strafzettel.

Von den öffentlichen Parkplätzen in der Innenstadt halte ich nicht besonders viel. Sie sind kaum billiger als die Strafzettel. Und vermutlich genieße ich auch die Herausforderung, den Nervenkitzel der Verfolgungsjagd, den Wettkampf zwischen mir und den Politessen. Ich möchte wissen, ob es ihnen wohl eine innere Befriedigung gibt, meinem armen Toyota Strafzettel zu verpassen, frage mich, ob sie den Wagen wiedererkennen und sagen: «Aha! Hab ich dich mal wieder erwischt!»

In letzter Zeit ist der Nervenkitzel-der-Verfolgungsjagd-Aspekt ein bißchen fragwürdig geworden, wo es immer weniger legale Parkplätze und immer mehr Autos gibt.

Statt eines Duells zwischen Gleichen kommt mir das Strafzettelspiel immer mehr wie der Fuchs gegen die Hunde und die Jäger vor. Der Fuchs, denke ich, hat beträchtlich weniger Spaß an der ganzen Jagd.

Aber andererseits wird er auch nicht immer erwischt. Und ich stelle mir gern vor, wie er wieder in seinem Bau hockt, Schwanz und Ohren noch heil, und vergnügt über all diese feinen Pinkel in ihren roten Jacken und Reithosen kichert.

Ich hatte mich gerade entschlossen, mein Auto auf dem Polizeiparkplatz abzustellen, mit dem handgeschriebenen Schild «Ziviles Einsatzfahrzeug», als Mooney mich durch sein Erscheinen vor einer Straftat bewahrte.

Im Schlepptau hatte er einen dürren Typen in einem dreiteiligen Anzug, einem dunkelblauen *Sears*-Modell, und einer roten Krawatte, die man bei jemand anderem vielleicht eine Power-Krawatte genannt hätte. Bei diesem Typen hier lenkte das Ding lediglich die Aufmerksamkeit auf seinen hüpfenden Adamsapfel. Er hatte dünnes braunes Haar, das in dem Versuch, seine Glatze zu verstecken, tief auf einer Seite gescheitelt und über seinen Schädel gekämmt war. Er umklammerte seine Aktentasche, als hätte er Angst, jemand könnte sie ihm entreißen.

Der Dürre musterte mich von oben bis unten, als ich aufstand. Ich war ungefähr fünfzehn Zentimeter größer als er.

«Das ist Ihr Informant?» sagte er mit kaum verhüllter Skepsis zu Mooney. Oder mit der klaren Absicht, mich runterzumachen.

«Das ist dein INS-Agent?» fragte ich Mooney im gleichen Tonfall.

«Kinder, Kinder», sagte Mooney sanft, «gehen wir einen trinken, bevor wir anfangen, uns gegenseitig zu beleidigen. Wenn du auf dieser Besprechung gewesen wärst, Carlotta, würdest du jetzt auch einen brauchen.»

Also zockelten wir zusammen die überfüllten Straßen hinunter, über die Stanhope zu einem *Red Coach Grill*, der schon seit Jahren kein *Red Coach Grill* mehr war. Für mich ist es immer noch das *Red Coach*, egal, was auf der Neonreklame über der Tür steht.

Wir ergatterten einen Tisch in der Nähe der Theke, und ich wurde dem Mann von der Einwanderungsbehörde vorgestellt. Seinen Namen verriet er mir nicht. Schüttelte mir auch nicht die Hand. Er schob ein braunes Ledermäppchen über den Tisch. Das ich für seinen Geschmack sicher eine Idee zu theatralisch öffnete. Das Foto von ihm war geschossen worden, als er noch etwas mehr Haare auf dem Kopf hatte. Sein Name war Walter Jamieson.

«Es heißt *Jameson*», brummte er von der anderen Seite des Tisches. «Das *i* wird nicht gesprochen.»

Ich schob meine Lizenz über den Tisch, verkehrt herum, äffte seine Nummer mit dem Ledermäppchen nach. Er starrte sich den Ausweis eine ganze Weile an, und dann bewahrte uns der Kellner, der die Getränkebestellungen aufnehmen wollte, vor weiteren Feindseligkeiten. Ich paßte, da es erst kurz vor Mittag war. Die beiden anderen bestellten sich Scotch, Mooney einen doppelten.

«War wohl eine besondere Besprechung», bemerkte ich trocken.

«Das ist hier nicht unser Thema», pfiff Jamieson mich an. Dann richtete er seinen ganzen Charme auf den Kellner. «Bringen Sie mir ein Corned-beef-Sandwich auf Roggenbrot, und zwar schnell, ich hab's eilig.»

Mooney und ich wechselten Blicke. Falls es einen typischen Weißbrot-und-Mayo-Laden gab, dann waren wir jetzt drin. Ich verkniff mir ein Grinsen bei dem Gedanken an die kulinarischen Freuden, die Jamieson erwarteten, bestellte dann ein Club-Sandwich mit Hühnchen; Mooney nahm einen Salat.

«Der Lieutenant sagte, Sie hätten gewisse Informationen bezüglich der bei der Verstorbenen gefundenen Ausweiskarte», sagte Jamieson, sobald der Kellner außer Hörweite war.

«Sie meinen die Tote?» sagte ich und warf Mooney einen scharfen Blick zu, wie um zu sagen, wie konntest du mir nur diesen unglaublichen Trottel anschleppen. Die Verstorbene, meine Fresse.

«Carlotta», sagte Mooney leise, während er mir unter dem Tisch einen Tritt verpaßte, «wieso erzählst du ihm nicht einfach, was du mir erzählt hast?»

Weil er ganz offensichtlich ein Vollidiot ist, hätte ich ihm am liebsten geantwortet. Statt dessen bekam er eine leicht gekürzte Fassung der Geschichte. Ich schenkte mir ein bißchen was am Schluß, hatte ich auch schon bei Mooney gemacht, erwähnte nicht, daß Manuela gesagt hatte, sie wäre illegal hier. Bei Mooney war das meiner normalen Abneigung zuzuschreiben, vertrauliche Informationen eines Klienten einem Cop mitzuteilen. Bei Jamieson dachte ich, es würde ihn einfach nur verwirren.

«Wir müssen mit dieser Frau sprechen», sagte Jamieson. «Und zwar pronto.»

Pronto. Das hatte er wirklich gesagt.

«Gibt's irgendeine Chance, ihre *green card* zurückzubekommen?» fragte ich. «Ich meine, warum sollte sie leiden, nur weil jemand ihre Karte geklaut hat?»

«Sie kann jederzeit ins Federal Building kommen. Hier haben Sie meine Nummer. Sagen Sie ihr, sie soll mich anrufen, und meine Sekretärin wird dann einen Termin mit ihr ausmachen.»

«Irgendwie kann ich mir nicht vorstellen, daß ihr der Gedanke an das Federal Building gefallen wird», sagte ich.

«So läuft's nun mal», sagte er steif. «Natürlich kann sie den Verlust ihrer Aufenthaltsgenehmigung auch offiziell melden und den üblichen Behördenweg gehen. Ich biete nur eine Abkürzung an.»

«Dann besteht also keinerlei Möglichkeit für mich, als Vertreter ihrer Interessen, oder für, sagen wir, einen von ihr beauftragten Anwalt, die Karte zurückzubekommen?»

Die Drinks kamen. Jamieson sah kurz auf seine Uhr und verlangte ungeduldig sein Sandwich, das ihm der eingeschüchterte Kellner zusammen mit Mooneys Salat brachte, obwohl meine Bestellung noch nicht fertig war. Mooney nippte an seinem Scotch. Jamieson vergrub seine Zähne in die mit Abstand am trockensten aussehende Brot-und-Fleisch-Kreation, die ich je zu sehen hoffe, und redete unbeirrt weiter.

«Sind Sie sich bewußt», sagte er, die Augen zusammengekniffen, die Stimme bedrohlich leise, den Mund voll mit faserigem Corned beef, «wie sich das anhört? Für mich hört sich das an wie ein Schwindel, eine *green card* in die Hände zu bekommen.»

«Was? Der Mord?» fragte ich ungläubig.

Er fuchtelte mit dem Zeigefinger unter meiner Nase herum. «Ich meine, Ihre Frau liest diesen Artikel in der Zeitung und ...»

«Vergessen wir mal, daß sie kaum Englisch lesen kann. Keine Zeitung schreibt etwas von einer *green card*. Sie sagen lediglich etwas über ein Ausweispapier, das bei der Leiche gefunden wurde. Was hat sie gemacht? Einen Zufallstreffer gelandet?»

«Sie haben ja gar keine Ahnung, was diese Leute alles für legale Dokumente tun würden.»

Irgend etwas Grünes hing zwischen den beiden Schneidezähnen des Mannes. Es war hoffentlich Salat. Obwohl andererseits, wieso jemand ein Blatt Salat auf ein Cornedbeef-Sandwich legen sollte, war mir ein absolutes Rätsel. Ich versuchte es anders. «Können Sie mir mal was verraten? Das Dokument, das Sie bei der, äh, Verstorbenen gefunden haben, ist das echt?»

Jamieson warf Mooney einen schnellen Blick zu, um sich zu vergewissern, ob man mir eine solch wertvolle Information anvertrauen konnte. Mooney hatte lange genug innegehalten, seinen Scotch zu kippen, was wohl sein Okay signalisierte, denn Jamieson nickte bedächtig. Er sagte nicht direkt ja. Es hätten ja zufällig Geheimagenten mithören können.

«Dann ist es also echt, und es gehört auch nicht der Toten», sagte ich.

«In diesem Punkt sind wir uns noch nicht hundertprozentig sicher», sagte Mooney langsam. «So wie sie zugerichtet worden ist, werden wir verdammte Schwierigkeiten haben, sie zu identifizieren.»

Jamieson nahm einen suchenden Zeigefinger aus dem Mund, wo er ihn statt eines Zahnstochers eingesetzt hatte. «Es sei denn, Ihre geheimnisvolle Frau weiß, wer sie ist.»

«Meine Klientin sagt, sie kenne die tote Frau nicht.»

«Das würde ich sie gern selbst fragen. Sorgen Sie dafür, daß sie sich noch vor fünf Uhr heute nachmittag mit mir in Verbindung setzt.»

«Vielleicht haben Sie nicht richtig zugehört», sagte ich langsam und sehr deutlich. «Ich habe keine Ahnung, wo sich meine Klientin aufhält.»

«Sicher», sagte Jamieson und schlang sein mit Scotch angefeuchtetes Sandwich hinunter. «Ja, aber wenn sie Sie anruft, sorgen Sie dafür, daß sie sich mit mir in Verbindung setzt. Andernfalls könnten Sie selbst eine ganze Menge Ärger bekommen.»

«Mooney», sagte ich, «die Drohungen von diesem Mann machen mich dermaßen fertig, daß ich jetzt ein Bier brauche. Wie steht's mit dir?»

«Ich passe», sagte er. Ich rief den Kellner. Er versicherte mir, mein Sandwich sei unterwegs. Er fragte Mr. INS nicht, ob er noch einen Wunsch hätte.

«Kann ich die *green card* sehen?» fragte ich.

Mooney machte den Mund auf, doch Jamieson war schneller. «Die dürfte sich jetzt in der Asservatenkammer befinden, Ms. Carlyle. Daher möchte ich das doch stark bezweifeln.» Er hatte eine ekelhafte Art, *Ms.* zu sagen.

Er wollte schon weiterplappern, aber die Digitaluhr an seinem Handgelenk begann kläglich zu piepen. Er schüttelte die Uhr und wirkte absolut entsetzt über all die kostbare Zeit, die er mit mir verplempert hatte. Ich hoffe, ich sah genauso entsetzt aus. Er war genau der Typ Mann, der eine billige Digitaluhr mit Weckfunktion tragen mußte.

«Ich habe noch einen anderen Termin», sagte er schroff, verglich seine Uhr mit der Uhr über der Theke, während er den Rest seines Sandwiches in eine schrumpelige Serviette einwickelte. «Und vergessen Sie nicht, was ich Ihnen gesagt habe.»

«Was war das noch gleich», fragte ich unverbindlich höflich, «was Sie gesagt haben?»

«Ich will von Ihrer Klientin, dieser Manuela Estefan, innerhalb der nächsten paar Tage hören. Andernfalls könnten Sie in ernste Schwierigkeiten geraten.» Er öffnete verstohlen seine Aktentasche, achtete darauf, daß niemand sehen konnte, was drin war, und verstaute das in eine Serviette eingewickelte Bündel. Ich würde auch nicht wollen, daß jemand einen Blick in meine Aktentasche warf, wenn ich nichts anderes als Essensreste darin aufbewahrte.

«Ich bin ein Bürger dieses Staates», sagte ich. «Ich dachte, Sie machen nur Ausländern Schwierigkeiten.»

«Sie können's ja mal versuchen«, sagte er, schnappte sich seine Aktentasche und stolzierte hinaus, ohne mir vorher meine Rechte vorgelesen zu haben.

«Mein Gott, Mooney», sagte ich nach einem längeren Schweigen, «vielen, vielen Dank, daß du mir deinen Freund vorgestellt hast.»

Mein verspätetes Club-Sandwich traf ein. Mooney hatte seinen Salat noch nicht angerührt, daher aßen wir jetzt gemeinsam in freundlichem Schweigen.

«Willst du die *green card* sehen?» fragte er, als wir fertig waren, quasi als Entschuldigung dafür, daß er mich diesem Jamieson ausgesetzt hatte.

Also bezahlten wir und gingen zur Berkeley Street. Der INS-Blödmann hatte nicht mal Geld dagelassen, um sein Mittagessen zu bezahlen.

Die Karte lag in einem Beweismittelbeutel aus Plastik. Mooney holte sie für mich raus, damit ich sie mir genau ansehen konnte. Ich vermutete, sie war bereits auf Fingerabdrücke untersucht worden.

Je länger ich die Karte anstarrte, desto verwirrter wurde ich. Das Foto war kleiner als ein normales Paßbild und leicht unscharf. Die Frau auf dem Foto war im Dreiviertelprofil zu sehen, ihr rechtes Ohr war frei. Sie hatte wie meine Klientin langes, dunkles Haar. Braune Augen, wie meine Klientin. Aber ihr Gesicht ... also, da war schon eine deutliche Ähnlichkeit, aber beschwören konnte ich's nicht. Wenn meine Klientin die Haare hinters Ohr gesteckt getragen hätte, wäre ich sicherer gewesen. Ohren sind unverwechselbar.

Der Name auf der Karte lautete Manuela Estefan. Sie sah echt aus, der INS-Mann hatte sie für echt erklärt, und meine Klientin hatte sich selbst als illegale Ausländerin bezeichnet. Ich drehte die Karte um. Nicht leicht zu fälschen. Auf der Vorderseite, der mit dem Foto, befand sich ein weißes Feld mit rosafarbenen Wellenlinien. Dann waren da noch das Foto, ein beeindruckender dunkelblauer Stempel und, in einem quadratischen Feld, ein Zeigefingerabdruck. Die Rückseite der Karte war gebrochen weiß mit einem beigefarbenen Wellenmuster und einer weißen Silhouette der USA. Drei Zahlenreihen.

Die Karte war in Plastik eingeschweißt. Die Kanten waren rauh, als wäre es in einer dieser Maschinen in den Drugstores gemacht worden.

Einen 100-Dollar-Schein zu fälschen wäre leichter gewesen.

Hatte meine Klientin mich angelogen, und sie war gar keine Illegale? Warum?

Hatte der INS-Mann vielleicht gelogen, was die Echtheit der Karte betraf?

Meine Finger spielten an den Kanten der Karte. Ich wünschte, ich könnte das verdammte Ding einfach einstecken und sie ihr wiedergeben, Fall abgeschlossen. Aber so einfach würde es nicht gehen. Nicht, wenn eine Frau tot war.

Mooney entschuldigte sich für Jamieson, und ich sagte ihm, er wäre nicht für sämtliche Blödmänner dieser Welt verantwortlich.

Beim Rausgehen fragte ich, wo sie Manuelas Karte gefunden hatten. In einer Handtasche? Noch irgendwelche anderen Papiere?

«Sie hatte keine Handtasche», sagte Mooney. «Oder falls doch, dann hat der Täter sie mitgehen lassen.»

«Und?»

«Das ist jetzt vertraulich», sagte er, «aber die Karte steckte in ihrem Schuh.»

«Eines noch: Wieso seid ihr euch nicht absolut sicher, was ihre Identifizierung betrifft? Mit dem Fingerabdruck und allem?»

«Das bleibt auch unter uns?» fragte er.

«Großes Ehrenwort», sagte ich.

«Das Opfer hatte *keine* Fingerabdrücke. Er hat ihr die Hände abgeschnitten.»

4

Auf der Fahrt nach Hause beschäftigte mich etwas sogar noch mehr als meine spontane Abneigung gegen diesen INS-Mann.

Wieso ausgerechnet ich?

Wieso hatte sich Manuela Estefan ausgerechnet mich ausgesucht, ihre Botschaft der Polizei zu überbringen, ihre *green card* wiederzubeschaffen? Wenn man streng nach dem Alphabet ging, war die Anzeige von *Acme* die erste unter der Rubrik Privatdetektive in den Gelben Seiten. Ebenfalls hatte ich nicht gerade die auffallendste Anzeige, obwohl ich meiner Leidenschaft für Rot in Fettdruck und einem kleinen rechteckigen Kasten nachgebe.

Manuela konnte auch nicht beschlossen haben, daß sie lieber mit einer Frau arbeiten wollte, weil ich im Telefonbuch einfach nur die Carlyle-Detektei bin, ohne Geschlechtsangabe. Wegen der Gesetze gegen irreführende

Werbung steht auch nichts von *Se habla español* in meiner Anzeige.

Natürlich. Manuela hatte das Branchentelefonbuch gar nicht gebraucht. Sie hatte schließlich eine meiner Visitenkarten gehabt.

Ich führe über meine Visitenkarten nicht Buch. Wer macht das schon? Aber andererseits verteile ich sie auch nicht an jeder Straßenecke.

Die Frage war also, wen kannte ich, der Spanisch sprach und eine überzählige Carlyle-Detektei-Visitenkarte besaß? Eine Antwort lautete Paolina.

Als ich noch Polizistin war, ist eine Dame von der *Big Sisters Association* aufs Revier gekommen, um dort für ihre Sache zu werben. Sie sagte, allein im Einzugsgebiet von Boston würden Hunderte junger Mädchen ohne positive Rollenmodelle aufwachsen, Mädchen, die eine große Schwester gut gebrauchen könnten. Mir schien das eine gute Sache, dieser persönliche Ansatz. Ich meldete mich sofort und wurde einen Monat später mit Paolina belohnt. Paolina ist ... tja, sie ist genau so, wie ich mir eine kleine Schwester immer gewünscht hätte. Clever und trotzköpfig vom ersten Tag an, ist sie heute abwechselnd gefühlvoll und knallhart, weint sich wegen irgendwelcher Teenagerliebeleien das Herz aus dem Leib und streitet sich mit ihrer Mom.

Sie ist fast elf, und wir sind jetzt beinahe schon vier Jahre Schwestern.

Paolinas Mutter ist Kolumbianerin; ihr Vater ist Puertoricaner. Von Daddy hat sie ihre amerikanische Staatsbürgerschaft bekommen, abgesehen davon aber nicht mehr viel. Nachdem er vier Kinder in die Welt gesetzt hatte, ist er weitergezogen. Marta war im zweiten Monat schwanger, als er seinen Abgang machte, daher weiß er nicht mal, daß es noch eine Nummer fünf gibt. Ist eines schönen Tages einfach aus der Tür spaziert und hat Paolinas Mutter ihrem Schicksal überlassen, allein zurechtzukommen.

Und zurechtkommen war etwas, was Marta früher wirklich ausgezeichnet konnte. Wenn sie nicht krank geworden wäre – Gelenkrheumatismus –, würde die Familie heute nicht in einer Sozialwohnung von Cambridge von der Hand in den Mund leben. Auf gar keinen Fall. Marta wäre dann inzwischen längst stellvertretende Bürgermeisterin oder doch wenigstens Verbindungsfrau zur Latino-Gemeinde. Aber sie hat die Energie nicht mehr, nur noch seltene Schübe, wenn die Schmerzen mal etwas nachlassen.

Marta entgeht kaum etwas. Selbst wenn sie bettlägerig ist, erfährt sie alle möglichen Dinge.

Ich traf eine plötzliche Entscheidung, worauf der ängstliche Nissan rechts neben mir laut hupte und quietschend bremste. Ich flitzte über die B. U. Bridge und fuhr nach Cambridge rüber, fest davon überzeugt, daß Marta irgend etwas mit Manuelas Besuch zu tun hatte.

Marta und die Kinder wohnen in der Sozialsiedlung in der Nähe des Technology Square. Jedes Jahr taucht ein neuer High-Tech-Wolkenkratzer auf, um ihnen wieder etwas mehr von dem bißchen Sonne zu nehmen, die noch zu ihnen durchdringt. Die Häuser der Siedlung sind gar nicht mal so übel: zweistöckige rote Backsteingebäude, vier Wohnungen pro Haus, mit Betontreppen und popeligen Balkonen. In der Mitte des Komplexes gibt es einen traurig aussehenden Spielplatz mit kaputten Schaukeln und Klettertieren, die seit Jahren keinen frischen Anstrich mehr gesehen haben. Vor lauter Bierdosen kann man kaum noch den Kies darunter erkennen.

Das Basketballfeld sieht etwas besser aus, nur daß die

Körbe verbogen und die Netze schon eine Ewigkeit verschwunden sind.

Ich vergewisserte mich, daß die Wagentüren abgeschlossen waren, bevor ich den Toyota in einer kleinen Nebenstraße stehenließ. Ich aktivierte sogar das Chapman-Schloß, etwas, das ich nur äußerst selten tue. Einmal, kurz nachdem ich das verdammte Ding hatte einbauen lassen, aktivierte ich es, vergaß es und mußte dann den AAA anrufen, um mir bei meinem Wagen Starthilfe geben zu lassen, was irgend so einen Flegel noch in seinen Vorurteilen über Frauen hinterm Steuer bekräftigte. Mir war die Sache entsetzlich peinlich. Lieber hätte ich den Wagen mit einer Kette an einen Baum gebunden.

Fünf schwarze Jugendliche flitzten über das Basketballfeld, brüllten und knufften sich, blieben lieber zu Hause, um ihre Korbtechnik zu üben, statt in die Schule zu gehen. Jeder von ihnen träumte von einem angenehmen Pöstchen in der NBA.

Martas Klingel funktionierte schon seit Wochen nicht mehr. Ich sage ihr immer wieder, ich würde das gern reparieren, und sie lehnt immer wieder ab, weil der Hausmeister gesetzlich dazu verpflichtet sei, und, bei Gott, sie würde ihm so lange zusetzen, bis er es endlich machte. Ich habe den Hausmeister kennengelernt, und ich schätze, seine ewige Faulheit steht gegen Martas gelegentliche Energieschübe, wobei er wahrscheinlich Sieger bleibt.

Ich beschloß, das nächste Mal Werkzeug mitzubringen und das verdammte Ding zu reparieren. Sollte sie doch denken, der Hausmeister hätte es gemacht. Ihm wäre das sicher recht.

Ich hämmerte gegen die Haustür und brüllte ihren Namen. Ich veranstaltete einen ziemlichen Krawall, und kein Mensch macht sich auch nur die Mühe, einen müden Blick aus dem Fenster zu werfen. An Orten wie diesem, mit regem täglichem Drogenhandel, hält man sein Fenster geschlossen und seine Neugier im Zaum.

Als Marta endlich die Tür aufmachte, benutzte sie ihren Gehstock, was bedeutete, es war einer ihrer schlechten Tage. Sie haßt diesen Stock. Früher gab es in diesem Gebäude mal ein System, wo man einem Besucher die Haustür aufdrückte, nachdem man vorher über die Wechselsprechanlage gefragt hatte, wer da war. Damit war Schluß gewesen, nachdem Diebe das Haus dreimal ausgeplündert hatten, indem sie sich als Leute vom Gaswerk oder als Versicherungsvertreter ausgegeben hatten. Man redete davon, eine Videoüberwachungsanlage zu installieren, aber die städtischen Beamten vermuteten, daß diese bei einem Überfall als erstes gestohlen werden würde. Also mußten sich die Mieter jetzt persönlich jeden, der auf ihre Klingel drückte, durch das Sicherheitsglas ansehen und ihm die Tür aufmachen.

Marta wohnt im zweiten Stock, und ich bekam sofort ein schlechtes Gewissen, weil ich die humpelnde Frau gezwungen hatte, die Treppe herunterzukommen. So wie ich aufgewachsen bin, ist schlechtes Gewissen eine so vertraute Gefühlsregung, daß ich es meistens nicht mal mehr merke.

Sie lehnte ihren Stock gegen die Wand und kämpfte mit dem Schloß.

«Carlotta», sagte sie, öffnete die Tür und zwang sich zu einem Lächeln. *«Bienvenida. ¡Pase usted!»*

Sie trug ein verwaschenes Baumwollkleid, ein sackartiges Ding mit einem Gürtel. Früher war Marta schlank und hübsch gewesen; heute war sie drahtig und zäh. Früher hatte sie Make-up benutzt und schicke Kleider getragen, aber in letzter Zeit machte sie sich die Mühe nicht mehr.

Wahrscheinlich hat sie den Versuch aufgegeben, noch einen anständigen Daddy für ihre Kinder zu finden.

Sie muß in meinem Alter sein, aber sie sieht viel älter aus.

Ihr Stock fiel auf den Boden, und ich bückte mich nach ihm. Der Flur roch nach Urin mit einem Schuß Desinfektionsmittel, das seinen Zweck nicht ganz erfüllt hatte.

Ich bin nie ganz sicher, wieviel Englisch Marta wirklich versteht. Sie lebt schon lange hier, mindestens zwölf Jahre. Manchmal scheint sie mich sehr gut zu verstehen. Bei anderen Gelegenheiten verhüllt ein verständnisloser Ausdruck ihre lebhaften Augen, und sie verkündet: *«No entiendo»*, und das ist dann das Ende der Unterhaltung.

Ich half ihr die Treppe hinauf, murmelte ermunternde Worte und die besten Wünsche, daß es ihr bald wieder besserginge. Sie hatte ihre Wohnung nur einen Augenblick verlassen, trotzdem hatte sie alle drei Schlösser verriegelt, von denen ich zwei für sie eingebaut hatte. So ein Haus ist das.

Ich hielt ihr den Stock, während sie an zwei Schlössern herumfuhrwerkte. Das dritte sprang wie von Zauberhand auf, und da stand Paolina in der Tür.

Es fällt mir sehr schwer, ihr Gesicht genau zu beschreiben, denn es scheint sich mit seinem Ausdruck ständig zu verändern. Manche Leute würden sicher sagen, ihre Nase wäre etwas zu breit. Ihr Lächeln gleicht das allerdings mehr als aus. Sie ist durchtrainiert und schlank, hat einen knabenhaften Po und lange, lange Beine. Noch keine Brüste. Ein paar Mädchen in ihrer Klasse beginnen bereits zu knospen.

Meine Mutter hat immer gesagt: *«Kleyne kinder kopveytik, groyse kinder hartsveytik»*: «Kleine Kinder Kopfschmerzen; große Kinder Herzschmerzen.»

«Oh», sagte Paolina, als sie mich sah. «Hi.» Dann machte sie auf dem Absatz kehrt und stolzierte in das Hinterzimmer, das Zimmer, das als Schlafraum für sie und ihre beiden jüngsten Brüder dient. Die älteren Jungs schlafen auf einer klumpigen Matratze auf dem Wohnzimmerboden. Das Sofa läßt sich ausklappen und ist dann Martas Bett.

«Hi», rief ich ihr nach. Ich bin von meiner kleinen Schwester erheblich enthusiastischere Begrüßungen gewohnt. Außerdem bin ich es nicht gewohnt, sie an einem normalen Schultag schon so früh zu Hause anzutreffen.

«Wieso hat Paolina mir nicht die Tür aufgemacht?» fragte ich Marta. «Hätte Ihnen doch den Weg abnehmen können. Ist sie krank?»

Marta zuckte die Schultern und ließ sich schwer auf den einzigen anständigen Stuhl im Zimmer fallen. Er war einen Meter vor dem Fernseher aufgebaut, und ich hatte so das Gefühl, daß ich sie bei ihrer Lieblings-Game-Show störte. Ich konnte mich nicht erinnern, daß Marta einen Farbfernseher besaß. Ich fragte mich, ob er wohl neu war.

Ich setzte mich auf die Kante der Schlafcouch. Sie war nicht zum Sofa zusammengebaut worden. Das Bett war nicht gemacht. Die Kopfkissen und Decken der Jungs lagen in einem unordentlichen Haufen am Fußende der Matratze.

«Lassen Sie alles liegen», sagte Marta, obwohl ich keine Anstalten gemacht hatte aufzuräumen. Das mache ich nur äußerst selten. Hausarbeit und ich passen einfach nicht zusammen. «Lassen Sie es einfach liegen. Ich bin nicht das Zimmermädchen der Jungs. Sie sind es auch nicht.»

«Ist die Schule heute früher ausgewesen?»

«Fragen Sie sie doch selbst», sagte Marta, deutete mit einer knappen Kopfbewegung auf das Schlafzimmer.

«Das werde ich.»

«Ich dachte, Sie wären deswegen gekommen. Wie der Mann von der Schule, der sich um Schulschwänzer kümmert.»

«Nein.»

«Sie ist nicht in der Schule gewesen. Nicht mal zu den Proben ihrer Band. Ich weiß nicht, was ihr Kummer macht – vielleicht sind es die anderen Kids, vielleicht auch irgendein Lehrer –, aber es läßt sie nicht los, und mir will sie nichts erzählen. Vielleicht sagt sie's ja Ihnen.»

«Ich werd's versuchen.»

Sie wartete, schaute zu, wie eine fette Lady einen absolut aufrichtig dreinschauenden Showmaster in den Arm nahm, der ihr gerade eine Chance auf fünfhundert Dollar versprochen hatte, hoffte, ich würde endlich verschwinden. Ich blieb. «Aber das ist nicht der Grund, warum Sie gekommen sind?» fragte sie schließlich.

«Nein.»

«Sitzen Sie nicht da auf dem Sofa, die Hubbel werden Sie umbringen. Holen Sie sich einen Stuhl aus der Küche rüber, ja?»

Eine Frau ist bei mir gewesen. Eine kleine Frau mit einem schmalen Gesicht und nervösen Händen. Mit einem spitzen Kinn, sehr dunklen, weit auseinanderstehenden Augen. Mit einer kleinen Nase. Eine Latino-Frau. Eine verängstigte Frau. Eine beunruhigte Frau. Manuela Estefan. Haben Sie sie zu mir geschickt?

Genau das wollte ich sagen. Aber ich tat es nicht. Marta ist gerissen. Sie glaubt, Informationen müßte man hamstern und nur sehr langsam und bedächtig herausgeben.

Also fing ich ein unverfängliches Gespräch über ihre kürzliche Reise nach Südamerika an. Fünf Wochen in Bogotá, die mit dem Tod von Martas Vater endeten. Ich drückte ihr mein aufrichtiges Beileid aus, obwohl ich immer das Gefühl hatte, daß es zwischen Marta und ihrem Dad nicht viel Liebe gegeben hatte. Bis zu dieser Reise war mir nicht bewußt gewesen, daß ihr Vater überhaupt noch lebte. Nach meiner Vermutung war Marta in der Hoffnung auf irgendeine Erbschaft nach Hause gefahren und genauso arm wie vorher zurückgekehrt. Die Reise war wohl ein Mißerfolg gewesen.

In mehr als nur einer Hinsicht, wenn Paolina, die sie begleitet hatte, jetzt nicht mehr in die Schule ging.

Marta sagte, sie hätten eine ganz schöne Zeit verbracht, und ihre Tanten hätten sich sehr gefreut, ihre *sobrina* zu sehen, was, wie ich mich erinnerte, «Nichte» bedeutete.

Hauptsächlich sprach sie englisch, hin und wieder ein eingestreutes spanisches Wort über das schöne Wetter und die Märkte in Bogotá. Die wunderbaren Lederwaren. Sie sagte, das Eis sei viel besser gewesen als das Zeug, das sie als Kind gegessen hätte. Nichts über die Drogenkriege oder die Bombenattentate, über die im *Globe* ausführlich auf der ersten Seite berichtet wurde.

«Die Frau, die Sie mir gestern ins Büro geschickt haben, hat etwas bei mir liegenlassen, das ich gern zurückgeben würde», sagte ich, schob es ganz beiläufig zwischen die Schilderungen der exotischen Blumen, die man an jedem x-beliebigen Marktstand kaufen konnte, und sie waren noch dazu so billig.

Marta redete noch eine ganze Weile weiter von Blumen, dann stockte sie langsam. «Was für eine Frau?» sagte sie, plötzlich mißtrauisch. «*Una mujer* ohne Namen?»

«Ich glaube, sie sagte was von Manuela.»

«Ich kenne keine Manuela», erwiderte Marta kategorisch.

«Manuela Estefan», sagte ich. «Ich möchte ihr gern helfen, aber ich weiß nicht, wo ich sie finden kann.»

«Vielleicht wird sie Sie finden», schlug Marta vor, «wenn sie will.»

«Aber diese Frau steckt möglicherweise in Schwierigkeiten. Wenn ich sie jetzt finde, kann ich ihr vielleicht Ärger ersparen», sagte ich.

«Manuela ... nein. Ich glaube nicht, daß ich eine Frau mit diesem Namen kenne», erwiderte Marta. Ihr Gesicht und ihre Stimme verrieten nichts. Sie hätte einen guten Falschspieler abgegeben. Das Wichtigste auf der Welt schien für sie in diesem Augenblick darin zu bestehen, ob die fette Frau die Frage des Showmasters richtig beantworten konnte. Sie konzentrierte sich voll auf den Fernseher.

Ich wußte nicht, ob ich ihr glauben sollte oder nicht.

«Falls Sie diese Frau zufällig treffen, sagen Sie ihr doch bitte, daß ihre *green card* sicher bei einem Mann von der INS aufgehoben ist.»

«La Migra», sagte Marta, starrte immer noch auf den Bildschirm, spuckte die Silben jedoch verächtlich aus. «Die machen doch nur Ärger! Bei denen ist gar nichts sicher aufgehoben.»

«Ich kann Manuela helfen, ihre Karte zurückzubekommen, aber sie muß sich mit mir oder einem gewissen Mr. Jamieson von der INS in Verbindung setzen.»

Darüber dachte Marta eine Weile nach. «Ich kenne keine Manuela außer der Frau, die sich in der Tagesstätte um die Kinder kümmert, und die hat einen anderen Familiennamen. Sie ist fett und häßlich. Ist Ihre auch fett und häßlich?»

Ich beschrieb Manuela, aber Marta behielt ihr Pokerface.

«Vielleicht gehen Sie jetzt besser und sprechen mit Paolina, ja?» sagte sie, drückte dabei auf die Fernsteuerung, so daß die Lautstärke des Fernsehers plötzlich zu einem lauten Brüllen anschwoll. «Vielleicht hört sie ja auf Sie. Auf mich jedenfalls nicht.»

5

Paolinas Zimmer sah aus, als wäre es von Vandalen aufgemischt worden. Aus den drei Einzelbetten, vor jeder der gelben Wände eins, hingen verhedderte Laken und Decken auf den rissigen Linoleumboden herunter. Unterwäsche, Pullover und Socken waren achtlos in die Regale aus Hohlblocksteinen und Brettern gestopft worden; sie dienten als Ersatz für Kommoden. Nichts war gefaltet, nichts ordentlich gestapelt. Der Gestank schmutziger Socken hing in der Luft.

Auf der positiven Seite: Es roch nicht nach Marihuana.

Paolinas Zimmer befindet sich normalerweise immer in einem ziemlich üblen Zustand, aber heute war es schlimmer. Ich brauchte eine ganze Weile, bis mir klar wurde, daß es nicht einfach nur der Mief und das Durcheinander waren. Die Poster über Paolinas Bett waren verschwunden, nur noch ausgefranste Spuren von Klebeband auf der Farbe zeigten, wo sie einmal gehangen hatten. Ich konnte mich nicht an die fehlenden Poster erinnern, aber sie waren bunt gewesen, fröhlich.

Ich wollte schon eine Bemerkung über den Zustand des Zimmers machen, holte tief Luft ... und überlegte es mir dann anders. Schloß meinen Mund, öffnete ihn wieder, schloß ihn. Ich war froh, daß Paolina mit zur Wand gedrehtem Gesicht auf ihrem Bett lag, statt meine Goldfisch-Nummer zu beobachten. Ich entschied, das Zimmer mit keiner Silbe zu erwähnen. Wer braucht schon Kritik, wenn er schlecht drauf ist? Außerdem kann der Zustand meiner Wohnung kaum als leuchtendes Beispiel gelten. Ich mache mein Bett auch nicht. Wozu auch? Am nächsten Morgen muß man es doch nur wieder machen.

Paolina lag im mittleren Bett, dem bevorzugten Bett unter dem einzigen Fenster. Ihr Bett, weil sie die Älteste war.

Ich gab ein höfliches Räuspern von mir, aber sie drehte den Kopf nicht um, daher schob ich etwas von dem Plunder zur Seite und setzte mich auf eines der anderen Betten.

«Was diesem Zimmer fehlt», sagte ich ernst, «ist ein Sittich.»

Früher wurden Kanarienvögel in den Minen eingesetzt, dachte ich, damit sie statt der Bergleute von den giftigen Dämpfen umgebracht wurden.

«Häh?» sagte sie.

«Tja», erwiderte ich, «ich hatte da an einen ganz bestimmten Vogel gedacht. Ich denke, Red Emma würde hier alles ein bißchen aufheitern. All das Gezwitscher und so.»

«Magst du Esmeralda nicht mehr?»

«Wenn du sie Esmeralda nennst, sollte sie auch hier leben. Wer dem Vogel seinen Namen gibt, der kriegt ihn auch.»

Mein Sittich – also, nicht *mein* Sittich, freiwillig hätte ich nie einen Sittich – ist ein Wanderpreis. Der Wellensittich, der eigentlich Fluffy heißt – um Gottes willen –, gehörte meiner Tante Bea und somit zum Haus, als ich es erbte. Tante Bea, eine ehrfurchtgebietende Frau in jeder anderen Hinsicht, liebte diesen Vogel abgöttisch, und ich traute mich nicht, das Tier einfach loszuwerden. Ich taufte ihn sofort nach einem meiner großen Vorbilder zu Red Emma um und wünschte ihm einen barmherzig kurzen Aufenthalt auf Erden. Wahrscheinlich wird er mich überleben.

Paolina mag den Vogel. Da er zweifellos grün und nicht rot ist, hat sie angefangen, ihn Esmeralda zu nennen. Sie bringt ihm Spanisch bei.

Ich wollte fragen, warum sie nicht in der Schule war. «Und, wie fandest du das Volleyballspiel?» sagte ich statt dessen.

«Ja, war schon okay», sagte sie. Die Antwort wurde von einem Kissen gedämpft.

Früher, und das war noch gar nicht so lange her, hätte sie jede einzelne Phase dieses letzten Spieles mit mir durchgekaut, hätte mich gefragt, warum ich dies und das gemacht hätte. Sie ist selbst eine verflixt gute Volleyballspielerin.

Sie trug eine Jeans, die an den Knien zerrissen war, und ein T-Shirt, das ihre Schulband vor ein paar Jahren verkauft hatte. *MAKE A JOYFUL NOISE* stand in Regenbogenfarben darauf, die jetzt allerdings verschossen waren, und im Hintergrund waren eine Halb- und eine Viertelnote zu sehen. Hinten in meinem Schrank lagen noch ein paar von den Dingern. Jedes Kind hatte mindestens ein Dutzend verkaufen sollen, um Geld für die Band hereinzubekommen. Die, die Paolina nicht an den Mann gebracht hatte, kaufte ich ihr dann ab.

Ein T-Shirt hatte ich Roz geschenkt, meiner Punk-Rock-Mieterin, aber ihr war es viel zu zahm, und ich habe es sie nie tragen sehen.

Schließlich setzte Paolina sich auf, verschränkte die Beine auf dem Bett und sah mich an.

«Und?» sagte sie.

«*¿Qué tal?*» erwiderte ich.

«*Nada especial*», sagte sie. Es sah ganz und gar nicht danach aus, als wäre «nichts Besonderes» los. Nicht, wenn sie die Schule schwänzte und den Nachmittag mit dem Gesicht in den Kissen vergraben auf dem Bett verbrachte. Nicht an die Tür ging, wo sie doch verdammt gut wußte, daß ihre Mutter sich mit ihrem Stock nach unten schleppen mußte.

«*Sábado*», sagte ich. «Ich habe ein weiteres Spiel. Hast du Lust?»

Schon immer verbringen wir die Samstagnachmittage

zusammen. Wir streifen durch Einkaufszentren, schauen uns die hiesige Musikszene an, fahren raus aufs Land und pflücken Äpfel. Wir haben uns zusammen schon acht Spiele der Red Sox angesehen, und letztes Jahr ist sie richtig darauf abgefahren. Es hat ihr das Herz gebrochen, als sie es nicht in die World Series schafften, nachdem sie diese wunderbare Gewinnsträhne hatten. In diesem Jahr sah sie die Sache zynischer, so wie die altgedienten Fans.

«Mir egal», brummte sie. «Wenn du willst.»

«He», sagte ich, «du könntest ruhig ein bißchen freundlicher sein.»

«Einen Scheißdreck kann ich», schoß sie sofort zurück.

Ich schnappte nach Luft. So redet Paolina normalerweise nicht mit mir. Ich habe keine Ahnung, wie sie mit ihren Schulkameraden redet, aber mit mir redet sie jedenfalls nicht so. Ich vermutete, sie wollte irgendeine Reaktion provozieren, aber ich war nicht sicher, welche.

Ich saß einfach nur da.

«Und, willst du mich nicht fragen, wieso ich nicht in der Schule bin?» sagte sie wütend, schleuderte ein Paar nicht zusammenpassender Socken auf den Boden.

«Willst du's mir sagen?» fragte ich, tastete mich vorsichtig auf unvertrautem Gelände vor.

«Spielt sowieso keine Rolle», meinte sie.

«Was?» sagte ich.

«Häh?»

«Es mir zu erzählen spielt keine Rolle, oder nicht mehr in die Schule zu gehen spielt keine Rolle?»

«Nichts spielt noch eine Rolle, das ist alles», sagte sie und drehte ihr Gesicht zur Seite, wodurch ich Gelegenheit bekam, ihr Profil zu studieren und darüber zu sinnieren, wieviel älter sie aussah als das Mädchen, das ich damals kennengelernt hatte, das Mädchen, das noch keine sieben

Jahre alt gewesen war und auf dessen Wange sich der Abdruck einer Hand abgemalt hatte.

«Es tut mir leid, daß du so lange in Bogotá bleiben mußtest», sagte ich. «Muß ziemlich hart gewesen sein, die ersten paar Schultage zu versäumen. Wahrscheinlich haben sie schon die Plätze verteilt und alles, und jetzt sitzt du nicht mehr neben deinen Freunden ...»

«Kids sind dumm», sagte sie.

«Ist in Bogotá irgendwas passiert?» fragte ich.

«Nada», sagte sie. *«Nada especial.»*

«Aber du bleibst lieber hier, als in die Schule zu gehen? Ist es wegen eines Lehrers?»

«Du verstehst das nicht», sagte sie, und ihre traurige Stimme hallte in dem winzigen Raum nach. Ich konnte mich selbst hören, mit zehn Jahren, wie ich genau den gleichen Satz zu meiner Mom gesagt hatte: *Du verstehst das nicht. Du verstehst das nicht.*

«Herzchen», sagte ich, «ich versuch's ja, aber Gedanken lesen kann ich nicht. Du mußt es mir schon sagen.»

«Hast du nicht mit Marta über mich geredet?» fragte sie bitter.

Sonst nennt sie Marta Mom.

«Sollte ich?» fragte ich.

«Nein.»

«Ist in Bogotá irgendwas passiert?»

«Wenn man nicht die Wahrheit sagt, ist das dann dasselbe wie lügen?» konterte sie.

«Manchmal ist es wohl so, und manchmal auch wieder nicht. Es kommt ganz auf die Situation an, glaube ich.»

«Oh», sagte sie, drehte sich wieder von mir fort und starrte aus dem schmutzigen Fenster.

«Kannst du mir erzählen, was passiert ist?»

«Ich weiß nicht», sagte sie. «Ich glaub eigentlich nicht.»

Toll, dachte ich. Kein Anhaltspunkt für Drogen in diesem Zimmer. Nur ein Kind, das mal offen wie eine Sonnenblume gewesen war und jetzt verschlossen wie eine Faust.

«Wenn du nicht gekommen bist, um mich zu überreden, wieder in die Schule zu gehen, wieso bist du dann hier?» fragte sie.

«Also», sagte ich, «eigentlich, um herauszufinden, ob du oder deine Mom eine Frau namens Manuela kennt...»

Die Tür ging auf, und ein Schwall spanischer Worte kam über Martas Lippen, so schnell, daß ich keine Chance hatte, auch nur die Hälfte zu verstehen. Aber ich bekam genug mit. Paolina sollte nicht über Dinge reden, die sie nichts angingen.

Sie bekam Stubenarrest. Sie konnte in die Schule gehen oder nirgendwohin. Vielleicht war es nicht gut für sie, wenn sie mich kommenden Samstag treffen würde.

«Marta», sagte ich, bemühte mich, meine Stimme ganz ruhig und leise zu halten, «ich muß sie nach dieser Frau fragen, nach Manuela Estefan. Es ist eine ganz einfache Frage. Vielleicht ist es eine Lehrerin von der Schule, jemand, den sie kennt.»

«Sag es ihr», befahl Marta.

«Ich kenne niemanden mit diesem Namen», brummte Paolina. «Was soll das ganze Theater?»

Ich entschuldigte mich, daß ich Ärger gemacht hatte, und ging, ohne daß eine meiner Fragen beantwortet worden war und mit erheblich mehr quälenden Fragen als zu Beginn meines Besuches.

6

Um sieben Uhr an diesem Abend, sauer, weil ich immer noch keine Spur meiner Klientin gefunden hatte, beschloß ich, etwas ganz Praktisches zu tun: ein paar Dollar zu verdienen. Manuelas fünfhundert würden nicht ewig reichen, und ich finde, ich kann Bargeld immer gebrauchen, um Katzenfutter und Schuhe Größe 44 zu kaufen – die man so gut wie nie im Ausverkauf bekommt –, ganz zu schweigen von den Steuern, die ich für mein altes viktorianisches Haus zahlen muß.

Das Haus gehört mir ganz allein. Tante Bea hatte die über dreißig Jahre laufende Hypothek acht Monate vor ihrem Tod abbezahlt. Der einzige Haken ist nur, daß das Haus so nahe am Harvard Square liegt, in einem so attraktiven Viertel, daß die Grundstückspreise in den Himmel geschossen sind. Ich bezahle Steuern, die die Höhe einer Miete erreichen. Einer teuren Miete. Ich sehe es so und deponiere monatlich mein Geld auf der Bank, damit ich nicht an Schock sterbe, wenn ich die halbjährliche Zahlungsaufforderung kriege.

Die Miete möchte ich als Privatdetektiv verdienen, aber nebenbei jobbe ich immer noch als Fahrer bei der *Green & White Cab Company*. Das mache ich schon seit Jahren, seit meinem Eintritt ins College. Es gefällt mir erheblich besser, als zu kellnern. Ich fahre gern Auto – das kann man tun, während man Musik hört –, und ich kenne die Stadt. Mooney findet es gar nicht gut, daß ich Taxi fahre, sagt, es wäre gefährlich für eine Frau, als wär's nicht auch für einen Mann gefährlich und als würde meine Erfahrung als Cop nicht mehr zählen als irgendein Schreibtischjob bei der Telefongesellschaft.

Als Cop mußte ich eine Kanone tragen. Taxifahrer dürfen keine Schußwaffen bei sich führen, aber den muß ich erst noch kennenlernen, der nicht ein ordentliches Stück Bleirohr unter dem Fahrersitz hat.

Ich hab auch eins.

Bevor ich zu *G&W* rüberfuhr, ließ ich mir meinen Tag noch einmal durch den Kopf gehen. Nach meinem Scheitern bei Marta und Paolina hatte ich eine Kirche in Cambridge aufgesucht, die illegalen Einwanderern Zuflucht und Unterstützung bot. Entweder hatten sie wirklich noch nie von Manuela gehört – weder von derjenigen, die es posthum in die Zeitung geschafft hatte, noch von der anderen, die mich in meinem Büro aufgesucht hatte –, oder aber sie dachten gar nicht daran, es einem Detektiv gegenüber zuzugeben, der nur stockend Spanisch sprach. Dann hatte ich negative Antworten von einer Reihe befreundeter Anwälte erhalten, die Fälle von Immigranten übernahmen, obwohl einer von ihnen sagte, er würde weitergeben, daß ich diese Frau suchte. Außerdem hatte er mir eine Stelle in Cambridge empfohlen, eine Rechtsberatungsstelle, die Illegalen half. Deren Sekretär behandelte mich wie einen Undercover-Agenten der INS, was mich stinksauer machte.

Also war ich nach Hause gefahren, um meine Wunden zu lecken. Ich halte mich für eine so offensichtlich vertrauenswürdige Person, daß es mich höllisch fuchst, wenn mir die Leute nicht unbesehen glauben. Ich weiß selbst, das ist dumm. Besonders aus dem Mund eines Ex-Cops, der seine kleine Schwester immer wieder ermahnt, Fremden niemals zu vertrauen. Ich habe wohl Schwierigkeiten zu begreifen, daß ich selbst manchmal ein Fremder bin.

Hungrig wie üblich machte ich mir aus Resten ein Abendessen, das im wesentlichen aus Chili und Monterey Jack, gewürzt mit Jalapeños, bestand. Wenn man genügend Jalapeños ins Essen tut, kann man das Alter der Mahlzeit unmöglich erkennen. Ich fütterte meine Katze, die ein erheblich größerer Gourmet ist als ich, stellte die Büchse Fancy-Feast an ihre rituelle Stelle auf dem Küchenboden. Ich wechselte sogar das Wasser in Red Emmas Käfig.

Dann hatte ich telefonisch eine Anzeige aufgegeben, sowohl im *Globe* als auch im *Herald,* in der ich Manuela Estefan dringendst bat, sich wegen ihrer Karte mit Carlotta Carlyle in Verbindung zu setzen. Ich beschloß, beide Anzeigen zwei Wochen erscheinen zu lassen: Das machte $ 12.95 beim *Globe,* $ 8.95 beim *Herald,* wo sie gerade ein Sonderangebot laufen hatten. Bei beiden konnte ich meine *Visa*-Karte belasten.

Eine zweite Mahnung hatte ich an eine Frau geschickt, deren ausgerissene Tochter ich zurückgebracht hatte, setzte in Rot «Letzte Mahnung» unten auf die Seite und fragte mich, was, zum Teufel, ich tun sollte, wenn sie mich weiterhin ignorierte. Mir die Tochter als Pfand holen?

Roz, meine Mieterin von der zweiten Etage, Putzfrau und zeitweilige Assistentin, war oben und nahm gerade ihre Karatestunde. Das erkannte ich an den dumpfen Schlägen auf den Boden und an Lemons Transporter, der vor dem Haus parkte. Lemon, der Karetelehrer, hat einen dieser vornehmen dreiteiligen Banker-Namen, Whitfield Arthur Carstairs III, glaube ich, und er arbeitet auch als Performance-Künstler. Hin und wieder haben sie was miteinander, obwohl Roz nicht der monogame Typ ist, und als ihr Wummern rhythmischer wurde, beschloß ich, für eine Weile das Haus zu verlassen.

Ich bin wirklich nicht dauernd geil. Wie Bonnie Raitt, eine meiner Lieblings-Bluessängerinnen, so schön singt: «I ain't blue, just a little bit lonely for some lovin'.» Trotzdem, ich dachte, lieber fahre ich Taxi, als mir weiter Roz' Glückseligkeit anhören zu müssen. Beim Lieben entwickelt sie eine gehörige Lautstärke.

Also zog ich mir einen Blouson über mein T-Shirt und versuchte, meinen Geschwindigkeitsrekord für die gut zwei Meilen zu *G&W* zu brechen. Was ich nicht schaffte. Aber die Cops erwischten mich auch nicht.

Statt wie gewöhnlich die Wagenschlüssel zu holen und sofort wieder zu verschwinden, beschloß ich, ein bißchen mit Gloria zu plaudern. Sie ist *G&Ws* größter Aktivposten, Funkerin und Mitinhaberin. Manchmal schickt sie mir Klienten, und womöglich hatte sie mich der Frau empfohlen, die sich Manuela nannte.

Gloria winkte mich auf ihren Besucherstuhl, während sie sanfte, beruhigende Worte in den Telefonhörer säuselte. Ich setzte mich, während ich meinen Ghettoblaster auf dem Schoß balancierte. In dem Laden stelle ich nie gern irgendwas auf den Boden. Der Beton ist genauso klebrig wie die Böden in alten Kinos, nachdem auf ihnen vierzig Jahre lang Orangensaft verschüttet und Popcorn festgetreten worden ist.

Ich nehme immer einen Kassettenrecorder mit, wenn ich losziehe, um ein Cab durch die Stadt zu kutschieren. Die Radios, die Gloria in ihren alten Fords hat, sind kaum in der Lage, die Top-Forty-Sender auf Mittelwelle reinzuholen.

Meine Blicke suchten die Garage ab, achteten sorgfältig darauf, nicht zu lange in irgendwelchen Ecken zu verharren. *G&W* ist häßlich, aber zuverlässig. Kein Mensch macht je den Versuch, es mit einem Poster hier oder einer Vase mit Blumen dort zu verschönern. Eine einzige schöne Stelle würde den ganzen Rest dieser miesen Bude unerträglich werden lassen. Also unternimmt Gloria klugerweise gar nichts, und der attraktivste Gegenstand im Raum bleibt ein quadratisches Pinnbrett aus Kork, an dem die Wagenschlüssel hängen.

Nicht, daß Gloria viel mehr könnte als organisieren und

die Leute herumkommandieren, die zwei Dinge, die sie am besten kann. Gloria leitet *G&W* aus einem Rollstuhl.

«Wie geht's dir?» fragte sie zwischen zwei Telefonaten und ein paar Bissen Milky Way mit ihrer samtigen Stimme. Gloria ißt pausenlos und besitzt auch die dazugehörige massige Gestalt, um das zu beweisen. Ich habe noch nie gesehen, wie irgendwas wirklich Nahrhaftes in ihrem Mund verschwand.

«Jede Sekunde, die wir uns unterhalten, steht eine deiner Taxen untätig rum», erinnerte ich sie grinsend. «Also sag mir, hast du in letzter Zeit eine meiner Visitenkarten einer Latino-Lady gegeben?»

«Wieso? Klingeln dir die Ohren oder was?»

«Einfache Frage, einfache Antwort, Gloria», sagte ich.

Das Telefon klingelte, und ihre Hand stürzte sich wie ein Raubvogel auf den Hörer. Während sie einen verärgerten Kunden beruhigte, der zwei Minuten länger als versprochen warten mußte, musterte ich ihren Schreibtisch.

Dort lag genau in der Mitte der Schreibtischunterlage ein Luftpostbrief, in einer vertrauten Handschrift, adressiert an Gloria. Aus Italien. Ich konnte mich gerade noch bremsen, bevor meine Hand sich ausstreckte und den Brief ergriff. Ich blickte hoch, und Gloria starrte mich an.

Falls ich jemals rot geworden bin, dann sicher in diesem Augenblick. Der Brief war von Sam Gianelli, dem Besitzer der anderen Hälfte von *G&W*. Gloria behält mein Liebesleben gern im Auge, und ich wollte nicht, daß sie wußte, wie ungeduldig ich auf Sams Rückkehr wartete. Verdammt, wahrscheinlich würde sie ihm das alles direkt erzählen.

«I ain't blue, just a little bit lonely . . .» Ich hoffte, ich hatte das richtige Band eingesteckt. Ich konnte Raitts hohe, feine Stimme schon deutlich hören.

Gloria legte auf, nachdem ihre sanfte Stimme ihre Arbeit erledigt hatte.

«So», sagte sie und achtete dabei sorgfältig darauf, den Brief mit keiner Silbe zu erwähnen, «welche spanische Lady meinst du denn? Bei mir arbeiten ein paar spanischsprechende Typen. Kann mich aber nicht erinnern, daß einer von denen mal einen Privatdetektiv gebraucht hat.»

«Hast du einem von denen mal meine Karte gegeben?»

Gloria biß ein weiteres Stück Milky Way ab. «Nee», meinte sie schließlich. «Was ist denn los? Hast du einen Job, wo was bei rausspringt?»

Hätten die Telefone nicht plötzlich angefangen durchzudrehen, wäre ich ganz sicher nicht ohne ein detailliertes Kreuzverhör wieder rausgekommen. Ich schnappte mir ein paar Schlüssel und ging.

Ein Dodge Aries rasierte mir um ein Haar den Kotflügel ab, als ich vom Platz fuhr.

Ich kutschierte Kongreßteilnehmer von ihren Dinners im *Anthony's Pier Four* zu ihren *Westin*- und *Marriott*-Hotels, verdiente genug, um eine Woche bescheiden über die Runden zu kommen. Dann kreuzte ich gemächlich durch Jamaica Plain, ein Bostoner Viertel. J. P. besitzt eine hohe Bevölkerungsdichte an illegalen Einwanderern, sowohl irischer wie lateinamerikanischer Herkunft, und es gibt eine Menge Vermieter, die das große Geschäft damit machen, winzige Zweizimmerapartments an zehn oder mehr Ausländer gleichzeitig zu vermieten.

Ich hielt vor einem rund um die Uhr geöffneten Lebensmittelgeschäft, einem kleinen Tante-Emma-Laden mit spanischen Schildern im Schaufenster. Ich dachte, ich würde dem Besitzer mal meine Manuela beschreiben, aber ohne ein Bild oder gute Sprachkenntnisse kam mir das Vorhaben doch ziemlich albern vor. Daher kaufte ich einfach eine Dose Pepsi und ging wieder, lächelte dabei dem Burschen hinter der Theke freundlich zu.

Kurz nach Mitternacht fuhr dieser verdammte weiße Dodge Aries zum drittenmal vorbei, hielt ein Stück weiter die Straße hinauf und begann mir von da an zu folgen. Ich spielte eine Weile mit ihm herum, versuchte ihn in Einbahnstraßen und Sackgassen zu locken, aber wer auch immer es war, er kannte die Stadt zu gut, um mir die Chance zu geben, einmal um den Block zu fahren und mich hinter ihn zu setzen.

«INS», brummte ich leise vor mich hin, drehte die Lautstärke bei Rory Blocks «Gypsy Boy» voll auf und half ihr bei dem Scat-Gesang ein bißchen aus. Jamieson, dieser gottverdammte INS-Agent, verfolgte mich, versuchte so, Manuela Estefan auf die Spur zu kommen.

Ich ließ ihn mir ins North End folgen. Ich brauchte zwei Minuten, um ihn in diesem Labyrinth aus verwinkelten Straßen abzuhängen.

7

Als ich nach Hause kam – es war kurz nach zwei Uhr morgens –, schien mir, als wären seit Manuela Estefans Besuch schon Wochen vergangen. Ein Teil von mir war der Ansicht, daß ich mir ihren Vorschuß bereits verdient hatte. Verdammt, den hatte ich mir schon allein damit verdient, daß ich diesem INS-Blödmann beim Mittagessen zuhören mußte, ganz zu schweigen von den Kosten für die Anzeigen im *Globe* und *Herald*, ganz zu schweigen von dem Sprit, den ich verbraucht hatte, indem ich an Orte gefahren war, wo ich mir nichts außer *gringa*-Beleidigungen eingehandelt hatte.

Fünfhundert Dollar pro Tag berechne ich meinen feinen Rechtsanwaltklienten mit ihren schicken Gucci-Schuhen. Von denen ich allerdings nicht besonders viele habe. Alle anderen zahlen nach einer fallenden Skala. Ich orientiere mich dabei ziemlich an Schuhen. Ich erinnerte mich an Manuelas schiefe Absätze. Mit fünfhundert würde sie noch einen oder zwei Tage bekommen.

Während ich mir ein Sandwich machte – luftgetrocknete Salami, Schweizer Käse und ziemlich angegammelt aussehendes Truthahnfleisch auf Roggenbrot –, sah ich auf die Kühlschranktür, ob dort Nachrichten für mich klebten. Das ist unser Schwarzes Brett. Roz' Aufgabe ist es, dafür zu sorgen, daß es aufgeräumt und ordentlich bleibt, aber bald wird es sich für Mittel aus dem Katastrophenfonds qualifizieren. Sie hinterläßt ihre hastig auf zerknitterten Papierfetzen hingeschmierten Nachrichten unter einem bunten Sortiment verschiedener Magnete, die von den einfachen silbernen Scheiben, die ich am Anfang gekauft hatte, bis zu Bierdosen, Pferdeärschen und Hamburgern in grellen Neonfarben reichen, die sie bevorzugt. Da waren zwei Mitteilungen – eine von Roz an Roz, daß sie mehr Erdnußbutter einkaufen sollte, die andere mit der Warnung, daß T. C.s Leber und Schinkenspeck ausgingen – seine bevorzugten Geschmacksrichtungen von Fancy-Feast.

Ich habe gelernt, daß es klug ist, T. C.s kulinarische Launen zu berücksichtigen.

Mein Sandwich hatte ich bis auf den letzten Bissen verputzt, als ich erst das blinkende rote Lämpchen meines Anrufbeantworters bemerkte. Ich drückte die Knöpfe, die meinen Panasonic in Betrieb setzten. Da war eine Nachricht von Sam – immer noch in Italien, Mist. Er hat eine wunderbare tiefe Stimme, der selbst transkontinentale Verbindungen nichts anhaben können. Er meinte, er würde in einer, vielleicht in anderthalb Wochen wieder zu Hause sein. Er hockte in einem Hotelzimmer in Turin, in dem ein riesiges Himmelbett stand.

Ein Piepton kündigte das Ende seiner Nachricht an, und dann folgte eine Pause, die lange genug war, daß ich schon glaubte, das Gerät wäre in irgendeine Art Trance verfallen. Ich konnte jemanden atmen hören, flach und schnell.

«*Señorita*», flüsterte die Stimme. «*Es ... es Manuela. ¡Ayúdame, por favor! Yo sé que usted me va a ayúdar. Veinte uno Westland. ¡Pronto, señorita!*»

Ich ließ die Nachricht noch einmal abspielen, weil die Stimme so leise war. Sie kam keuchend und stockend, und dadurch war sie schwer zu verstehen. Das Spanisch war einfach genug: «Ich bin's, Manuela. Helfen Sie mir, bitte. Ich weiß, Sie werden mir helfen. Einundzwanzig Westland. Schnell.»

Ich zupfte an einer Haarsträhne, eine scheußliche Angewohnheit, dank deren ich eines Tages eine Glatze haben werde. Ein einzelnes Haar löste sich. Ich ließ es durch die Finger gleiten.

Ich habe auch früher schon solche oder ähnliche Nachrichten erhalten, und inzwischen habe ich gelernt, daß es eine Sache ist, zu Hilfe zu eilen, und eine ganz andere, einfach loszustürmen, ohne vorher nachzudenken.

Ich wußte, wo die Westland Avenue lag, in einer Gegend in der Nähe Northeastern und der Fens, wo es vor Studenten wimmelte. Ich hielt es für Manuelas Stimme, aber sicher war ich nicht. Ich habe ein recht gutes Ohr für Stimmen, aber die Frau, die angerufen hatte, klang, als hätte sie schreckliche Angst. Ihre flüsternde Stimme war hoch gewesen, und deswegen war schwer zu entscheiden, ob sie der gleichen Frau gehörte, mit der ich gestern abend gesprochen hatte.

Mittwoch abend. Und jetzt war es schon Freitag morgen.

Außerdem wußte ich nicht, wann der Anruf erfolgt war.

Ich würde Roz aus den Federn holen müssen, gleichgültig, was sie und Lemon gerade so trieben. Lemon war noch da, denn ich hatte bemerkt, daß sein Transporter das PARKEN NUR FÜR ANWOHNER-Schild blockierte. Ich stampfte betont laut die schmalen Holzstufen zum zweiten Stock hinauf, klopfte energisch an und öffnete vorsichtig die Tür, was genau richtig war, denn Lemon stand, nur mit einer Unterhose bekleidet, hinter der Tür, bereit, mir eins überzuziehen.

Roz schlief tief und fest, mit offenem Mund und leise schnarchend. Ich weckte sie, indem ich an ihr zerrte und ihr ins Ohr brüllte.

«Wann hat das Telefon geklingelt?» fragte ich, als sie sich endlich aufgesetzt hatte und sich das Bettlaken bis unter die Nase hochzog. Sie schläft auf diesen Gymnastikmatten, mit denen sie den ganzen Boden ausgelegt hat. Gymnastikmatten und alte Schwarzweißfernseher sind ihre wesentlichen Einrichtungselemente. Wie schön, daß sie auch Bettlaken und Kopfkissen benutzte. Vielleicht hatte sie sie Lemon zu Ehren rausgekramt.

«Telefon», murmelte sie.

«So gegen zehn hat's das erste Mal geklingelt, und dann vielleicht noch mal eine halbe Stunde später», sagte Lemon rasch. Roz zu wecken hätte ich mir schenken können.

«Willst du dir ein paar Dollar verdienen?» fragte ich Lemon. Seine vornehme Familie hatte ihn enterbt, und seine Karriere als Performance-Künstler besteht hauptsächlich darin, auf dem Harvard Square zu jonglieren und Pantomimen zu machen und anschließend den Hut kreisen zu lassen. Ich habe keine Ahnung, ob Roz für ihren Karateunterricht bezahlt oder nicht.

«Klar», sagte er.

«Ich auch», sagte Roz, rappelte sich, nackt wie sie war, aus ihren Laken und zog eines aus ihrer unglaublichen Vielfalt an T-Shirts über den Kopf. Dieses war stahlblau, und vorne drauf stand CAPTAIN CONDOM. Es hatte auch noch ein Bild.

Bevor wir zur Westland Avenue losfuhren, rief ich die Mordkommission an. Mooney war nicht da.

8

Wir nahmen Lemons Transporter. Er fuhr, und ich achtete auf mögliche Verfolger. Ein kalter Nieselregen ließ die Straße glänzen, und ich kuschelte mich in meine dicke Seemannsjacke, war froh über die Wärme, die wir dicht aneinandergedrängt ausstrahlten. Roz saß aufgrund ihrer Größe von kaum einsfünfzig zwischen uns, mit ihren kurzen Beinen rittlings auf dem Kardantunnel. Zuerst war ich nicht sicher, ob sie wirklich wach war, aber allmählich kam sie zu sich, was ich daran merkte, daß sie mich mit Fragen zu bombardieren anfing.

«Wahrscheinlich ist es nichts», sagte ich.

«Ja», erwiderte sie mißtrauisch.

«Vielleicht echt, vielleicht eine Falle», sagte ich.

«Treffen Sie sich mit mir um Mitternacht vor dem verlassenen Lagerhaus», brummte sie leise. «Erwartest du jemand Bestimmtes?»

«Ich habe einen INS-Agenten kennengelernt, der mich nicht besonders mag», sagte ich. «Aber eigentlich ist das nicht sein Stil.»

«Immigration and Naturalization Service», sagte Lemon stolz. Wirklich, er ist schon ein aufgeweckter Junge.

«Um herauszufinden, ob ich weiß, wo diese Frau steckt, hätten sie vielleicht einen Hilferuf vorgetäuscht, aber dann hätten sie mir ganz bestimmt nicht noch die Adresse mitgeliefert», sagte ich. «Sie hätten einfach draußen vorm Haus gelauert, um mir zu folgen.»

«Dann ist es also nicht der INS», sagte Lemon. «Wahrscheinlich nicht.»

«Ja. Von euch brauche ich Rückendeckung. Ich zische nicht mitten in der Nacht los, um die Unschuld in Nöten zu retten. Nicht solo. Nicht seit ich meinen ersten *Nancy-Drew*-Roman gelesen habe.»

«Wie stellst du dir die Rückendeckung vor?» wollte Lemon wissen.

«Ich gehe allein rein. Wenn ich in fünf Minuten nicht wieder rauskomme oder euch ein Alles-klar-Zeichen gebe, kommt ihr nach.»

«Bist du bewaffnet?» sagte Roz und bewies, daß sie immer noch wach war.

Ich nickte. Meine .38er Police Special steckte unter meinem Pullover im Bund meiner Hose. Das Metall drückte sich kühl auf meinen Rücken. Ich bewahre das Ding in der verschlossenen untersten Schublade meines Schreibtisches auf, ungeladen und in ein altes Unterhemd von meinem Ex eingewickelt.

«Also okay», sagte sie und schien wieder einzuschlafen.

Ich brauchte ihr nicht erst zu erklären, wie ungern ich die Waffe benutzen würde. Kanonen sind in dieser Branche nötig, bei all den vielen Ganoven, die mit den Dingern in der Gegend herumfuchteln. Das gebe ich durchaus zu – und ich halte mich auf dem Schießstand fit –, aber ich mag trotzdem keine Waffen. Ich habe zwei Menschen getötet, einen, als ich noch Cop war, einen als Privatdetektiv. Beide Male hatte es sein müssen, und ich vergeude nicht viel Zeit darauf, mein Leben immer wieder durchzukauen, aber es war nicht leicht zu schlucken gewesen.

Lemon fuhr gut, schaltete die Gänge des alten Transporters mühelos. Der Regen gehörte zu der Sorte, die die Windschutzscheibe verschmiert, weil er zu leicht für das regelmäßige Wischen der Wischblätter ist. Die Scheiben beschlugen, und Roz beugte sich vor und machte mit einem Knäuel Kleenex einen unregelmäßigen Kreis frei. Es beschlug sofort wieder, also kurbelten wir die Fenster einen Spalt runter und froren.

Die Fahrt dauerte vielleicht zwanzig Minuten. Memorial Drive, dann über die B. U. Bridge, den Park Drive runter zur Brookline Ave. Lemon bog falsch ab, und ich mußte ihn wieder auf die richtige Spur bringen.

Der Umweg führte uns wieder zurück über den Fenway, und genau da bemerkte ich die Blaulichter. Ein Verkehrsunfall, sagte ich mir, obwohl sich genau in diesem Augenblick ein flaues Gefühl in meinem Magen regte. Ich erinnerte mich an den Zeitungsartikel, den Manuela mir gezeigt hatte, den über die Leiche in den Fens. Sie mußte irgendwo hier ganz in der Nähe gefunden worden sein.

Aus der Nähe konnte ich erkennen, daß das Blaulicht zu Streifenwagen gehörte. Kein Abschleppwagen oder so. Als ich Mooneys verbeulten Buick mit zwei Rädern auf dem Bürgersteig parken sah, brüllte ich Lemon zu, er solle sofort anhalten. Dann war ich auch schon draußen und rannte. Lemon brüllte mir irgendwas nach, irgendwas darüber, wo zum Teufel er denn den verdammten Transporter lassen solle.

Es war mir egal.

Die Cops hatten noch nichts abgesperrt. Sie liefen durch die Gegend und redeten, und nur einer von ihnen versuchte mich abzuwimmeln, weil er mich für die Vorhut der anrückenden Presse hielt. Mit Mooneys Namen verschaffte ich mir freie Bahn. Einer der anderen Burschen kannte mich und zwinkerte dem ersten zu.

Ich weiß nicht, was der polizeiinterne Klatsch über Mooney und mich verbreitet, aber es ist auf jeden Fall viel aufregender als die Wirklichkeit. Heute bin ich nicht mehr bei der Polizei, daher ist es egal. Irgendwie stört es mich trotzdem. Sonst würde ich nicht immer so sauer reagieren, oder? Nur wegen eines anzüglichen Zwinkerns von einem Kerl, dessen IQ wahrscheinlich nur einem Zehntel der Zahl auf seiner Marke entsprach.

Die wieder hochgekommene Wut hielt meine Gedanken auf sie konzentriert, während ich den Weg zu einer Gruppe Ulmen hinunterlief, schaurig beleuchtet durch blinkendes Blaulicht.

Mooney ragte mit seinen gut einsneunzig und zweihundertvierzig Pfund eines Linebacker aus der Dunkelheit hervor.

«Eine Leiche?» fragte ich und hatte Angst vor seiner Antwort.

«Was machst ...»

«Laß sie mich mal sehen», sagte ich. «Ich glaube, ich kann sie identifizieren.»

«Es ist kein besonders erfreulicher Anblick», erwiderte er.

«Ist es nie.»

«Wieso bist du ...»

«Ich habe einen Anruf bekommen. Ich habe versucht, dich zu erreichen ...»

«Hier lang», sagte er. «Kotz bloß nicht, sonst macht mir der Gerichtsmediziner die Hölle heiß.»

Ich folgte ihm, biß auf die Unterlippe, riß mich zusammen, machte mich auf den Anblick gefaßt. «Nur 'ne Leiche», flüsterte ich vor mich hin. «Eben noch 'ne Leiche. Ist halt so. Läßt sich nicht mehr ändern.»

Sie hatten sie noch nicht in einen Leichensack gesteckt. Ein Polizeifotograf stand vor ihren Füßen, und die plötzliche Lichtexplosion blendete mich kurz.

Größe und Gewicht schienen zu stimmen. Die dunklen Haare. Das Gesicht war übel zugerichtet und geschwollen, praktisch nicht wiederzuerkennen, voller Wunden und mit dunklem Blut bedeckt. Und die Hände waren weg. Einfach weg, an den Handgelenken abgehackt.

«Und?» sagte Mooney.

Ich konnte nicht sprechen.

Nicht, bis ich etwas auf dem Boden glitzern sah.

Es war ein schmaler Silberring. Der filigrane Silberring, den ich das letzte Mal an der linken Hand meiner Klientin gesehen hatte.

9

«Einundzwanzig Westland Avenue.»

Wahrscheinlich habe ich die Adresse vor mich hingemurmelt, als ich auf die verstümmelten Arme der toten Frau hinabstarrte, denn genau das sagte Mooney zu mir, als er mich an den Schultern packte und umdrehte.

«Einundzwanzig Westland», wiederholte ich langsam, schaute in seine Augen und sah immer noch die Leiche. «Komm mit.»

«Was, zum Teufel, Carlotta ...»

Ich fing wieder an zu reden und zerrte ihn gleichzeitig an der Hand weiter, weil ich keine Minute mit langen Erklärungen verlieren wollte. Er brüllte einem anderen Cop irgendwas über die Schulter zu und kam mit. Die Geschichte von dem spätabendlichen Anruf sprudelte aus mir heraus.

«Dann kannst du die Leiche als die Frau identifizieren, die zu dir gekommen ist?»

«Der Ring auf der Erde», sagte ich. «Sie hat ihn getragen.»

«Könnte auch absichtlich dort hingelegt worden sein», sagte er.

«Er war ein bißchen zu groß. Sie hat ihn immer wieder gedreht, hat an ihm herumgespielt.» Ich erinnerte mich an ihre Hände – kleine, abgearbeitete Hände mit abgekauten Nägeln.

Lemon hatte seinen Transporter auf den Seitenstreifen gefahren, abgeschirmt von zwei Streifenwagen. Ein Cop verhörte ihn gerade, und ich winkte und rief ihm zu, er solle nach Hause fahren, bevor er und Roz verhaftet wurden.

Mooney befahl zwei Uniformierten, uns in einem Streifenwagen zu folgen. Wir nahmen seinen Buick. Ich kletterte automatisch auf den Fahrersitz und rutschte dann rüber auf die Beifahrerseite. Mooney weigert sich, seine Beifahrertür reparieren zu lassen. Er sagt, jedesmal wenn er seinen Wagen tipptopp in Schuß gebracht hat, knallt sofort wieder irgendwer rein.

Wir brauchten vielleicht vier Minuten, um Einundzwanzig Westland zu finden. Es hätte eigentlich schneller gehen müssen, aber keines der Apartmenthäuser, eine Reihe vierstöckiger gelber Ziegelkästen, schien eine Hausnummer zu besitzen, genau wie Bostoner Straßen niemals Straßenschilder haben. Die Querstraßen manchmal schon, aber die Hauptdurchgangsstraßen niemals. Damit macht man den Touristen klar, daß sie nicht hierhergehören.

Schließlich erhaschten wir einen Blick auf eine 43 auf einem Oberlicht und hatten wenigstens einen Anhaltspunkt über die richtige Straßenseite. Dann fanden wir eine 57 und machten kehrt, näherten uns wieder den Fens.

Nummer 21 war ohne Schild, aber es lag direkt neben der 23, und das reichte.

Es gab keine Parkplätze. Und wenn ich sage keine Parkplätze, dann meine ich auch *keine* Parkplätze. Selbst die Hydranten und die für Behinderte reservierten Plätze waren belegt. Mooney ließ den Wagen in der zweiten Reihe stehen, der Streifenwagen, mit blitzendem Blaulicht, direkt hinter uns. Wir achteten darauf, die Wagentüren sorgfältig abzuschließen, da Polizeifahrzeuge für den typischen Massachusetts-Autodieb durchaus nicht tabu sind.

Nummer 21 war ein verwittertes Ziegelgebäude wie alle anderen auch, schmal genug, um höher zu wirken, als es mit seinen vier Etagen war. Ganz in der Nähe stand eine Straßenlaterne. Noch aus einem Meter Entfernung konnte ich kaum die verblaßten Ziffern auf dem gesprungenen Glas der Haustür erkennen.

Die Tür ließ sich problemlos öffnen. Dahinter lag ein kleines, schlecht beleuchtetes Vestibül. Als wir vier gleichzeitig eintraten, wirkte es noch kleiner. Einer der Officer aus dem Streifenwagen mußte Zigarrenraucher sein. Ich hustete, während wir unsere Umgebung musterten. Es gab fünf Briefkästen und fünf Klingeln, was bedeutete, ein Bewohner pro Etage und eine arme Seele im Keller. Keiner der Namen unter den Briefkästen gehörte einer Manuela Estefan. Niemand hatte die Initialen M. E. Mr. Y. Thompson wohnte auf der obersten Etage, Mr. und Mrs. Keith Moore (Shellie) hatten die zweite, Lawrence Barnaby die erste und R. Freedman das Erdgeschoß. Die Kellerwohnung war an einen oder eine A. Gaitan vermietet, und genau das war der Knopf, auf den Mooney jetzt drückte.

Ich bin nicht sicher, ob er ihn gedrückt hat, weil er dachte, im Keller könnte der Hausmeister wohnen, oder weil A. Gaitan ein Latino-Nachname war.

Keine Reaktion. Der zigarrenrauchende Cop war dafür, auf jede einzelne gottverdammte Klingel zu drücken, bis endlich jemand aus seinem beschissenen Bett stieg und uns gottverdammt endlich reinließ.

Ich drückte meine Nase gegen die Scheibe der inneren Tür, und da bemerkte ich, daß jemand ein kleines Stück Holz, so was wie einen Maurerkeil, zwischen Türrahmen und Tür geklemmt hatte. Niemand brauchte für uns den Türsummer zu betätigen.

In einem nur von einer nackten Vierzigwattbirne beleuchteten Flur gab es einen Fahrstuhl. Das Linoleum auf dem Boden sah aus, als könnte es helleres Licht nicht verkraften. Den Flur hinunter am Fahrstuhl vorbei befanden sich zwei Türen. Auf der einen stand 1A, daher vermutete ich mal, daß sie R. Freedman gehörte, obwohl ich die Notwendigkeit des *A* nicht ganz sah, da es doch sowieso nur eine Wohnung pro Etage gab. Die andere Tür führte zu einer Treppe, die wieder von einer einsamen nackten Glühbirne beleuchtet wurde. Ich warf Mooney einen kurzen Blick zu, wir nickten gleichzeitig und stiegen die Treppe hinunter. Ein Officer folgte uns. Der Zigarrenraucher blieb im Flur zurück, hatte seine .38er bereits aus dem geöffneten Holster gezogen.

Die Treppe führte auf einen feuchten Korridor, an dessen Wänden alte Rohre entlangliefen. Irgendwo bollerte ein Heizungskessel. Mooney lauschte einen Augenblick an der Tür der Wohnung von Gaitan, klopfte dann laut an und sprang zur Seite zurück. Der andere Officer preßte sich daraufhin flach gegen die andere Wand und zog seine Waffe. Ich hielt mich ein gutes Stück weiter hinten im Korridor, außerhalb der Schußlinie. Aus Prinzip stelle ich mich niemals zwischen Typen, die mit geladenen Kanonen herumfuchteln.

Niemand machte auf.

Mooney funkelte mich wütend an. Ich hob meine Schultern. Ich wußte genausowenig wie er, aus welchem Apartment der Anruf gekommen war. Während wir hier unten herumstanden, entkam der Killer vielleicht durch irgendeine Hintertür oder kletterte aus der Wohnung im dritten Stock über die Feuertreppe runter.

Gerade wollte ich Mooney drängen, Verstärkung zu rufen, als er entschlossen sein Kinn vorschob, die Hand ausstreckte und den Türknopf drehte. Es klickte, wie Türen, die nicht abgeschlossen sind, eben klicken, und der Blick des Polizisten, der sich gegen die Wand gedrückt hatte, wurde kalt und mißtrauisch. Er bewegte die Hände auf seiner Waffe.

In Sekundenschnelle und lautlos waren die beiden Cops in der Wohnung. Ich wußte, sie überprüften die Zimmer, die Wandschränke, schauten hinter die Türen. Das machen Cops immer zuerst, sie suchen nach Opfern und Tätern. Ich ging auch rein.

In Gaitans Wohnung war niemand. Ich erkannte das an der entspannten Haltung des jungen Cops, dessen Waffe wieder im Holster steckte, dessen Adrenalinspiegel aber immer noch hoch zu sein schien.

«Nur die zwei Zimmer», brummte er, das Gesicht bleich. Er atmete sehr kontrolliert – ein und aus –, um es ja richtig zu machen. «Sie sollten sich mal das andere ansehen.»

Die letzte Bemerkung war an Mooney gerichtet, aber ich trabte hinter ihm her.

Das vordere Zimmer war schon häßlich genug: fleckige Farbe, ein kaputtes beiges Sofa, zwei schmale Pritschen, und an einer Wand stand etwas, das ein optimistischer Vermieter vielleicht als Kochnische umschrieben hätte, sofern ein winziger Kühlschrank, eine Elektroplatte und ein Schrank eine Kochnische ausmachten.

Das hintere Zimmer war noch schlimmer, erheblich schlimmer. Vor vielen Jahren hatte es jemand in einem stumpfen Grün gestrichen. Ein Holzkreuz mit einem leidenden Jesus hing an der rückwärtigen Wand. Es war kaum genug Platz für drei weitere schmale Feldbetten und einen Kleiderständer auf Rollen, der einen Schrank ersetzte. Zwei weiße Hemden und zwei Paar braune Hosen hingen schief daran. Es stank nach schmutziger Bettwäsche. Danach, und nach etwas anderem.

Ein Blick, ein Schnuppern, und Mooney schickte den Uniformierten los, um einen Durchsuchungsbefehl zu besorgen und die Spurensicherung zu verständigen. Ein ungemachtes Feldbett war blutverschmiert, sah rostfarben aus in dem schummerigen Licht. Blut war auf die beiden anderen Pritschen gespritzt, die Wand, das Kreuz. Ein altes schwarzes Telefon lag auf einem zerwühlten Kissen, der Hörer hing baumelnd herunter.

«Nichts anfassen», sagte Mooney scharf.

Ich warf ihm einen empörten Blick zu. Meine Hände steckten bereits in meinen Taschen. Sie hatten die Bewegung ganz automatisch gemacht.

«Wenn sie hier ihre Hände verloren hat, könnte der Ring absichtlich neben die Leiche gelegt worden sein», sagte ich, nur um etwas zu sagen. Die Worte kamen irgendwie komisch raus.

«Mach dir keine falschen Hoffnungen», sagte Mooney. «Besonders, wenn du die Stimme am Telefon erkannt hast...»

«Ich glaube schon, aber sicher bin ich nicht.»

«Du hast das Band doch nicht gelöscht?»

«Nein.»

«Gut.»

«Ist hier genug Blut, daß er ihr hier die Hände abgehackt hat?» fragte ich.

«Woher, zum Teufel, soll ich das wissen? Hängt davon ab, ob sie schon tot war oder nicht und wie stark sie geblutet hat.»

Während wir redeten, schauten wir uns um, so wie Cops sich an einem Tatort immer umschauen, versahen die Beweismittel im Geiste mit Schildchen, stellten die Fragen, die sie dem Gerichtsmediziner stellen würden, fragten uns, ob auf dem Telefon wohl Fingerabdrücke und Haare auf dem Kopfkissen zu finden sein würden.

Ich fröstelte. «Sie muß allein gewesen sein, als sie angerufen hat», sagte ich.

«Oder es hat ihr jemand ein Messer an die Kehle gedrückt», brummte Mooney. Dann schien er mich zum erstenmal wirklich zu sehen.

«Du solltest nicht hier sein, wenn die anderen kommen», sagte er.

«Ich bin ein Zeuge», sagte ich.

«Eines Telefonanrufes, ja», sagte er. «Mehr nicht. Von jetzt ab solltest du dich besser raushalten.»

«Raushalten», wiederholte ich. «Sie hat mich um Hilfe gerufen.»

«Hör zu, dieser INS-Bursche hat mir gesagt, diese Geschichte hätte nichts mit uns hier zu tun. Es wäre irgendwas aus Mittelamerika. Killerkommandos. Todesschwadronen.»

«Mooney», protestierte ich, «dem Kerl würde ich kein Wort glauben.»

«Ich habe keinen blassen Schimmer, mit wem oder was wir es hier zu tun haben», sagte er scharf, «aber eins ist sicher, es gefällt mir ganz und gar nicht. Und es gefällt mir überhaupt nicht, daß du mittendrin steckst.»

«Und dagegen kannst du gar nichts tun, Mooney», sagte ich gelassen, «denn ich bin hier. Und wenn ich an deiner Stelle wäre, würde ich mich verdammt viel mehr für den Aufenthaltsort eines gewissen A. Gaitan interessieren als für irgendwelche salvadorianischen Killerkommandos.»

Mooney machte den Mund auf, um mir zu widersprechen. Er kann nicht anders. Er ist ein waschechter irischstämmiger Bostoner, und der Instinkt befiehlt ihm, Frauen und Kinder in Sicherheit zu bringen. Er öffnete seinen Mund, funkelte mich wütend an und schloß ihn wieder ohne ein Wort. Gott sei Dank.

10

Als ich wieder zu Hause war, konnte ich nicht einschlafen, kein Wunder. Roz und Lemon hatten es aufgegeben, noch länger auf mich zu warten, und waren wieder ins Bett gegangen – zumindest schien das die Schwärze hinter den Fenstern im zweiten Stock anzuzeigen.

Auf dem Anrufbeantworter keine weiteren Nachrichten. Ich spulte das Band zurück und hörte mir noch einmal Manuelas Hilferuf an, versuchte Tonfall und Timbre mit der Stimme zu vergleichen, die ich in meinem Büro gehört hatte. Ich spielte es wieder ab. Und noch einmal. Als ich mich dabei ertappte, wie ich einnickte, nahm ich die Kassette heraus und steckte sie in meine Handtasche.

Ich ging nach oben und machte mich fürs Bett fertig. Um die Stille zu durchbrechen, planschte ich geräuschvoll im Waschbecken herum und summte leise vor mich hin, zog mich aus und streifte mir eines der Männer-T-Shirts mit V-Ausschnitt über, die ich als Nachtwäsche lieber mag, weil sie billig und bequem sind, ohne irgendwelche Spitze, die nur juckt und kratzt. Gegen die Kälte, die hauptsächlich innerlich war, zog ich mir meinen roten Chenille-Bademantel über, hockte mich im Schneidersitz auf den Boden und zerrte den Gitarrenkoffer unter dem Bett hervor.

Früher habe ich mir bei Schlaflosigkeit immer Sorgen gemacht, aber meines Wissens ist noch nie jemand daran gestorben. Das beste Gegenmittel, das mir bislang eingefallen ist, ist meine alte *National*-Stahlgitarre.

Me and the devil, we're walking hand in hand.
Me and the devil, we're walking hand in hand.

Ich konnte mich nicht mehr erinnern, von wem das war, aber ich versuchte es so zu spielen, wie Rory Block es macht – mit einer pulsierenden Baßlinie. Ich ließ die Gitarre stöhnen und sprechen. An Blocks Stimme komme ich nicht ran. Sie hat einen zu großen Stimmumfang für mich, kann diese unglaublich tiefen Stöhner rauslassen und sofort danach diese hohen, klagenden Schreie ausstoßen. Aber wenn ich in der Übung bleibe, und ich gebe mir alle Mühe, kann ich ihr Gitarrenspiel verdammt gut imitieren. Ich habe mir sogar ihr Unterrichtsband gekauft, weil mich einige ihrer merkwürdigen Tonfärbungen und Läufe total frustriert hatten, und ich arbeite wirklich hart daran.

Ich habe das absolute Gehör. Damit und mit einem Dollar fünfzig kriege ich allemal einen Kaffee und einen Doughnut.

Bury my body down by the highway sign.
Bury my body down by the highway sign.

Heute nacht kein fröhliches Zeug.

Normalerweise machen meine Lider vor meinen Fingern schlapp, aber diesmal spielte ich, bis mir die Schwielen an den Fingern weh taten. Und noch ein bißchen länger. Es war schon fast Morgengrauen, als ich mich schließlich auf meinem Bett ausstreckte. Bilder von dieser blutverschmierten Feldpritsche zerrten mich immer wieder vom Rand der Bewußtlosigkeit zurück. Der Wecker summte lange bevor es mir in den Kram paßte.

Ich hatte ihn für das Volleyballtraining am Freitagmorgen gestellt, hatte dabei aber völlig vergessen, daß dieser Termin wegen des gerade laufenden Turniers ausfiel. Als ich endlich richtig zu mir kam, war ich schon im Central Square Y, fühlte mich benebelt und verwirrt. Für ein improvisiertes Spiel waren nicht genug Leute da, also drehte ich ein paar Runden um den Platz und hängte weitere zwanzig Bahnen im Pool an meine üblichen zwanzig. Die Bilder in meinem Kopf waren immer noch häßlich. Immer wieder sah ich dieses Kruzifix an der Wand über der besudelten Pritsche, fragte mich, ob es wohl das letzte gewesen war, was Manuela gesehen hatte, fragte mich, ob es wenigstens ein Trost für sie gewesen war.

Ich zog mich an, schlängelte mich quer durch den dichten Verkehr auf der Mass. Ave. auf die andere Straßenseite und ging ins *Dunkin' Donuts*, bestellte wie üblich Kaffee und zwei in Honig getunkte Doughnuts, saß an der orangefarbenen Plastiktheke und ließ mir noch einmal Mooneys Maßnahmen der vergangenen Nacht durch den Kopf gehen.

Vorbildlich, bis auf die Tatsache, daß er mich nicht nach Hause geschickt hatte.

Er hatte mit allen Mietern des Hauses gesprochen. Er hatte den Besitzer aus dem Bett geklingelt, sobald er herausgefunden hatte, wohin die Miete überwiesen wurde. Es gab keinen Hausmeister in diesem Gebäude. Drei Häuser, alle im Besitz derselben Firma, wurden von einem Hausmeister versorgt, der in der Kellerwohnung der Nummer 23 Westland wohnte. Mr. Perez war gerufen und verhört worden. Er hatte die Wohnung vor fünf Monaten an eine Frau namens Aurelia Gaitan vermietet. Sie hatte zwei Monate im voraus bezahlt, zwei Monatsmieten als Kaution hinterlegt, und dann hatte er sie nicht mehr gesehen. Hatte ihre Miete wohl überwiesen, denn sonst hätte er ganz sicher davon gehört. Mr. Canfield, der Hausbesitzer, duldete keine Leute, die ihre Miete nicht pünktlich bezahlten, nie und nimmer. Eine Latino-Lady, ja. Klein, dunkelhaarig. An mehr konnte er sich nicht erinnern. Legal, illegal, er hatte keine Ahnung, und es interessierte ihn auch nicht. Menschen mußten irgendwo leben, und Gott sei Dank hatte er eine Bleibe gehabt, bevor er endlich seine Aufenthaltsgenehmigung bekam, und in drei Jahren vielleicht würde er auch die Staatsbürgerschaft erhalten, und dann würde die Polizei ihn nicht mehr mitten in der Nacht wecken, nein, bei der heiligen Mutter Gottes, das würden sie nicht mehr tun. Dann würde er nämlich auch ein paar Rechte haben.

Und, nein, keine Ahnung, daß womöglich mehr als nur eine Frau in dem Keller gewohnt hätten. All diese Feldbetten, irgendwer mußte sie nachts heimlich reingeschafft haben, während er schlief. Irgendwann mußte er ja mal schlafen, oder? Es war doch ein freies Land, oder nicht?

Er war ein kleiner, dunkelhäutiger Mann mit einem mächtigen Brustkorb und einer Glatze und herausforderndem Benehmen. Ich merkte sofort, daß er einigen der Cops sofort als Tatverdächtiger gefiel. Er sprach mit einem deutlichen Akzent, und er roch nach Alkohol und Tabak. Aber Mooney hatte ihn nicht ins Wanken bringen können, und es war unmöglich zu sagen, ob er bezüglich dieser Frau namens Aurelia Gaitan log oder die Wahrheit sagte, ob sie meine Manuela war oder nicht. Sie ließen die *green card* aus dem Präsidium holen, aber der Hausmeister zuckte nur die Achseln, als er sie sah, meinte, nach einem Foto von der Größe einer Briefmarke könne er unmöglich sagen, ob die beiden Frauen ein und dieselbe waren, und was, zum Teufel, solle das ganze Theater überhaupt, und wenn er ein richtiger Staatsbürger wäre, dann würde er jetzt seinen Anwalt anrufen oder so.

Harold Canfield, der Hausbesitzer, kreuzte in einem schokoladenbraunen Mercedes mit einem Rechtsanwalt im Schlepptau auf. Abgesehen von dem schicken Wagen und seinem Rechtsbeistand paßte er überhaupt nicht in mein Bild von einem Vermieter. Groß und mager, mit nervös hin und her zuckenden Blicken und viel zu kurzen Ärmeln an seinem braunen Anzug, sah er eher wie ein

Mann aus, der nie eine anständige Mahlzeit zu sich nahm. Viel zuviel nervöse Energie für so was; er würde sich nur im Stehen an der Theke einen Happen reinschieben, so wie ich manchmal.

Seine Stimme war überraschend tief und ruhig. Er setzte sie ein, um zu erklären, er habe nicht die geringste Ahnung, wer seine Wohnungen mieten würde. Ihn interessierte nur der pünktliche Eingang der Miete. Merkwürdig war vielleicht, daß diese Gaitan ihm statt eines Schecks, wie die meisten anderen Mieter, Bargeld in einem Umschlag schickte, aber Bargeld war doch immer noch legal, oder nicht? Und man weiß ja, wie manche dieser Ausländer so sind, haben was gegen Banken.

Außer Lawrence Barnaby gab keiner der Mieter zu, jemanden gesehen zu haben, der irgendwie zu der Kellerwohnung gehörte, und auch er sagte nur, er hätte hin und wieder ein «spanisches Mädchen» auf dem Flur gesehen. Sie hatten sich nicht einmal gegrüßt. Vielleicht hatte er auch verschiedene Frauen gesehen, er war da nicht ganz sicher. Er hatte aber auch nicht weiter darauf geachtet. Kein Mensch wußte irgendwas über die Kellerwohnung. Keiner hatte eine Ahnung, wie viele Menschen dort lebten. Urbane Isolation.

Der Zeigefingerabdruck auf Manuelas *green card* sollte eigentlich weiterhelfen. Das Labor könnte vielleicht feststellen, ob sie in der Wohnung gewesen war.

Natürlich, es gab keinen Finger, den man mit diesem Abdruck vergleichen konnte.

Ein Schauder durchlief mich, und ich verschüttete etwas Kaffee, den ich mit einer Papierserviette aufwischte.

Während ich auf der albernen Theke herumschrubbte, wurde mir klar, daß es mich nicht schauderte, weil die Leiche keine Hände mehr hatte. Ich hatte schon Schlimmeres gesehen. Man ist nicht sechs Jahre lang Cop in Boston, ohne den einen oder anderen Anblick mitzukriegen, den man lieber nicht gesehen hätte. Was mich zittern ließ, war der Verdacht, tief vergraben in meinem Kopf, daß ich es gewesen war, der den Mörder zu Manuela geführt hatte.

Ich mußte immer wieder an diesen Wagen denken, den weißen Dodge Aries, der mir gefolgt war. Ich war so sicher gewesen, daß er zum INS gehörte, und so hatte ich nicht mal den Versuch gemacht, mir das Nummernschild zu merken. Ich war bei meinen Nachforschungen völlig offen vorgegangen, bei meinen Gesprächen mit Anwälten, bei den Fragen nach Manuela in dieser Kirche, im Cambridge Legal Collective.

Hatte jemand an einer dieser Stellen Manuela gekannt und begriffen, daß ich ihr auf der Spur war, und sie dann beseitigt, bevor ich sie finden konnte? Die arme Manuela. Oder Aurelia. Oder wie auch immer sie wirklich hieß. Die Tote. Die Leiche. *La mujer muerta.*

Noch schlimmer die Vorstellung, wenn ich zu Hause gewesen wäre, als das Telefon klingelte. *Ich weiß, Sie werden mir helfen.*

Ohne ihn zu schmecken, schluckte ich den letzten Bissen von meinem Doughnut runter und kehrte zu meinem Auto zurück.

II

Die Cambridge-Episkopalkirche der Verklärung Jesu, die Kirche, die illegal eingewanderten Ausländern Zuflucht und Hilfe bot, war ein weißgetünchter Schindelwürfel mit einem Kirchturm, etwa sechs Meter von der Massachusetts Avenue zurückgesetzt. Ich hatte mehr Schwierigkeiten, einen freien Parkplatz zu finden, als jemand Offizielles dazu zu bringen, mit mir zu reden. Gestern hatten sie mich mißtrauisch behandelt. Heute reagierte die Handvoll Leute, die eifrig das Mitteilungsblatt der Kirche in Briefumschläge stopften, gerade so, als wäre ich eine Aussätzige. Offensichtlich hatten sie die Morgenzeitungen gelesen.

Während ich wartete, musterte ich die Wände. Auf einem Plakat wurde zu einem Marsch für den Frieden in der Welt aufgerufen, der im Boston Common beginnen würde. Auf einem anderen wurden freiwillige Helfer für eine telefonische Spendenaktion gesucht. Dreiviertel der Plakate waren in Spanisch. Ich nahm eine Zeitung in die Hand, die kostenlos verteilt wurde, den *Central American Reporter,* das monatliche Mitteilungsblatt der CASA, der *Central America Solidarity Association.* UNTER FRAUEN GIBT ES KEINE GRENZEN lautete die Schlagzeile auf der Titelseite. Ich las einen Artikel über einen Frauen-Friedenskonvoi nach Mittelamerika. Eine der Frauen in diesem Konvoi hatte Pancho Villas Enkelin kennengelernt.

«Folgen Sie mir, bitte», sagte eine unterkühlte Stimme. «Pater Emmons wird Sie jetzt empfangen.»

Ich wurde von einer der Frauen mit diesen distanzierten Gesichtern, die mich gestern hatten abblitzen lassen, in sein Büro geführt. Sie reichte meine Karte einem Mann hinter einem Eichenschreibtisch und warf mir noch einen vernichtenden Blick zu. Ich nahm an, daß er wohl so was wie Mitleid oder Frömmigkeit ausdrücken sollte, war aber nicht sicher, was von beiden.

Der Geistliche schob einen Stapel Papiere zur Seite, die er anscheinend in drei Haufen sortierte, starrte eine ganze Weile auf meine Visitenkarte und forderte mich dann mit einem knappen Nicken auf, mich auf einen Stuhl mit einer sehr geraden Rückenlehne vor seinen Schreibtisch zu setzen. Er war ein Mann von über fünfzig Jahren, hatte einen gebeugten Rücken und grau werdendes Haar, eine grau werdende Haut und eine schmale spitze Nase. Seine Augen waren wäßrig blau. Sie spiegelten das Grau seines Anzuges wider und harmonierten wunderbar mit der allgemeinen Eintönigkeit. Ein Topf mit roten Geranien auf einer Ecke des Schreibtisches wirkte ganz entschieden extravagant.

«Dann sind Sie das also», sagte er sehr leise, beinahe so, als würde er ein Selbstgespräch führen.

Ich mischte mich ein. «Ich bin wer?» fragte ich.

«Es wird getratscht.» Er machte eine vage Handbewegung, die alles von seinem unmittelbaren Personal bis zur Welt im allgemeinen einschloß. Er schien nicht zu wissen, was er mit meiner Karte anfangen sollte, ob er sie mir zurückgeben oder auf einen der Stapel auf seinem Schreibtisch legen sollte. «Ich sage immer wieder, daß Klatsch und Tratsch den Menschen schaden kann, mit denen wir arbeiten, ihnen über alle Maßen schaden kann, aber sie tratschen dennoch weiter, und Ihr Besuch bei uns war, nun, bereits ein Gesprächsthema, noch bevor sie in der Zeitung vom Tod dieser armen Frau lasen, worüber ich ein wenig verwirrt bin, da sie in den Zeitungen gleich zweimal gestorben zu sein scheint.»

«Eine frühere Leiche wurde falsch identifiziert», sagte ich kurz, wollte nicht noch weiter ausholen, obwohl seine wäßrigen Augen zu vertraulichen Informationen einluden.

Sein übriges Gesicht war merkwürdig unbeweglich; nur die Augen schienen wirklich lebendig zu sein.

Er gab einen dumpfen, knurrenden Laut von sich, hustete in ein weißes Taschentuch und fuhr mit seinem Selbstgespräch fort. «Sie klatschen und tratschen, fürchte ich. Das ist eine ziemliche Sensation gewesen. Und jetzt, natürlich ...» Seine Stimme erstarb.

«Was?» fragte ich. «Bin ich jetzt für sie der Anführer irgendeines rechtsradikalen Killerkommandos? Reverend, ich versichere Ihnen ...»

«Sie brauchen mir nichts zu versichern», sagte er freundlich. «Ich klage Sie nicht an.» Er schaute plötzlich zu mir auf, und jetzt wirkten seine Augen nicht mehr verschwommen. «Warum sind Sie zu uns gekommen?»

«Sie würden einen guten Cop abgeben», sagte ich bewundernd. «Würden eine Menge Leute überrumpeln.»

«Die Frage bleibt», sagte er, errötete dabei leicht und schob Papiere von einem Stapel auf den anderen, versuchte seine Verlegenheit zu verbergen, bei seinem Trick mit den Augen erwischt worden zu sein.

«Vertrauen Sie den Menschen, die für Sie arbeiten?» fragte ich geradeheraus.

Er hob die Augen wieder, und dieses Mal waren sie milde, wieder völlig unter Kontrolle. «Was meinen Sie mit ‹vertrauen›?»

«Ich meine, wie kommt man dazu, hier zu arbeiten, in diesem Projekt, Flüchtlinge zu retten?»

«Man kommt durch den Vordereingang herein und meldet sich freiwillig», sagte er.

«Ich verstehe», sagte ich. «Strenge Auswahlkriterien.»

«Ja, allerdings», pflichtete er mir bei. «Schwere, harte Arbeit. Sie wären überrascht, wie sehr das die Zahl der Freiwilligen reduziert.»

«Wie können Sie sicher sein, daß Sie nicht jemanden beschäftigen, der außerdem noch für, sagen wir mal, eine rechtsradikale Todesschwadron arbeitet?»

«Wie kann ich sicher sein, daß Sie nicht im nächsten Augenblick eine Waffe auf mich richten?»

«Das können Sie nicht», sagte ich.

Er wühlte wieder ein bißchen in seinen Papieren. «Vieles basiert auf Vertrauen.»

Ich wartete, bis er mich wieder anschaute, dann fragte ich: «Sind Sie ein vertrauensvoller Mensch?»

Seine Lippen formten sich zu einem Lächeln. «Ich vertraue darauf, daß alle meine Mitmenschen ihre Schwächen haben, und vielleicht noch ein paar Extramacken, die mir bis jetzt noch nicht untergekommen sind. Ich bin zwar Priester, aber ich lebe durchaus in dieser Welt.»

«Kommt Ihnen einer Ihrer Freiwilligen vielleicht irgendwie merkwürdig vor?»

«Alle meine Freiwilligen bieten Anlaß zu Klatsch, wegen der Art, sich zu kleiden, und wegen der Art, ihre Kinder zu erziehen, aber niemand wird für einen Spion gehalten, falls Sie das mit Ihrer Frage gemeint haben sollten.»

«Das habe ich mit meiner Frage gemeint.»

Wieder schaufelte er eine Weile seine Papiere über den Schreibtisch. Ich ließ das Schweigen andauern. «Noch irgendwelche Fragen?» sagte er schließlich.

«Ja. Hat sich außer mir noch jemand nach Manuela Estefan erkundigt?»

«Ich habe alles, was ich weiß, bereits der Polizei gesagt.»

«Über mich?» fragte ich.

«Ja. Die Frauen, mit denen Sie gestern gesprochen haben, konnten eine recht genaue Personenbeschreibung abgeben. Ihre roten Haare, wissen Sie. Und die Größe.»

«Haben sie sonst noch jemanden beschrieben?»

«Nein», sagte er.

«Kannten Sie Manuela?»

«Ich? Nein, aber ich habe auch nicht persönlich mit jedem unserer Flüchtlinge zu tun.»

«Kannte man sie hier?» fragte ich, dachte, der Mann würde sowohl einen guten Ganoven als auch einen guten Cop abgeben. Er antwortete nur auf das, was man ihn fragte, freiwillig rückte er mit keiner Information heraus.

«Nein», sagte er. «Man kannte sie hier nicht. Nicht, bis Sie nach ihr gefragt haben.»

«Ich bin hier, weil ich mich vergewissern will – mich vergewissern *muß* –, daß ihr Tod nichts mit meinem gestrigen Besuch bei Ihnen zu tun hat.»

«Ich verstehe», sagte er. «Sie fühlen sich schuldig.»

Ach ja, dachte ich. Genau das ist es. Das gute alte schlechte Gewissen. Ich dachte daran, diesem heiligen Diener Gottes ein bißchen über meine Kindheit zu erzählen, darüber, in einer halb jüdischen, halb katholischen Familie mit einer gewerkschaftlich aktiven, sozial eingestellten Mutter aufgewachsen zu sein. «Es ist schon in Ordnung, sich für seine eigenen Sünden zu züchtigen», sagte sie immer auf jiddisch, «aber genieße die Bestrafung nicht zu sehr.»

«Schuld ist mein zweiter Vorname», sagte ich statt dessen.

«Das nützt nichts.»

«Ich weiß, ich weiß», sagte ich. «Das wird die Toten auch nicht wieder lebendig machen, stimmt's?»

Er holte tief Luft, und sein Gesicht wurde beinahe lebhaft. «Ich meine, im allgemeinen halte ich Schuldgefühle für sinnlos, aber nicht immer. Ich bin der festen Überzeugung, daß man zu seinen Sünden stehen muß. Wenn Sie glauben, durch Ihre Nachforschungen hier gegen Manuela gesündigt zu haben, dann hoffe ich, daß Sie sich irren. Wir versuchen diesen Menschen zu helfen und nicht, ihnen zu schaden.»

«Ich auch», sagte ich. «Aber man kann niemals sicher sein, oder?»

Er neigte den Kopf.

«Aber man tut, was man kann», sagte ich.

Er schaute auf, und seine Augen waren wieder klar. «Ich glaube daran, daß man handeln muß», sagte er, «wenn man im guten Glauben handelt, hat man auch die moralische Rechtfertigung dazu.»

«Das finde ich auch», sagte ich und wich seinem Blick nicht aus.

«Ich habe keine Ihrer Fragen beantwortet», sagte er.

«Doch, das haben Sie», erwiderte ich.

Die freiwillig arbeitenden Frauen summten wie ein Schwarm wütender Bienen, als ich sein Büro verließ und den Gang zwischen den Kirchenbänken hinunterging.

Draußen suchte ich mir eine Telefonzelle. Einer der Anwälte, mit denen ich gestern gesprochen hatte, war nicht in der Stadt, der andere schwor, daß er meine Fragen niemandem gegenüber erwähnt hatte, und wollte alles wissen, was ich über den Mord wußte. Ich riet ihm, er solle es im *Herald* nachlesen.

12

Mein nächstes Ziel lag die Mass. Ave. hinauf in North Cambridge. Es war das Cambridge Legal Collective, eine Organisation in einem Ladenlokal, die wahrscheinlich mehr Geld für die Miete ausgab als für die Instandhaltung oder um die Nachbarn zu beeindrucken. Ihr Firmenzeichen war von Hand auf ein Stück Pappe gemalt und mit Klebeband auf die Tür geklebt. Auf einem weiteren Schild stand: BITTE VOR DEM EINTRETEN ANKLOPFEN und *por favor toque antes de entrar.* Also klopfte ich an und trat ein. Auf dem Schild stand nichts davon, daß man draußen warten sollte.

Ich hoffte auf einen anderen Sekretär, doch derselbe Kerl, der mich wie einen Spion des INS behandelt hatte, saß immer noch hinter dem Metallschreibtisch und sprach auf spanisch wie ein Schnellfeuergewehr ins Telefon. Er funkelte mich wütend an. Ich setzte mich auf einen Klappstuhl, einen von vielen, die an der Wand aufgestellt waren, und beschloß, daß er sich keine Gedanken um Geheimhaltung machen mußte, solange er dieses Tempo beibehielt. Ich bekam nur ein paar Worte mit, und aus dem Zusammenhang gerissen sagten sie mir gar nichts. Bis zu dem *«Hasta luego»* saß ich praktisch im dunkeln.

«Sie schon wieder», sagte er, kaum daß er den Hörer aufgelegt hatte.

«Ja, gleichfalls, nett Sie wiederzusehen», sagte ich. Er wurde rot, da er einer dieser blonden Typen war, denen so was leicht passiert, und ich spürte, ich hatte einen Treffer gelandet, wie geringfügig auch immer. Ich biß mir auf die Lippe. Das hier war ein Knabe, auf dessen Kooperationsbereitschaft ich angewiesen war.

Aus dem Hinterzimmer kam eine Frau in einem marineblauen Nadelstreifenkostüm und mit einer Seidenbluse mit Schleife am Hals, die wahrscheinlich mehr kostete als mein ganzer Schrank voller Secondhand-Klamotten aus *Filene's Basement.* Ihre Handtasche und Schuhe waren grau mit marineblauer Paspelierung, ihre Brille sah wie ein Requisit aus, das sie mit sich herumschleppte, damit die Leute sie ernst nahmen. Juristische Fakultät Harvard, Examensjahrgang 87, dachte ich. Vielleicht auch 88.

Ich war auf den Beinen, bevor sie zwei Schritte gemacht hatte. Ich fing sie an der Tür ab.

«Carlotta Carlyle», stellte ich mich schnell vor, streckte die Hand aus und ging jede Wette ein, daß sie viel zu gut erzogen war, sie nicht zu nehmen.

Sie hatte einen festen, kühlen Griff.

«Ich bin Detective», sagte ich, während der Bursche hinter dem Schreibtisch mehrmals versuchte, einen Satz anzufangen, und jedesmal wieder aufgab.

«Wir müssen uns unterhalten», sagte ich. »Über einen Ihrer Mandanten.»

«Ich habe dem anderen Officer bereits alles gesagt.»

Boing, dachte ich.

Die juristische Fakultät Harvard warf einen Blick auf ihre teure Armbanduhr und seufzte. «Kommen Sie bitte mit nach hinten», sagte sie. «Ich will wirklich gern mit Ihnen zusammenarbeiten, aber ich wünschte, Sie könnten sich untereinander ein bißchen besser abstimmen, damit ich nicht immer wieder das gleiche durchkauen muß.»

Das von einer Frau, die wahrscheinlich darauf spezialisiert war, eidesstattliche Aussagen aufzunehmen.

Ich verkniff mir mein triumphierend süffisantes Grinsen, als wir an dem Sekretär vorbei in das eigentliche Büro gingen.

Miss Harvard setzte sich mit einem weiteren vielsagenden Seufzer hinter einen Schreibtisch und bedeutete mir, auf einem der billigen Stühle davor Platz zu nehmen. Ich setzte mich, mein verlängertes Steißbein protestierte gegen das eiskalte Metall. Das Cambridge Legal Collective gab auch nicht viel Geld für Heizung aus. Ich behielt meinen Blouson an. Was ich in *Filene's Basement* nicht finde, besorge ich mir in einem Laden am Central Square, in dem Armeerestbestände verkauft werden. Miss Harvard ging wahrscheinlich bei *Bonwit Teller* shoppen. Vielleicht achthundert Dollar für das Kostüm.

«So», sagte sie. Verlaß dich auf einen Rechtsanwalt, wenn du mit Informationen überschüttet werden willst.

«Manuela Estefan. Waren Sie ihr behilflich, ihre Aufenthaltsgenehmigung zu bekommen?»

«Ist das die Frau, nach der sich der andere Officer erkundigt hat?» Sie war nicht gemein, versuchte sich einfach nur zu erinnern. «Nein, ich habe ihr keine Aufenthaltsgenehmigung verschafft. Und ebenfalls niemand anders, der mit dem Collective in Verbindung steht.»

«Aber ihren Namen haben Sie wiedererkannt.»

«Wegen der Zeitungen», sagte sie. «Und wegen dieses Polizisten. Ich wünschte, er hätte einen der anderen Anwälte erwischt.» Ihr Gesichtsausdruck sagte unmißverständlich, daß sie sich das gleiche von mir wünschte.

Verdammt.

«Sie sind Rechtsanwältin ...», sagte ich auf gut Glück.

«Oh, tut mir leid», erwiderte sie wie die Lady, die sie war. «Marian Rutledge. Ich arbeite bei Blaine und Foreman, aber hier arbeite ich freiwillig – genau wie eine Menge anderer auch.»

Blaine und Foreman waren eine der großen Kanzleien in der Innenstadt. Das erklärte ihre Kleidung.

«Dann hatte Manuela also keinerlei Verbindungen hier? Keine Freunde?»

«Es mag durchaus sein, daß sie unter den anderen Immigranten Freunde hatte, aber das kann ich Ihnen wirklich nicht sagen. Ich habe unsere Akten überprüft und festgestellt, daß sie nie hier war, um sich beraten zu lassen. Wir wurden ihretwegen auch von keiner Regierungsbehörde angesprochen. Nicht vor ihrem Tod.»

Wüßte ich bloß, ob sich die Polizei nach dem ersten mutmaßlichen oder dem zweiten tatsächlichen Tod meiner Manuela mit ihnen in Verbindung gesetzt hatte, aber diese Frage konnte ich nicht riskieren. Es war reines Glück, daß Marian Rutledge mich fälschlicherweise für einen Detective der Boston Police hielt. Was ich mangelnder Erfahrung ihrerseits zuschrieb. Ich wollte nichts tun, was sie an ihrer Annahme zweifeln ließ, genausowenig wollte ich den Vorwurf riskieren, mich als Polizeibeamtin ausgegeben zu haben.

Ich sagte: «Setzen sich Regierungsdienststellen gelegentlich mit Ihnen in Verbindung?»

«Oft», erwiderte sie. «Sagen wir mal, ein Immigrant hat mit der Menschenrechtskommission in El Salvador zusammengearbeitet. Nun, wir haben Leute, die früher ebenfalls mit dieser Kommission gearbeitet haben und die bereit wären, den Fall zu übernehmen. Daher schickt die Regierung die Immigranten aus einem der Lager ...»

Ich hatte aufgehört, die USA mit Lagern in Verbindung zu bringen, seit man während des Zweiten Weltkrieges die Japaner in Lagern zusammengetrieben hatte. So etwas existierte nur in Geschichtsbüchern. «Lager», wiederholte ich langsam.

«Die offiziellen Stellen bevorzugen den Ausdruck ‹Einwandererzentren›», sagte Marian Rutledge mit einem grimmigen Lächeln, «aber aussehen tun sie wie Lager. Überfüllt. Stacheldraht. Das größte befindet sich in Harlingen, Texas. Es kommt vor, daß sie einen Insassen auf Kaution gehen lassen und ihn oder sie zu uns schicken, damit der Fall vor einem Einwanderungs- und Einbürgerungsrichter in Boston verhandelt wird. Es geschieht immer seltener. Heute halten sie sie gleich in Harlingen fest. Sie sagen, das beschleunigt das Anhörungsverfahren, aber das stimmt nicht unbedingt. Die Gerichte hier oben sind überlastet, aber dort unten, tja, da unten sind sie einfach blokkiert.»

Sie sah nicht mehr dauernd auf ihre Uhr, und ich bekam das Gefühl, daß dieser Teil ihrer Arbeit ihr gefiel und daß ihr Blaine und Foreman und all ihre teuren Zivil- und Eigentumsprozesse gestohlen bleiben konnten.

«Bei einem Großteil der Fälle, mit denen wir uns befassen, handelt es sich um politische Flüchtlinge. Asylanträge. Und weniger als ein Prozent unserer Klienten schaffen es.»

«Das ist nicht gerade viel», sagte ich, weil sie auf irgendeine Antwort zu warten schien.

«Sie sagen, die Salvadorianer kommen nur deshalb zu uns, weil sie einen Job suchen – und das gleiche gilt auch für die Nicaraguaner –, aber wenn sie zurückgehen, werden sie erschossen. Herbert Anaya, der Direktor der Menschenrechtskommission, ist erschossen worden», fuhr sie entrüstet fort, «direkt vor seinem eigenen Haus. Das sind keine leichtfertigen Asylanträge. Bei diesen Fällen geht es um Leben und Tod.»

«Dann ist es also für einen Mittelamerikaner schwer, an eine Aufenthaltsgenehmigung zu kommen.»

«Gottverdammt praktisch unmöglich», empörte sich Marian Rutledge.

«Sagen Sie, gibt es Gerüchte über salvadorianische Todesschwadronen hier in der Gegend?»

«Falls es sie geben sollte, habe ich zumindest noch nichts

davon gehört», sagte sie. «Mir sind Gerüchte über solche Gruppen unten in Miami und L. A zu Ohren gekommen. Und in Texas. Das sind die wichtigsten Anlaufhäfen. Boston ist für Immigranten aus Mittelamerika ziemlich unwichtig. Viel zu kalt. Wir bekommen eine Menge Iren, aber die werden auch nicht annähernd so schlecht behandelt.»

«Und was ist mit Fälschungen?»

«Fälschungen?» sagte sie.

«Dokumente», erwiderte ich.

«Sie meinen, Arbeitspapiere, Sozialversicherungskarten, so etwas? Seit dem Immigration Act von 1986 wird es schlimmer, aber ich weiß nicht, was die Regierung anderes erwartet hat. Wenn zu Hause bleiben gleichbedeutend ist mit sterben, werden eine ganze Menge Leute herkommen, mit oder ohne Dokumente. Und wenn sie irgendwelche Papiere vorweisen müssen, um arbeiten zu können, selbst wo wir kaum genug Arbeit für unsere eigenen Leute haben, tja, ich ergreife wirklich nicht Partei für Fälscher, aber wahrscheinlich würde ich auch niemanden bei der INS anschwärzen.»

Ich mag Anwälte, die nicht nur Gesetze im Kopf haben. Ich lächelte sie an, und trotz ihrer Kleidung kam sie mir ziemlich menschlich vor.

«Sind Ihnen Fälle bekannt, in denen Aufenthaltsgenehmigungen gefälscht wurden?»

Sie schüttelte den Kopf. Ihre langen braunen Haare wippten von einer Seite auf die andere.

«Zu schwierig», sagte sie. «Ich habe zumindest noch von keiner einzigen gefälschten *green card* gehört. Aber wenn jemand einen Weg finden sollte, wie er an eine echte rankommen kann, nun, das würde für alle anderen Dokumente den Weg ebnen. Wenn man erst einmal seine *green card* hat, hat man praktisch auch schon die Staatsbürgerschaft in der Tasche. Das ist mehr als die halbe Miete.»

«Genau», sagte ich.

Sie sah wieder auf ihre Uhr, und diesmal stand sie auf. «Jetzt muß ich aber wirklich los», sagte sie, streckte ihre Hand aus. «War nett, Sie kennenzulernen, und ich bin wirklich erleichtert, daß Sie nicht von mir verlangen, weitere dieser schrecklichen Fotos anschauen zu müssen. All diese armen Frauen.»

All diese armen Frauen.

«Einen Moment bitte noch», sagte ich. «Von welchen Fotos sprechen Sie?» Ich war bereits zu dem Schluß gekommen, daß die Polizei sie verhört haben mußte, unmittelbar nachdem das erste Opfer identifiziert worden war. Seit dem Tod meiner Manuela war dazu nicht genügend Zeit gewesen. Ganz sicher hätte sie eine entsprechende Bemerkung fallenlassen, wenn ich der zweite Cop an einem Tag gewesen wäre. Also, von welchen «armen Frauen», im Plural, redete sie?

«Ist das hier ein Fall, bei dem die rechte Hand nicht weiß, was die linke tut, oder was?» fragte sie.

Ich dachte, wir hätten inzwischen ein einigermaßen gutes Verhältnis aufgebaut, und beschloß, daß dieser Augenblick so gut wie jeder andere war, dies auf die Probe zu stellen. Ich zog eine meiner Visitenkarten heraus, auf denen sich nicht das Wappen der Bostoner Polizei befindet.

«Eine Privatdetektivin», schnaubte sie verächtlich, falls man von so jemand Vornehmes sagen konnte, daß er oder sie verächtlich schnaubte, «und ich bin darauf hereingefallen.»

«Ich werd's auch keinem verraten», sagte ich. «Bitte. Ich weiß, daß ich eine Menge Ihrer kostbaren Zeit beansprucht habe, aber ich muß Näheres über diese Fotos wissen.»

«Wieso? Was geht es Sie an? Für wen arbeiten Sie?»

«Für eine tote Frau», sagte ich.

Sie setzte sich wieder und holte tief Luft. «Was wollen Sie über diese Fotos wissen?» fragte sie. «Es waren einfach nur eine Menge grausiger Tatortfotos. Ich will mir nie wieder so etwas ansehen müssen.»

«Von einem Tatort oder von mehreren?»

«Von zweien», sagte sie. «Vielleicht auch von dreien.»

«Und wann war das?» fragte ich, schluckte. «Heute morgen?»

«Vor zwei Tagen.»

Das Bild sprang mir wieder so deutlich und plastisch vor Augen, ich hätte eine Zeichnung davon machen können: Mooneys Tür mit den bunten Stecknadeln auf einem Stadtplan. Drei Nadeln.

13

Das erste, was ich mir ansah, als ich dreißig Minuten später in Mooneys Büro stürmte, war der Stadtplan auf seiner Tür. Ich knallte die Tür hinter mir zu, und da war er – mit einer neuen Nadel. Nummer vier. Die Nadel für die zweite Manuela Estefan. *Meine* Manuela Estefan.

«Wieso, zum Teufel, hast du's mir nicht gesagt?» wollte ich wissen, gab Mooney keine Chance zu einem «Hallo» oder «Was gibt's» oder «Verschwinde». «Wieso steht davon nichts in den Zeitungen? Weil es arme Frauen sind? Weil es Illegale sind, Latinos, Niemande? Wenn irgendwer einen Haufen reicher weißer Ladies aus alten und angesehenen New-England-Familien umlegt, ich mache jede Wette, dann kommt es in die Morgennachrichten.»

Mooneys Mund verwandelte sich in einen schmalen Strich. «Wir haben in diesem Jahr bislang – wieviel? – achtundsiebzig Morde», sagte er müde. «Manche von denen kriegen nicht mal 'ne kurze Notiz. Und das weißt du auch.»

«Wenn ich gewußt hätte, daß dieser andere Mord einer aus einer ganzen Serie war, hätte ich mir vielleicht noch mehr Mühe gegeben, Manuela zu finden.»

«Glaubst du, wir hätten sie nicht gesucht? Meinst du, wir hätten keine Fahndung nach ihr rausgegeben?»

«Aber wenn ...»

«Wenn», unterbrach Mooney schroff. «Hast du's dir nicht schon als Cop abgewöhnt, ‹wenn› zu sagen?»

Ich sank auf den Holzstuhl vor seinem Schreibtisch. Es folgte ein langes Schweigen, das nur unterbrochen wurde von den Geräuschen unseres Atmens und dem weit entfernten Klingeln irgendwelcher Telefone. «Tut mir leid, Mooney», sagte ich. «Während der Fahrt hierher bin ich so stinksauer geworden, daß ich bei irgendwem einfach explodieren mußte.»

Er nickte, und ich verstand das so, daß unsere diplomatischen Beziehungen noch nicht abgebrochen waren.

Ich deutete mit dem Kopf auf den Stadtplan an der Tür. «Vier Tote.»

«Ich hoffe, du hast es nicht im *Herald* gelesen.»

«Nein.»

«Vier Monate, vier Leichen. Über die erste Leiche können wir nicht viel sagen. Als wir sie fanden, war sie schon stark verwest, daher sind es vielleicht nur drei ...»

«Drei sind mehr als genug», sagte ich.

«Allerdings», stimmte Mooney zu, «aber es könnten

noch mehr sein. Nachdem wir jetzt sicher sind, daß wir es hier mit einem Serientäter zu tun haben, haben wir Großalarm gegeben. Informationen werden schon bald hereinkommen. Die Leichen, die wir bislang gefunden haben, wurden ausnahmslos in städtischen Parks gefunden, aber jeder Officer aus dem letzten Kaff, der einen Hundeknochen findet, wird sich mit uns in Verbindung setzen.»

«Die Mordmethode?»

«Erst stranguliert er sie, dann benutzt er ein Messer, um sie zu zerstückeln.»

«Sexueller Mißbrauch?»

«Bei den meisten können wir das nicht mit Sicherheit sagen. Bei dieser letzten: ganz sicher nicht. Wir haben die Leiche früh genug gefunden, um das feststellen zu können.»

«Wie früh?» Bei dieser Frage war ich nicht sicher, ob ich sie wirklich stellen wollte.

«Etwa drei Stunden nach dem Mord.»

Das paßte genau mit dem Zeitpunkt von Manuelas Anruf zusammen. Wieder fragte ich mich, was wäre passiert, wenn ich zu Hause gewesen wäre und Manuela mich erreicht hätte. Ich wühlte in meiner Handtasche und gab Mooney die Kassette mit Manuelas Anruf, wünschte, Sams Stimme wäre nicht auch darauf. Mooney weiß über Sam Bescheid. Er ist damit nicht einverstanden.

«Wie hast du die Leiche gefunden?» fragte ich.

«Purer Zufall. Ein Jogger, der noch spätabends unterwegs war, hat sie entdeckt. Er ist sauber.» Die Kassette verschwand in Mooneys Hand, und er legte sie sorgfältig auf eine der wenigen freien Stellen auf seinem Schreibtisch. «Danke. Ich weiß nicht, wie uns das weiterhelfen wird, aber trotzdem vielen Dank.»

«Soll ich noch mal versuchen, sie zu identifizieren?» fragte ich zögernd. «Vielleicht nachdem jetzt ihr Gesicht zurechtgemacht worden ist...?»

«Der Gerichtsmediziner hat sein Bestes gegeben. Hat jemand von einem Bestattungsunternehmen kommen lassen. Wir haben ein Video gemacht, das du dir ansehen kannst.»

«Hier? Ganz schön high-tech, was?» Ich war erleichtert. Auf den Geruch im Southern Mortuary bin ich nicht gerade scharf.

«Vernehmungszimmer zwei», sagte Mooney. «Wir haben dort eine Videoanlage. Ist mit Bundesmitteln angeschafft worden. Ich find's gut. Wir müssen nicht dauernd Leute rüber ins Leichenschauhaus schicken.» Er schob seinen Stuhl zurück. «Tja, sollen wir es sofort hinter uns bringen?»

«Klar.» Ich folgte ihm.

Mooney knipste das Licht in dem fensterlosen Vernehmungsraum aus. Der Fernsehbildschirm schien in der Dunkelheit zu schweben. Ich wartete, versuchte nicht an Manuela zu denken, während Mooney auf irgendwelche Knöpfchen drückte und leise fluchte. Plötzlich erschien ihr Gesicht auf dem Bildschirm. Ihr dunkles Haar lag fächerförmig ausgebreitet auf dem weißen Laken. Nachdem ihr Gesicht gesäubert worden war, schienen die meisten Verletzungen nur oberflächlich zu sein. Eine Wange war genäht worden. Ihre Haut sah fleckig aus.

«Yeah», sagte ich nur.

Beim Rausgehen wurde mir bewußt, daß ich die Luft angehalten hatte, um nicht Gerüche zu riechen, die nicht da waren.

«Kaffee?» fragte Mooney.

«Nee.»

Als wir uns wieder an seinem Schreibtisch gegenübersaßen, sagte ich: «Es ist zu sauber. Fast würde ich lieber ins Leichenschauhaus gehen. Das Leichenschauhaus ist real. Das hier kommt einem vor wie eine Fernsehsendung, so als wär's nicht wirklich passiert, nur – ich weiß, es ist passiert.»

«Bei den nächsten Haushaltskürzungen werden wir die Videokamera sowieso wieder verkaufen müssen», sagte Mooney. «Was dich dann glücklich machen müßte.»

«Oh, wahnsinnig glücklich», sagte ich ohne große Begeisterung.

«Also, wie würdest du vorgehen?» fragte Mooney nach einer langen Pause. «Der Serientäter-Aspekt. Siehst du die Karte auf der Tür?»

«Cops haben einer Anwältin des Cambridge Legal Collective Fotos vom Tatort gezeigt», erklärte ich. «Zu viele Tatorte. Ich nehme an, das hier ist nicht für die Öffentlichkeit bestimmt.»

«Wozu sollte das auch gut sein?» fragte Mooney. «Dem Kerl auch noch kostenlose Publicity zu geben?»

Es gibt praktisch nichts, was ich mehr hasse als sensationslüsterne Schlagzeilen über Serienkiller. Die sind so gottverdammt irreführend. Zunächst mal ist die überwiegende Mehrzahl der Mordopfer männlich. Meistens sind es junge Schwarze, die im Zusammenhang mit Bandenkriminalität oder beim Kampf um Drogen getötet wurden oder einfach nur, weil sie am falschen Ort leben und arbeiten. Landen die auch auf der ersten Seite? Nie und nimmer. Aber kaum fängt irgend so ein Irrer an, Frauen umzubringen, liest man es einfach überall, in riesengroßen, marktschreierischen Schlagzeilen. Und die Opfer werden immer als «attraktiv» und «jung» beschrieben, gerade so, als hätte der Irre persönliche Bewerbungen für einen Schönheitswettbewerb entgegengenommen, oder so, als hätten die Frauen die Verbrechen selbst provoziert. Na los, zeig mir einen einzigen Bericht über ein männliches Mordopfer, in dem das Wort «gutaussehend» vorkommt.

«Tja», brummte ich lahm, «Frauen, die in das Raster passen, könnten vielleicht etwas vorsichtiger sein, mit wem sie ausgehen.»

«Und wie sieht dieses Raster aus?» fragte Mooney.

«Sag du's mir.»

«Das hätte ich gern deine Manuela Estefan gefragt», sagte er.

«Ich auch», murmelte ich und schüttelte den Kopf.

«Wenn die Presse das hier erfährt, werden wir bis über beide Ohren in der Scheiße stecken», sagte Mooney. «Zum größten Teil Reaktionen auf die Weld-Square-Sache. Kein Mensch hatte den Zusammenhang gesehen, bis es sechs Tote und wer weiß wie viele Vermißte gab.»

«Wie konnte das passieren?»

«Die Leichen wurden in verschiedenen Gegenden gefunden. Verschiedene Cops, verschiedene Gerichtsmediziner. Die Opfer hatten mit Prostitution und Drogen zu tun, keine Frauen, die einen regelmäßigen geordneten Arbeitstag führten, keine Damen, zu denen der Vorstadtleser eine herzliche Beziehung entwickelt. Und dann kommt noch Dummheit hinzu», sagte er und funkelte wütend das Telefon auf seinem Schreibtisch an, als habe es ihm davon schon viel zuviel zu Ohren gebracht. «Gegen Dummheit kämpfen Götter selbst vergebens.»

Ich sagte: «Du hast die tote Frau, die Frau, die ich vorhin gesehen habe, *meine* Manuela Estefan genannt. Glaubst du, das war wirklich ihr richtiger Name?»

«Ach, Carlotta», sagte er, griff über den Schreibtisch, als könnte er mir die Hand tätscheln und alles wäre besser.

«Jesus», sagte ich, zog mich zurück. «Ein einfaches Ja oder Nein, und schon bist du mich los.»

«Gottverdammt, was hast du denn?» fragte er. «Wenn es nur um Ja oder Nein ginge, hätte ich's dir längst gesagt. Aber du stellst mir eine verdammt schwere Frage. War deine Manuela wirklich Manuela? Nun, dazu gehören noch andere Fragen. Wer ist Manuela? Wer ist Aurelia Gaitan?»

Einen Augenblick lang hatte ich den Namen Gaitan vergessen, mußte mich erinnern, daß es der Name der Mieterin der Kellerwohnung mit dem blutverschmierten Bett war.

«Kein Mensch hat Aurelia Gaitan mehr gesehen, seit diese Tote gefunden wurde», fuhr Mooney fort.

«Ihre Fingerabdrücke müssen doch in der Wohnung gewesen sein.»

«Und womit sollen wir die vergleichen? Mit der *green card* von Manuela Estefan, stimmt's? Tja, was ist schon auf einer *green card*? Ein lausiger Zeigefingerabdruck. Wir lassen uns vom INS den kompletten Abdruck aller zehn Finger schicken, aber selbst wenn wir einen Treffer landen, würde das nur bedeuten, daß die Frau auf der *green card* irgendwann innerhalb der letzten sechs Monate in dieser Wohnung gewesen ist.»

«Ich frage nach meiner Manuela. Könnte die *green card* ihr gehören? Sie sieht nicht gerade aus wie auf dem Foto, aber, verdammt, mir wäre die Vorstellung ziemlich unangenehm, wenn mich die Leute nach dem Foto auf meinem Führerschein identifizieren könnten.»

«Fingerabdrücke konnten wir nicht vergleichen. Dafür hat der Killer schon gesorgt. Ich dachte, wir könnten vielleicht die Ohren vergleichen; wenn man für die Aufenthaltsgenehmigung fotografiert wird, muß das rechte Ohr frei sein. Aber die Ohren deiner Lady sind auch zerstückelt worden. Also haben wir einen Fotoexperten hinzugezogen. Er hat eine Vergrößerung von dem Estefan-Foto gemacht und die Gesichtszüge verglichen – der Abstand zwischen den Augen und solche Sachen. Er sagt, deine Frau war nicht die Estefan. Natürlich nur, wenn das Manuela Estefans Foto auf dieser *green card* ist.» Mooney atmete tief aus. «Vier Frauen tot, und wir haben von keiner einzigen eine anständige Identifizierung. Wie, zum Teufel, können Menschen einfach verschwinden, und keinen kümmert es genug, um eine Vermißtenanzeige aufzugeben.»

Er erwartete keine Antwort.

Ich sagte: «Tja. Kannst du schon irgendwas über den Mörder sagen?»

Er tippte auf einen wackligen Papierstapel an einer Ecke seines Schreibtisches. «Ungefähr eine Million verschiedener Details, aus denen sich ein Scheißdreck ergibt», sagte er. «*Número uno*, der Kerl ist clever.»

«Kerl?»

«Du kennst die Statistiken von Serienmorden», sagte er.

«Wieso clever?»

«Weil er hinter sich aufräumt, deswegen. Er ist wirklich sehr ordentlich. Geradezu zwanghaft. Bislang haben wir in diesem Zimmer keine Spur von ihm gefunden, außer vielleicht ein paar verschmierte Abdrücke auf der Unterseite der Klobrille.»

«Ich will alles über diese anderen Frauen wissen. Gibt es irgendeine Verbindung zu – zu meiner Manuela?» Ohne einen Namen konnte ich sie mir nicht vorstellen.

«Gottverdammt, selbst wenn es eine gäbe, dürfte ich dir nichts sagen. Carlotta, du bist keine Polizistin mehr, oder? Also kannst du dich nicht in diese Sache reinknien, auch wenn dir diese Frau mehr bedeutet hat, als du zugibst.»

«Willst du auf irgendwas Bestimmtes raus, Mooney?»

«Du hast nicht zufälligerweise etwas bei deiner Geschichte ausgelassen?»

«Warum?»

«Weil du weißt, was Zurückhalten von Beweismaterial für einen Fall bedeuten kann.»

«Ist der INS hinter mir her?» fragte ich.

«Sehe ich vielleicht aus wie ein Hellseher? Frag sie doch selbst.»

«Wieso überhaupt hat der INS mit der Sache zu tun? Wieso nicht das FBI?»

«INS. FBI. Jeder hängt jetzt mit drin. Es ist die reinste Buchstabensuppe. Willst du den Papierkram sehen? Die VI-CAP-Formulare kommen mir schon aus den Ohren raus, und bei den meisten Sachen, die sie wissen wollen, kann ich ihnen keine Antwort geben, weil ich nicht den geringsten Schimmer habe.» Er zog einen weiteren Stapel Papiere vor sich und begann laut und wütend vorzulesen, wobei sein Zeigefinger auf die Seiten einstach. «Der Kram über die letzten Tage des Opfers ist genau das, womit ich wirklich glänze, denn wir wissen nicht, wo, zum Teufel, auch nur eine dieser Frauen ihre Tage verbracht hat. Meinst du, wir sollten die Fotos der Leichen an die Presse geben, damit sie vielleicht irgendwer wiedererkennt? Glaubst du, dem Bürgermeister würde das gefallen? Aber ich könnte vielleicht auch diese Personenbeschreibungen hier ausfüllen und sie rüber nach Quantico schicken, und dann würden mich endlich alle in Ruhe lassen. Hier. Willst du vielleicht das Formular über den bisherigen Lebenswandel ausfüllen? Du brauchst einfach nur überall das Feld ‹unbekannt› anzukreuzen.»

Ich stand auf und trat hinter seinen Schreibtisch. Die vertraute Haltung seiner Schultern und sein gebräunter Nacken ließen mein Herz ganz weich werden, und ich überlegte, ob ich ihm den Rücken massieren sollte, dachte über die harten Muskeln unter dem blauen Baumwollstoff nach.

«Entschuldige», sagte ich. «Zum Schlafen bist du noch nicht gekommen, oder?»

«Was hat das denn damit zu tun?»

«Nichts», sagte ich, drehte mich um und ging hinaus. Ich hörte, wie er mir etwas nachrief, aber ich blieb nicht stehen.

Eines Tages senden Mooney und ich vielleicht auf der gleichen Wellenlänge, aber so wie jetzt läuft es schon seit Jahren. Ich werde verständnisvoll, er geht in die Defensive; er wird verständnisvoll, ich koche. Das mit der Körperchemie ist eine verdammt schwierige Sache.

14

Ich holte meinen Wagen. Die abgelaufene Parkuhr sagte, ich hatte gegen die Straßenverkehrsordnung verstoßen, aber niemand hatte mich dabei erwischt. Beim Anblick meiner strafzettelfreien Windschutzscheibe erfüllte mich ein angenehm warmes Gefühl.

Meine Zufriedenheit hielt für die Länge der B. U. Bridge an, die ich fast immer der Longfellow vorziehe. Auf der Longfellow ist einfach zuviel Verkehr. Ich hätte auch die Mass. Ave. Bridge nehmen können, die Martas Wohnung am nächsten liegt, aber Baustellen haben den Verkehr dort dermaßen versaut, daß ich seit Jahren nicht mehr über diese Brücke gefahren bin. Die Mass. Ave. Bridge, die eigentlich richtig Harvard Bridge heißt, ist ein Witz. Sie liegt direkt neben dem M.I.T., aber es geht das Gerücht, daß die *Techie*-Ingenieure ihre guten Namen nicht mit so einem architektonischen Pfusch besudeln lassen wollten, und haben daher Harvard die Ehre überlassen – und auch das hämische Gegacker, das dazugehört, wenn die Brücke wegen Reparaturen wieder mal gesperrt werden muß. Jetzt ist der Staat dabei, sie völlig umzubauen, und die wirkliche Auseinandersetzung geht heute darum, ob die *Smoots* bei dieser Gelegenheit auch erneuert werden sollen oder nicht.

Smoot war ein Student des M.I.T. In den frühen sechziger Jahren oder so. Eines Nachts kamen seine Verbindungsbrüder auf die Idee, die Brücke in Smoot-Längeneinheiten zu besprühen. Ob sie ihn einfach hochgehoben und über die Brücke getragen, ihn hingelegt und als gigantisches Lineal benutzt haben oder ob er sich über die Brücke rollen mußte und sie seine Schulterbreite als Maß für einen Smoot genommen haben, ist immer noch Gegenstand hitziger Debatten. Die Sache wurde von beiden hiesigen Zeitungen gebracht, was beweist, daß der verstorbene Andy Warhol recht hatte.

Die Smoots beschäftigten mich den größten Teil des Weges bis zu Martas Wohnung, daher begann ich erst darüber nachzudenken, ob sie mich in dem Punkt angelogen hatte, Manuela nicht zu kennen, als ich nach einem Parkplatz Ausschau hielt. Manchmal kommt es mir vor, als bestünden meine Tage aus einer ununterbrochenen Suche nach einem freien Parkplatz. Wahrscheinlich ist das der Grund, warum ich gerne Taxi fahre. Man braucht keinen Parkplatz.

Ein Stück weiter die Straße hinauf, vielleicht fünfhundert Meter weiter vorn, fuhr ein Wagen auf die Straße. Ich gab Gas und bugsierte den Toyota in die freigewordene

Parklücke, bevor mir jemand anders zuvorkam. Ein Schild auf dem Bürgersteig sagte PARKEN NUR FÜR ANWOHNER. Ich parkte, auch wenn meine Anwohnerparkberechtigung die falsche Farbe hatte. Mein Viertel von Cambridge hat einen anderen Farb-Code. Anwohnerparkberechtigungen folgen einem bizarren Farb-Code, aus dem selbst die meisten Politessen nicht schlau werden. Ich hoffte, daß die für diese Gegend zuständige Dame noch nicht dahintergekommen war.

Der Wagen unmittelbar vor mir war weiß, ein neues Modell, kastenförmig. Er erinnerte mich an den weißen Aries.

Entweder war Marta nicht zu Hause, oder aber sie machte die verdammte Tür nicht auf. Womöglich ignorierte sie einfach das Klingeln, weil ihre Arthritis mal wieder schlimmer war, daher suchte ich mir eine Telefonzelle, die bislang von Vandalismus verschont geblieben war, und tippte ihre Nummer ein. Ich ließ es zwanzigmal klingeln, knallte den Hörer dann wieder auf die Gabel.

Die Tür von Martas Haus öffnete sich, und ein alter Mann mit gebeugtem Rücken kam heraus. Auf dem Kopf trug er einen flotten Hut. Seine Haut war mit Leberflecken übersät, doch die Augen hinter seinen dicken Brillengläsern schienen zu leuchten.

«Hi», sagte ich.

Er schien plötzlich kleiner zu werden und legte hastig eine Hand über die Tasche seines abgetragenen braunen Blousons. Jetzt wußte ich, wo er seine Brieftasche hatte.

«Hallo», sagte ich wieder, ganz ruhig.

«Was wollen Sie?» Seinen Akzent konnte ich im ersten Moment nicht erkennen. Er sah nicht wie ein Latino aus. Er sah einfach nur alt aus, ein Land ganz für sich.

«Sind Sie Mr. Binkleman?» fragte ich. Auf dem Briefkasten von Martas Haus gab es einen Mr. Binkleman. Es war der einzige Name, an den ich mich erinnern konnte.

«Nein. Hier gibt es keinen Mr. Binkleman, nur eine Mrs. Binkleman. Erdgeschoß hinten.» Der Ton seiner Stimme flehte mich an, wieder zu gehen. Während er sprach, war er keine Sekunde stehengeblieben, seine Beine liefen schnell, aber aufgrund der mangelnden Beweglichkeit seiner Gelenke war sein Schritt beschränkt, so daß er keine Chance hatte, mir zu entwischen.

«Hören Sie, ich werde Sie nicht überfallen. Ich bin ein Freund der Lady aus dem ersten Stock. Die mit den fünf Kindern.»

«Die machen viel Lärm, diese Kinder.»

«Haben Sie Marta, die Mutter, heute schon gesehen?»

«Wieso?»

«Wir wollten zusammen Mittag essen. Sie muß es wohl vergessen haben», sagte ich.

«Muß sie wohl», sagte er. «Sie ist heute morgen zur Arbeit gegangen.»

«Zur Arbeit?»

«Sie kommen nicht von der Fürsorge, oder?» Er gab den Versuch auf zu fliehen und riskierte einen Blick auf mein Gesicht. Ich glaube, er war überrascht, daß er so weit aufschauen mußte.

«Nein.»

«Gut. Ich würde nämlich mit keinem von der Fürsorge reden. Es ist keine Sünde, arm zu sein, wissen Sie. Es ist keine Sünde, alt zu sein. Was ich von der Sozialfürsorge kriege, habe ich alles verdient. Es ist keine Unterstützung. Es ist nur das, was ich früher auch einbezahlt habe, das ist alles.»

Ich beschloß, ihm nicht zu sagen, daß sein einbezahltes Geld längst von der Inflation soweit aufgefressen worden war, daß es wahrscheinlich nicht mal mehr für eine Rückfahrkarte nach Miami Beach ausgereicht hätte. Vermutlich hatte er sein ganzes Leben lang hart gearbeitet, und jetzt lebte er bestimmt nicht wie die Made im Speck.

Ich fragte: «Woher wissen Sie, daß Marta arbeiten ist?»

«Ihre Cousine, Lilian oder so ähnlich, holt sie manchmal mit dem Wagen ab, und dann geht sie arbeiten. Glaube ich. Jedenfalls hat sie dann mehr Geld. Sie läßt sich Pizza ins Haus liefern. Die Miete wird bezahlt. Sie wissen schon.»

«Sie haben eine gute Beobachtungsgabe», sagte ich.

«Diese Kinder machen eine Menge Krach. Ich bin nicht so taub. Das hebt sich Gott vielleicht für später auf.»

«Ja», sagte ich. «Tja, und was ist mit Ihren Augen? Hat sie heute morgen ihren Stock benutzt?»

«Nein. Aber wie sie aussah, hätte sie es besser tun sollen. Gott sei Dank brauche ich noch keinen Stock. Es ist sehr traurig, wenn eine so junge Frau ohne ihn nicht laufen kann. Gott sei Dank hat mich das Alter erst erwischt, als ich schon alt war.»

Inzwischen hatten wir die Hälfte des Weges zu dem staubigen Spielplatz in der Mitte der Siedlung geschafft. Das Atmen des alten Mannes war deutlich zu hören, sein Gesicht röter als am Anfang unseres Spazierganges.

«Soll ich Sie irgendwohin mitnehmen?» fragte ich.

«Sie kommen *doch* von der Fürsorge, stimmt's, und ich rede zuviel. Alles dummes Zeug, was ich gesagt habe. Ich bin alt, ich rede einfach so vor mich hin. Ich lebe allein. Manchmal führe ich lange Gespräche mit meinem Hund.»

«Ich komme nicht von der Fürsorge, ehrlich, und ich fahre Sie gern dorthin, wo Sie hin müssen.»

«Müssen», sagte er, gab einen Laut irgendwo zwischen Husten und Lachen von sich. «Das ist ein guter Witz. Hören Sie, ich *muß* heute nicht mehr besonders viel. Und der einzige Grund, wieso ich hier unten bin und mir die Füße ein bißchen vertrete, ist der, daß irgend so ein Grünschnabel von einem Doktor gesagt hat, ich brauchte Bewegung. Früher bin ich gerne spazierengegangen, aber am liebsten nachts im Licht der Straßenlaternen, dann, wenn es angenehm kühl ist. Wenn man heute unter den Laternen spazierengeht, hat man besser sein Testament in der Tasche. Also gehe ich nur noch tagsüber raus, aber das macht mir keinen besonderen Spaß. Man sieht all die Hundescheiße auf der Straße.»

«Und nachts tritt man rein», sagte ich.

«Ja», sagte er, «aber so gefiel's mir besser.»

«Danke für das Gespräch», sagte ich. «War nett, Sie kennenzulernen.»

«Wir haben uns nicht kennengelernt», sagte er und streckte dabei eine knochige Hand aus. «Ich bin Hank Binkleman.»

«Sie sagten doch, es würde keinen Mr. Binkleman geben ...»

«Ja, da wußte ich aber auch noch nicht, was Sie wollten, oder? Ich sage heutzutage keinem Menschen mehr, wer ich bin.»

«Und gibt es auch eine Mrs. Binkleman, oder haben Sie das auch nur erfunden?»

«Sie ist seit fünfzehn Jahren tot.»

«Oh. Tut mir leid.»

«Aber was Ihre Freundin angeht, da habe ich nicht gelogen. Sie ist heute morgen ziemlich früh aus dem Haus, direkt nachdem die Kinder zur Schule gegangen sind.»

«Danke.»

«Gern geschehen.»

Er schlurfte weiter über den Spielplatz und wirbelte

kleine Staubwölkchen hinter sich auf. Ich ging zu Paolinas Schule.

Eines der wenigen Dinge, die mir an den öffentlichen Schulen in Cambridge gefallen, ist die Tatsache, daß sie keine Mittelschulen oder Junior High Schools, oder wie zum Teufel man die auch immer nennt, haben, in denen sie die Siebt-, Acht- oder Neuntkläßler von den anderen trennen und all die wirklich nicht zu bändigenden Kids, deren Hormone außer Kontrolle geraten sind, in ein Gebäude stecken und sie damit abschreiben. Paolina wird auf ihre Grundschule gehen, bis es Zeit für die Cambridge Rindge and Latin ist, ein Gebäude, das groß genug ist, um mich an meine eigene High School in Detroit zu erinnern.

Paolinas Schule liegt an der Cambridge Street. Ihre Lehrerin ist Mrs. Keegan, eine reizende Quaker-Lady, die ich kennengelernt habe, als ich Marta zu Elternsprechtagen begleitete. Marta geht wegen ihres Englischs und ihrer Arthritis nicht gern allein. Sie sagt, ich mache bei den Lehrern einen besseren Eindruck, wo ich doch gebürtige Amerikanerin bin, und ich hoffe, sie irrt sich, aber Marta ist ziemlich schlau. Ich mag Mrs. Keegan, weil Mrs. Keegan Paolina mag.

In dem Raum war eine zweite Lehrerin, eine jüngere Frau, vielleicht eine Referendarin oder Studentin. Sie warf mir einen mürrischen Blick zu. Mit leiser Stimme erklärte Mrs. Keegan, daß die Schüler mitten im Kunstunterricht seien. Ich versicherte ihr, mein Besuch würde überhaupt nicht lange dauern, und es sei wirklich sehr dringend. Sie rief Paolinas Namen.

Ich konnte ein Prusten und Lachen und ein paar schnell auf spanisch gesprochene Worte von einem pubertierenden Jungen im Stimmbruch hören. Anscheinend hatte die junge Kunstlehrerin die Klasse nicht voll im Griff.

Als Paolina auftauchte, glühte ihr Gesicht.

«Was hat dieser Junge gesagt?» wollte ich wissen. «Ich hab's nicht verstanden. Du bringst mir nicht den richtigen Slang bei.»

«*Nada*», sagte sie. «Er ist ein Dussel. Die meisten Kids hier sind Fälle für die Klapsmühle.»

Vielleicht hatten ihre roten Wangen wirklich nichts mit den Worten des Jungen und dem darauf antwortenden Gekicher zu tun. Vielleicht war es ihr einfach nur peinlich, herausgerufen zu werden. Im Unterricht ist sie sehr schüchtern. Ich versuche immer wieder, sie dazu zu ermutigen, aus sich herauszugehen und mehr Fragen zu stellen, aber Marta sagt ihr genau das Gegenteil, daher ist sie ein bißchen verwirrt.

Marta hält nicht viel von der Schule, jedenfalls nicht für Mädchen. Darüber knirsche ich nachts mit den Zähnen.

«Wie geht's dir, meine Süße?» Paolina zuckte zusammen und drehte sich um, vergewisserte sich, daß die Tür auch wirklich geschlossen war.

«Entschuldigung», sagte ich schnell. «Wie geht's dir, *kiddo*?»

Sie trug eine karierte Bluse und einen Jeansrock mit einer Menge protziger goldener Ziernähte; einen Rock, der aussieht, als wäre er von einem gerade modernen Designer. Marta hat ihn ihr zu ihrem letzten Geburtstag gemacht. Gib Marta etwas Stoff und eine Weile Ruhe von ihrer Arthritis, und sie zaubert dir ein komplettes neues Outfit.

Paolina fragte: «Kontrollierst du, ob ich in der Schule bin?»

«Dafür müßte ich dich wohl kaum aus dem Unterricht holen, oder?»

Sie spielte mit einem Stückchen Golddraht.

«Was ist das?» fragte ich, versuchte Zeit zu gewinnen.

Sie schien wütend und verärgert zu sein. Ich mußte erst einmal aus meiner neuen mißmutigen Schwester schlau werden.

Sie hielt es mir auf ihrer Handfläche hin. Zuerst dachte ich, es wäre so was wie eine ausgefallene Büroklammer.

«Sieht aus wie ein Strichmännchen», sagte ich. «Nett. Für eine Brosche?»

Sie drehte es auf die Seite. «Es ist ein Fisch», sagte sie. «Für einen Anhänger.»

Volltreffer, dachte ich.

«Willst du mich zu irgendwas abholen?» fragte sie.

«Nein.»

«Schade.»

«Warum?»

«Ich langweile mich», sagte sie.

«Laß deinen Fisch mal sehen.» Wenn man es aus dem richtigen Winkel ansah, war es wirklich gut gelungen. Einfach. Die grundlegende Form erforderte nur eine einzige Drehung des feinen Drahtes, aber Paolina hatte das ganze Stück spiralförmig aufgedreht, bevor sie angefangen hatte, daher wirkte der Fisch komplexer, als er wirklich war.

«Ich kann morgen nicht zu deinem Spiel kommen», sagte Paolina.

«Oh, das ist aber schade. Ich brauche meine Fans, die mich anfeuern. Aber ich kann dich ja danach abholen.»

«Nein, nachher habe ich auch keine Zeit. Wir können uns morgen nicht treffen. Wahrscheinlich sollte ich nicht mal mit dir reden.»

«Wieso?»

«Keine Ahnung», sagte sie, starrte auf die Bodenfliesen, als wäre das Schachbrettmuster drauf und dran, sich von selbst neu zu ordnen. «Weißt du, ich gehe jetzt besser wieder rein, bevor Miss Lenox unter die Decke geht.»

Ich legte eine Hand auf ihre Schulter. «Süße, ich muß deine Mutter finden, und ich weiß nicht genau, wo sie heute arbeitet.»

«Nenn mich nicht ‹Süße›, okay?»

«Alte Gewohnheiten sind hartnäckig.»

«Und meine Mommy arbeitet nicht, das weißt du ganz genau.» Paolinas Stimme wird schriller, wenn sie wütend ist. Zwei runde Farbflecken tauchten auf ihren Wangen auf.

«Paolina, ich will sie doch nicht reinlegen ...»

«Ich darf nicht drüber sprechen. Marta hat gesagt, ich darf's nicht.»

«Genau wie du auch keine Manuela Estefan kennen darfst?»

«Ich kenne sie nicht. Wirklich nicht.» Ihr Blick wanderte eine Idee höher, vielleicht auf ihre Schuhe.

«Paolina, diese Sache mit Manuela Estefan ist sehr wichtig. Wenn du sie kennst, wenn du je ihren Namen gehört hast ...»

«Ich hab doch gesagt, ich kenne sie nicht.»

«Ich will dir keine Angst machen ...», begann ich langsam.

«Dann tu's auch nicht», fiel sie mir ins Wort. «Alle sagen andauernd zu mir, sag mir dies oder sag mir jenes. Und sag dies nicht und sag das nicht. Ich krieg's ja selbst kaum noch auf die Reihe. Ich kann nicht ...»

Ihre Unterlippe bebte, aber sie schluckte einmal tief und reckte ihre Schultern. Ich habe sie seit ungefähr einem Jahr nicht mehr weinen sehen. Als sie sieben war, hat sie ziemlich oft geweint. Ich fragte mich, wann genau sie damit aufgehört hatte, und ich hoffte, daß ich nichts mit ihrem Übergang zur stoischen Gelassenheit zu tun hatte.

Bevor ich noch ein weiteres Wort sagen konnte, war sie

fort, wieder im Klassenzimmer, knallte die Tür hinter sich zu. Ich stand da und sah zu, wie sie sich wieder auf ihren Platz setzte, ihren Kopf stolz gehoben, und die Tränen wegblinzelte.

Sprich mit mir, hätte ich am liebsten laut geschrien. Sprich mit mir.

15

Das Huntington Avenue Y liegt nicht gerade im besten Teil der Stadt, aber genausowenig ist es der schlechteste Teil. Es gibt eine Menge hochangesehene Nachbarn wie zum Beispiel die Symphony Hall, die Mother Church, das New England Conservatory und die Northeastern University, daher wimmelt es in der Gegend von Musikfreunden, Anhängern der Christian Science, Musikstudenten und Studenten im allgemeinen. Ich tat mir selbst einen Gefallen und ließ den Wagen zu Hause. Statt dessen nahm ich am Harvard Square den Dudley-Bus. Wunder über Wunder, er kam schon, als ich nur fünf Minuten an der Haltestelle gewartet hatte, und ich stieg ein, schleppte meine Sporttasche hinter mir her. Einen Sitzplatz erwischte ich nicht, aber damit hatte ich auch gar nicht gerechnet.

Kristy, unser Captain, bester Punktemacher und Coach, hatte sich bereits umgezogen und machte sich warm. Die anderen trudelten nacheinander ein. Ich schloß mich den Nachzüglern im Umkleideraum an, um mir Shorts, ein langärmeliges Top, Knieschützer, Socken und Turnschuhe anzuziehen. Der Umkleideraum rühmte sich hellgrün gestrichener Betonwände, farblich dazu passender verbeulter Spinde, Spiegel, reichlich hoch genug für Liliputaner, und dann noch dieses beruhigenden High-School-Käsesocken-und-Pilz-Aromas.

Ich zog mich schnell um und ging zu Kristy hinaus. Nachdem ich meine Muskeln gelockert hatte, übten wir ein bißchen, dicht ans Netz zu springen und den Ball in die gegnerische Hälfte zu pfeffern. Allmählich füllte sich die Turnhalle. Ich konzentrierte mich zwar auf das Training, aber ich merkte es an der wachsenden Lautstärke.

Dann ein scharfer Pfiff. Noch fünf Minuten bis Spielbeginn. Meine Mannschaft drängte sich auf der einen Seite der Turnhalle, und Kristy hielt uns einen kurzen Vortrag über die Gefahren von übersteigertem Selbstvertrauen. Unser heutiger Gegner kam aus den westlichen Vororten, und wir waren schon vor langer Zeit zu dem Schluß gelangt, daß sie die Schwächlinge der Endspielrunde waren, eine Mannschaft, die kreischend vom Feld rennen würde, wenn ihr Nagellack einen Kratzer abbekam. Vielleicht ein bißchen unfair, aber die Vororte haben am knallharten Central Square in Cambridge nun mal diesen Ruf. Ihre Mannschaft nannte sich *Butterflies*. Jagt einem nicht gerade Angst ein. Wir sind die *Y-Birds*, was meiner Meinung nach irgendwie nach *jailbirds*, also Knastvögel, klingt. Soweit ich informiert bin, gibt es unter uns keine ehemaligen Knackis.

Kristy versuchte, sie als ganz gute Mannschaft darzustellen, aber in Wahrheit hatten sie eigentlich nur eine einzige gute Spielerin. Es hieß, sie sei wirklich stark, und ich hatte ihr mehr als nur einen flüchtigen Blick zugeworfen, als sie in die Turnhalle kam. Sie war eine Boston-College-Spielerin, wegen schlechter Noten für ihre Mannschaft gesperrt. Ehemalige Spielerin der Nationalmannschaft, ungefähr einsdreiundneunzig groß, blond, gelenkig und dem Ruf nach sehr aggressiv.

Unsere Strategie bestand im wesentlichen darin, den Ball gar nicht erst in ihre Hände geraten zu lassen.

Dann kam der Anpfiff. Wir schlugen uns alle in die Hände und liefen aufs Spielfeld hinaus. Spärlicher Applaus. Ich schaute nicht mal zur Tribüne hinüber. Paolina war nicht da.

«Wer ist denn der tolle Typ da?» flüsterte mir Samantha, eine Mittelfeldstopperin, ins Ohr. Sie ist so was wie eine Programmiererin. Sie hat unglaublich scharfe Augen, und ihr entgeht praktisch kein Wurf.

Ich bin Außenspielerin. Ich ließ meinen Blick in die Richtung ihres Kopfnickens über die Tribüne wandern und entdeckte den Burschen, den sie gemeint haben mußte; er saß allein drei Reihen hinter der Bank unserer Mannschaft. «Toller Typ» war noch untertrieben.

Ich zuckte mit den Achseln, beugte mich vor und berührte den Boden mit den Handflächen. Mein Rücken fühlte sich ein bißchen verspannt an.

Der Schiedsrichter warf die Mütze, und wir bekamen den Anstoß. Kristy stellte sich auf, und der Schiri kontrollierte noch schnell, ob jeder von uns auf seinem Platz stand.

Das erste Spiel verlief wie erwartet. Wenn jemand den Fehler machte, den Ball in die Nähe von Miss Boston College zu spielen, verloren wir den Punkt. Aber da waren noch fünf weitere Spieler auf dem Feld, und während B. C. versuchte, so gut sie konnte ihre Hälfte abzusichern, bekam sie von den anderen keine große Unterstützung. Eine kleine Brünette stand einfach nur stocksteif in der Gegend rum und gab sich die größte Mühe, einen Hydranten nachzuahmen. B. C. fing an zu kochen, als wir das erste Spiel mit 15:6 für uns entschieden.

Zwischen den Spielen informierte uns Edna, daß der tolle Typ ein Scout der Olympics war, der sich B. C. ansehen sollte. Das Olympic College legt weniger großen Wert auf akademische Leistungen als das Boston College. Ednas Freundin Joy behauptete, der tolle Bursche wäre der Verlobte unseres Hydranten, aber keiner glaubte ihr. Stell dir nur die Gesichter vor, die zu diesen Namen gehören: Edna und Joy. Und dann werde ich dir sagen, daß Edna, die einen heimtückischen Aufschlag hat, die Schönheit unserer Mannschaft ist, während Joy so unauffällig und fad wie nur was ist.

«Wenn er hier ist, um sich B. C. anzusehen, wieso behält er dann jede einzelne Bewegung von Carlyle im Auge?» fragte Kristy.

Ich warf ihr einen Blick zu, war überrascht. Und ich gebe zu, ich sah mir den tollen Typen bei der Gelegenheit gleich noch mal gründlich an.

Er hatte rotblonde Haare, ein bißchen zu lang vielleicht, aber gut geschnitten und glänzend. War so etwa Ende Zwanzig, Anfang Dreißig. Der kräftige Nacken eines Sportlers, breite, abfallende Schultern. Ein kantiges Gesicht, das Kinn vielleicht eine Idee zu markant. Seine Augenfarbe konnte ich nicht erkennen, aber aus irgendeinem Grund nahm ich an, sie seien blau.

Das zweite Spiel ging wieder an uns. Diesmal war es etwas schwieriger, da B. C nach Lust und Laune ihre Position wechselte und eine ihrer Mannschaftskameradinnen endlich aufgewacht war und ihrer größten Freundin den Ball sauber zuspielte. Ich hatte nur selten gegen jemanden stoppen müssen, der mir gegenüber diesen Größenvorteil hatte wie B. C. Und es war auch nicht einfach nur ihre Größe. Es war ihre Schnelligkeit und ihr geschicktes Antäuschen. Sie sprang hoch, sah dabei in die eine Richtung, und dann drehte sie sich blitzschnell mitten in der Bewegung und knallte den Ball mit voller Wucht über das Netz. Ich grunze schon mal, wenn ich den Ball ins gegnerische Spielfeld knalle, aber die Geräusche, die diese Frau von sich gab, waren einfach unglaublich. Zusätzlich beschimpfte sie pausenlos den Ball, ihre Mitspielerinnen und mich, wenn ich ihr auf der anderen Seite des Netzes gegenüberstand. Ganz schlechte Taktik von ihr. Dadurch sprang ich nur noch höher. Schlug den Ball noch fester übers Netz. Ich erwischte einen ihrer Bälle sauber wie ein Profi, und ich konnte sie wie einen Kessel zischen hören, der jeden Augenblick zu kochen begann.

Das zweite Spiel ging 15:12 aus, alles andere als eine vernichtende Niederlage. Kristy sagte uns ein paar aufmunternde Worte und ermahnte uns eindringlich, sie im dritten Spiel fertigzumachen. Wenn auch nur eine ihrer restlichen Spielerinnen aufwachte, könnten wir in ernstliche Schwierigkeiten geraten. B. C. spielte verdammt gut, und die Spekulationen über den Talentsucher des Olympic erhielten neue Nahrung. Joy meinte, ihn schon mal im Fernsehen gesehen zu haben. Spielte er nicht für die *Patriots*?

Wir hatten das dritte Spiel praktisch schon gewonnen, als es passierte, und ich behaupte wirklich nicht, daß B. C. es absichtlich gemacht hat. Aber sie hatte sich wirklich unglaublich unter Kontrolle, und ich würde es ihr schon zutrauen, so wie sie brüllte und kochte und fluchte. Der Schiedsrichter sah von Zeit zu Zeit herüber, und ich glaube, er hätte sie wegen unsportlichen Verhaltens verwarnen sollen, aber mich fragte ja keiner.

Wie auch immer, wir brauchten noch zwei Punkte für das Match. Kristy spielte hart an, fünf Punkte, zielte auf den kleinen Hydranten, der alle damit überraschte, einen der Bälle abzufangen. B. C. kam herübergedonnert, um ihn in unsere Hälfte zu knallen. Ich konterte, um sie abzublokken, und sprang gleichzeitig mit ihr hoch. Sie sah, wie ich hochkam, um ihr den Wurf zu vermasseln, orientierte sich dann blitzschnell um, wollte den Ball rechts von mir reinbringen, wodurch mein Manöver völlig ins Leere ging. Joy, direkt neben mir, bewegte sich zu spät, und der Ball wäre todsicher an ihr vorbeigesegelt. Der Punkt war ihnen sicher.

Statt den leichten Wurf zu machen und den Ball zu bekommen, änderte B. C. mitten in der Luft ihre Taktik. Ich schwöre, ich konnte ein Flackern in ihren Augen sehen, als sie sich dazu entschied. Sie mußte gespürt haben, daß ich mich entspannt hatte, nachdem ich sah, daß der Ball Joy gehören würde, ob sie ihn nun erwischte oder nicht, auf jeden Fall nicht mir. Sie zielte nicht einfach in die Luft; sie zielte genau auf mich.

Aus purem Reflex fälschte ich den Ball mit meiner linken Hand ab, doch er traf trotzdem mein Gesicht, ohne daß er besonders viel von seinem Schwung verloren hatte. Und dann lag ich auch schon auf dem Boden, kauerte auf meinen Knieschützern und Ellbogen, während sich das Blut vor mir in einer Lache sammelte. Eine ganze Menge Blut, und es war, als wäre es von jemand anderem. Einen Augenblick lang fühlte ich mich wieder am Tatort in den Fens und hätte beinahe mein Frühstück verloren.

Jemand hielt mir ein Handtuch hin, und ich drückte es mir aufs Gesicht. Als ich es wieder fortnahm, war es leuchtend rot.

Scheiße, dachte ich. Nicht meine verdammte Nase. Nicht schon wieder.

Kristy brüllte den Schiedsrichter und B. C. an. Der Schiri versuchte, alle wieder zum Spiel zurückzuholen.

Einer der Unterschiede zwischen Männer- und Frauenmannschaften ist die Art und Weise, wie auf Verletzungen reagiert wird. Du siehst dir ein Footballspiel oder ein Eishockeyspiel an, und irgendein Typ wird verletzt, liegt auf dem Rücken, ist reif zum Auszählen. Die anderen Spieler der Mannschaft gehen nicht mal rüber, um zu fragen, ob er noch lebt. Der Trainer kommt raus, dann die Sanitäter mit der Trage. Mit so wenig Wirbel wie möglich wird der Knabe weggebracht, ein Ersatzspieler kommt rein, und das Spiel geht weiter.

Wenn bei uns jemand stürzt, zu lange auf dem Parkett bleibt, wird das Spiel sofort unterbrochen. Wir laufen alle rüber und bieten unsere Hilfe und ein nettes Wort an oder helfen der Verletzten auf. Ein feuchtes Handtuch. Das Spiel geht nicht weiter, bis wir sicher sind, daß sie okay ist.

Mir persönlich ist das so lieber. Vielleicht ist genau das der Grund, warum man nicht besonders viele Mannschaftsspiele von Frauen in der Glotze sieht. Dauert einfach viel zu lange, all dieses Getue um die Verletzten.

Ich konnte meinen Nasenrücken nicht mehr spüren. Ich wollte unbedingt einen Spiegel. Der Gedanke an die Spiegel im Umkleideraum machte mich nicht an. Wenn ich mich tief genug herabbeugte, um mich in einem sehen zu können, würde mir hundertprozentig sofort todschlecht.

Zwei Leute, ich glaube, es waren Edna auf der einen und Kristy auf der anderen Seite, halfen mir zur Bank rüber. Ich setzte mich und blutete noch ein bißchen mehr ins Handtuch. Sobald ich wieder einigermaßen geradeaus sehen konnte, versicherte ich meinen Mitspielerinnen, mit mir sei alles okay. Kristy schaute sich die Größe meiner Pupillen an, stellte mir dann die entscheidenden Fragen: «Wie heißt du?» und «Wo bist du?» Ich muß wohl die richtigen

Antworten gegeben haben, denn sie deutete auf unsere beste Ersatzspielerin.

«Wir brauchen dich nicht für die letzten beiden Punkte», sagte sie. «Geh in die Umkleidekabine. Leg dich etwas hin. Wir kommen gleich nach.»

«Ja», sagte ich.

Sobald das Spiel fortgesetzt wurde, wuchtete ich mich auf die Beine. Ich erinnerte mich, direkt vor der Tür in die Turnhalle eine Damentoilette gesehen zu haben, vielleicht gab es in der einen Spiegel in einer vernünftigen Höhe.

Ich bin nicht besonders eitel, aber meine Nase hatte schon eine Menge durchgemacht. Zum erstenmal habe ich sie mir mit sechs Jahren gebrochen. Diese Ehre gebührte meiner Nachbarin, die einen Spielzeughammer geschwungen hatte. Das nächste Mal brach ich sie mir als Cop. Beim Taxifahren passierte es zum drittenmal. Ich habe keine besonders große Nase oder so, aber der Sattel besitzt einen ziemlich unverwechselbaren Hubbel. Mit der Zeit habe ich diesen Hubbel richtig liebgewonnen.

Ich berührte ihn beim Gehen. Wenn sie gebrochen war, dann war es wenigstens kein schlimmer Bruch. Meine Nase war nicht auf eine Seite gequetscht worden oder so. Mein Wangenknochen tat mir weh.

Die Damentoilette befand sich genau da, wo sie meiner Erinnerung nach auch sein sollte, direkt gegenüber der Herrentoilette, mit einem Trinkwasserbrunnen dazwischen.

Der tolle Typ stand vor diesem Trinkwasserbrunnen und hielt ein feuchtes Handtuch in der Hand. Er kam herüber und bot es mir an.

«Sie sollten das kühlen, Ms. Carlyle», sagte er. «Eiswürfel wären noch besser.»

Seine Augen waren blau.

Ich nahm das triefende Handtuch und hielt es an mein Gesicht. Wasser tropfte auf die Vorderseite meines sowieso schon durchgeschwitzten Tops. Ich muß wohl ein bißchen benebelt gewesen sein, denn ich fragte mich, woher ein Talentsucher der Olympics meinen Namen kannte.

Seine Stimme war Bariton. Ausgeprägter Südstaatenakzent. Aus der Nähe betrachtet sah er sogar noch besser aus als von weitem.

Ich brummte mein Danke und stolperte zur Toilette. Mir war nicht mehr schlecht. Aus Erfahrung wußte ich, was ich als nächstes tun mußte. Ich füllte das Waschbecken mit kaltem Wasser, holte tief Luft, war froh, daß meine Nase immer noch funktionierte, und tauchte meinen ganzen Kopf in das Becken.

Das Wasser war rosa, als ich wieder hochkam und nach Luft schnappte. Ich ließ es ablaufen und fing wieder von vorne an. Dieses Mal wagte ich einen kurzen Blick in den Spiegel.

Nicht schlecht. Ich hatte mir schon ein Stück rohes Fleisch vorgestellt, und was ich da sah, hatte immer noch die deutlichen Konturen meiner Nase. Ich versuchte es mit einem Blick auf mein Profil, ließ einen Finger vorsichtig über den Nasenrücken gleiten. Ich glaubte nicht mal mehr, daß das verdammte Ding gebrochen war. Ich tauchte Gesicht und Nase wieder ins Becken. Diesmal färbte sich das Wasser schon weniger.

Als ich wieder rauskam, naß, aber mit einem schon viel besseren Gefühl, wartete der tolle Typ auf mich. Ich marschierte auf die Turnhalle zu, dachte, ich könnte vielleicht weiterspielen, falls wir das dritte Spiel verloren hatten, dachte, ich hätte durchaus nichts gegen die Chance, diesem B. C.-Studienabbrecher mit Karacho einen Ball ins Gesicht zu pfeffern.

«Ms. Carlyle, könnten wir uns vielleicht einen Augenblick unterhalten?»

«Häh?» sagte ich.

«Über Manuela Estefan?»

Wie angewurzelt blieb ich stehen. «Wer sind Sie?»

«INS.»

Also, verdammt, dachte ich, wer hätte das gedacht?

16

«Wo warst du? Hast du mitgekriegt, wie wir den letzten Punkt gemacht haben?» fragte Edna außer Atem, sobald ich in den Umkleideraum kam.

Keiner mußte mir sagen, daß wir gewonnen hatten. Der Umkleideraum einer Siegermannschaft fühlte sich einfach anders an als der von einem Verlierer. Außerdem, das Team aus den Vororten hätte Stunden gebraucht, einen Rückstand von 2:1 aufzuholen.

«Wer ist der tolle Typ?» Und das kam von Joy. Ich fragte mich, wie sie es geschafft hatte, durch geschlossene Türen zu sehen. Hatte wahrscheinlich mitgekriegt, daß wir beide gleichzeitig die Turnhalle verlassen hatten. Der Rest war reine Vermutung. Ich grinste sie breit an, versicherte allen, ich würde mich wieder besser fühlen, duschte und zog mich dann schnell an. Der tolle Typ wartete, als ich rauskam. Joy und Edna gingen vorbei, während ich mit ihm redete. Sie zwinkerten mir zu.

«Haben Sie so was wie einen Ausweis?» fragte ich ihn. Er riß ein braunes Mäppchen, genau wie das von Jamieson, aus seiner Gesäßtasche. Ich konnte ihm entnehmen, daß ich mit Special Agent Harrison Clinton sprach.

«Harry reicht», sagte er mit einem Lächeln, das seine Augen freundlich machte.

«Haben Sie einen Wagen, Harry?» fragte ich.

«Ja.»

«Macht's Ihnen was aus, mich nach Hause zu bringen?»

Er starrte meine Nase an. Die Blutung hatte aufgehört, aber in den Pausen der Unterhaltung drückte ich ein feuchtes Handtuch gegen Nase und Wangen. Half hoffentlich gegen die Schwellung.

«Wäre Krankenhaus nicht besser?» schlug er vor.

«Nach Hause», sagte ich entschieden. Ich wollte wissen, ob er wußte, wo ich wohnte. Ich wollte wissen, ob er einen weißen Aries fuhr. Außerdem wollte ich ganz einfach nach Hause. Kopfschmerzen im Anmarsch, die einfach atemberaubend sein würden. Ich spürte sie schon hinter den Augen wie entferntes Donnergrollen an einem schönen Sommernachmittag.

Er fuhr eine kastenförmige Limousine, aber ein Aries war es nicht. Jede Wette, daß es entweder ein Mietwagen oder ein Dienstfahrzeug war. Er hatte die Parkverbotschilder einfach ignoriert und ihn in einer kleinen Nebenstraße hinter dem Y abgestellt.

«Wollen Sie wirklich nicht vorher kurz bei einem Arzt reinschauen?» erkundigte er sich, als ich mich auf dem Beifahrersitz angeschnallt hatte.

Unverblümt fragte ich ihn, ob er mich in einem weißen Aries beschattet hatte. Das war vielleicht ein bißchen unverschämt, doch seine Dienstbeflissenheit ging mir allmählich auf die Nerven.

«Ich nicht, nein», antwortete er schnell.

«Dann war's wohl Ihr Kumpel Jamieson?»

Als ich diesen Namen erwähnte, lächelte er, und in seinen Augenwinkeln bildeten sich Fältchen. Er war mindestens so alt wie ich. Seine Haut hatte ein wettergegerbtes Aussehen, ist nicht besonders häufig in Boston. «Ich will nicht sagen, daß er's war, aber Observieren hat der alte Walter noch nie gekonnt.»

«Wohingegen ich natürlich nichts gemerkt hätte, wenn *Sie* mich beschattet hätten?» sagte ich, hob dabei skeptisch eine Augenbraue.

«Nun, ich will ja nicht protzen ...» Sein nettes Lächeln zeigte zwei Reihen gleichmäßiger, leicht gelber Zähne. Vielleicht ein ehemaliger Raucher, genau wie ich. Die Zähne retteten ihn davor, wie ein Dressman auszusehen. Ich meine, wer will schon Vollkommenheit?

Ich verriegelte meine Tür und ließ mich zurücksinken, leicht nach rechts gelehnt, damit ich ihn beobachten konnte, während er fuhr. Ein guter Cop und ein böser Cop – so hieß dieses Spiel hier wahrscheinlich. Jamieson war ohne ersichtlichen Grund ekelhaft zu mir gewesen, und jetzt hatten sie Clinton losgeschickt, um mit seinem Charme die Details aus mir herauszukitzeln. Na schön, sollte er doch sein Glück versuchen. Mein Kopf pochte leicht. Ich legte das Handtuch auf meine Nase und lehnte den Kopf gegen die Stütze.

Clinton fuhr auf die Huntington Avenue. Der Nachmittagsverkehr war nicht sehr stark.

«Ich wollte Ihnen sagen, daß wir Ihre Kooperation in diesem Fall sehr zu schätzen wissen», sagte er. «Sie hätten es nicht tun müssen.»

Ich erwiderte nichts. Er bog nach links auf die Mass. Ave., schüchterte dabei einen verbeulten alten Pickup ein.

Er fuhr gut, hatte das Steuer mit seinen großen Händen fest im Griff.

«Hmh, ich habe mich gefragt», sagte er, nachdem er die Ampeln zwischen Symphony Hall und Mother Church hinter sich gebracht hatte, «ob Sie vielleicht eine Ahnung haben, warum diese Estefan überhaupt zu Ihnen gekommen ist?» Er hatte sich entschlossen, über die Mass. Ave. nach Cambridge zu fahren. Ich hätte den Fenway genommen, dann den Park Drive bis zum Memorial Drive. Das war schneller.

«Nein», brummte ich durch mein Handtuch. «Keine Ahnung.»

«Haben Sie schon andere Fälle für Immigranten übernommen? Es muß nicht in jüngster Zeit gewesen sein. Denken Sie zehn Jahre zurück, wenn es sein muß.»

Er drehte sich zu mir, bemerkte mein Lächeln und machte ein betretenes Gesicht. «Ich nehme nicht an, daß Sie schon zehn Jahre als Privatdetektiv arbeiten, oder?»

«Vor zehn Jahren war ich ein Cop», sagte ich. Zwar noch ein Grünschnabel, aber das mußte ich ihm ja nicht auf die Nase binden.

«Schwer zu glauben», sagte er mit einem charmierenden Lächeln. Ich machte es mir bequem und wartete auf den Rest seiner Show.

«Vor zehn Jahren», sagte er, nachdem er an einer Ampel einen grünen Chevette abgehängt hatte. «Da habe ich angefangen.»

Wieder hob ich die Augenbrauen. Gehört manchmal zu meiner Taktik.

«Ja», sagte er, «ich dachte damals wohl, ich würde russische Überläufer willkommen heißen. So ein tolles Undercover-Zeug. Berlin. Geheiminformationen.»

«Ach was, Sie verfügen über Geheiminformationen?»

fragte ich. «Wußten Sie daher, wo Sie mich heute finden konnten?»

«Das herauszubekommen war nicht besonders schwierig», meinte er selbstgefällig. «Habe der Kleinen, die bei Ihnen wohnt, mal kurz meinen Dienstausweis gezeigt, Sie wissen schon, die mit den, äh, komischen Haaren.» Ich wußte genau, was er eigentlich hatte sagen wollen, bevor er den Rest des Satzes auf die Sache mit den Haaren umstellte. Roz besitzt andere Attribute, die vor allem Männer zu bemerken scheinen.

«Dann ist die Arbeit bei der *Immigration* also nicht Ihren Erwartungen gerecht geworden?» fragte ich mit gespielter Anteilnahme. Solange er redete, mußte ich nichts sagen.

Er bremste an einer Ampel und drehte sich zu mir. «Es ist nicht mein Ding, irgendwelche armen OTMs zu jagen, die in unser Land kommen und sich ein bißchen Geld verdienen wollen, indem sie Scheißarbeiten übernehmen, die kein gebürtiger Amerikaner mehr anrühren würde. Das möchte ich Ihnen sagen.»

«OTMs?» sagte ich. Klang irgendwie vertraut, aber ich dachte, vielleicht erinnerte es mich auch nur an ATM – dieses Kürzel für *automated teller machines*, Geldautomaten.

«*Other Than Mexican*», sagte er. «Das ist so eine Klassifizierung, die wir benutzen.»

«Ja, ja, jeder braucht so seine Schubladen», meinte ich trocken.

«Das gilt nur für Latinos. Also, Sie zum Beispiel wären kein OTM.» Wieder lächelte er mich strahlend an. Er machte seine Sache gut. Vielleicht lag es an den Kopfschmerzen, aber fast hatte ich das Gefühl, als könnte ich ihm vertrauen, als könnte ich mir bei ihm all meine Sorgen und Befürchtungen von der Seele reden.

«Okay», sagte ich, riß mich zusammen, «wieso interessiert es den INS auch nur einen Furz, was ich mache? Was interessiert Sie eine Manuela Estefan? Sie hatte doch eine *green card,* oder nicht? Sie war legal.»

Er überholte einen langsamen Buick. «Sie glauben, das wäre alles, was wir tun, stimmt's? Diese Leute hopsnehmen und dann so schnell wie möglich über die Grenze abschieben?»

«Ja», sagte ich, «nach allem, was ich so höre, tun Sie genau das.»

«Tja», sagte er, «das ist aber noch lange nicht alles.»

Ich erinnerte mich daran, was mir Marian Rutledge, die Anwältin von Cambridge Legal Collective, erzählt hatte. «Wie ich höre, unterhaltet ihr Lager an der texanischen Grenze. Ich höre überhaupt eine ganze Menge, was mir die Frage aufdrängt, wieso sich jemand, der nicht gern arme Menschen aus der Dritten Welt aus dem Land jagt, keine andere Arbeit sucht», sagte ich.

Damit war die Unterhaltung erst mal eine ganze Weile gelaufen. Wir schafften es über die Harvard Bridge, ohne sie zum Einstürzen zu bringen.

«Wir haben da», sagte er mit trauriger Stimme, «ein verdammt schwieriges Public-Relations-Problem. Und irgendwie kann ich mir nicht vorstellen, daß uns der Kongreß die Gelder für eine großangelegte Werbekampagne genehmigen wird.»

Gegen meinen Willen mußte ich lächeln. Er spielte den Gekränkten wirklich gut. Es konnte an seinem Südstaatenakzent liegen. Ich fragte mich, ob ich so verletzend gewesen war, weil ich diesen Mann attraktiv fand. Reiner Selbsterhaltungstrieb. Es wäre nicht das erste Mal, daß ich die falschen Typen mochte. Wenn ich spüre, wie es mir mal wieder heiß und kalt den Rücken runterläuft, weiß ich, daß ich entweder einen verheirateten Mann oder aber einen

Typen kennengelernt habe, der mir den Kopf so verdreht, daß ich nicht mehr geradeaus denken kann. Also werde ich erst mal streitsüchtig.

Er trug keinen Ehering.

Auf dem Central Square war eine Baustelle. Jede Unebenheit spürte ich in meinem Kopf.

«Ist mit Ihnen wirklich alles in Ordnung?» fragte er.

Hinter uns legte sich irgendwer auf die Hupe.

«Alles bestens», sagte ich durch zusammengebissene Zähne.

Ich hatte mir das Handtuch vors Gesicht gedrückt. Er griff herüber und zog ein paar Haarsträhnen unter dem Stoff hervor. Seine Hand berührte leicht meine Wange, und der zynische Teil von mir fragte, ob das wohl auch zu der «Guter-Cop»-Nummer gehörte. Der Rest von mir spürte das aufregende Kribbeln.

Er erkundigte sich nicht, wie er zu meinem Haus kam. Er brauchte keine Anweisungen. Als er in meiner Zufahrt hielt, hatte ich eine Hand auf dem Türgriff und ein Goodbye auf den Lippen, doch er beugte sich herüber und legte eine Hand auf meinen Arm.

«Ich will ehrlich zu Ihnen sein», sagte er. «Was unserer Meinung nach hier abläuft, ist folgendes: Wir glauben, daß diese Manuela Estefan in eine sehr ernste Sache verwickelt war. Sie hat Leute verpfiffen.»

«Verpfiffen?»

«Sie ist viel rumgekommen. Und wo sie hinkam, starben Leute.»

«Ein bißchen mehr müssen Sie mir schon erzählen.»

«Sie stammte aus El Salvador.»

«Ja.» Ich wünschte, er würde sich etwas beeilen. Das Hämmern in meinem Kopf wurde stärker.

«Eine Menge Leute aus El Salvador kommen aus politischen Gründen zu uns, wollen Asyl und all die anderen guten Sachen.»

«Doch ihr laßt sie nicht rein.»

«Ein großer Teil ihrer Behauptungen sind unbegründet», sagte er.

«Unbegründet. Das Wort gefällt mir. Unbegründet, paßt so richtig zu *Dort, wo ich lebe, verhungere ich.*»

«Hungern ist kein Grund für politisches Asyl. Und ich möchte mich nicht mit Ihnen streiten. Außerdem dürfte ich Ihnen das alles nicht erzählen ...»

«Warten Sie. Wollen Sie damit sagen, daß Manuela, wer auch immer sie sein mag, salvadorianische Todesschwadronen auf gewisse Leute aufmerksam gemacht hat?»

«Wissen Sie, was ein Coyote ist?»

«Ich nehme an, Sie meinen nicht das Tier», sagte ich.

«Eine Art Tier», fuhr er voller Abscheu fort. «Ein Coyote ist ein Schlepper, jemand, der Illegalen Geld abnimmt und ihnen vorlügt, es sei leicht, in unser Land zu kommen, der eine Gruppe über die Grenze bringt, manchmal mit falschen Papieren, manchmal mit gar nichts, und sie dann einfach irgendwo ihrem Schicksal überläßt. Ein paar dieser Leute haben Glück, gelangen tatsächlich ins Land und schaffen es irgendwie zu bleiben, aber die meisten werden erwischt und deportiert.»

«Und?» sagte ich.

«Uns sind Gerüchte über einen weiblichen Coyoten namens Manuela Estefan zu Ohren gekommen. Sie weiß, wo eine Menge Leute mit politischen Motiven gelandet sind, in welchen Städten sie leben, welche Kontakte sie aufgebaut haben. Und diese Informationen verkauft sie, wie es heißt, an den Meistbietenden. Und glauben Sie mir, der INS ist niemals der Meistbietende.»

Ich erinnerte mich an Mooneys Warnung bezüglich der

Todesschwadronen. Ich dachte über meine Manuela nach, meine Klientin mit diesen billigen Schuhen, den abgearbeiteten Händen und den 100-Dollar-Scheinen. Ich versuchte, sie mir als diesen Coyoten vorzustellen, als dieses Raubtier. Es stellte das ganze Bild auf den Kopf. Zugegeben, meine Klientin mochte mich vielleicht belogen haben, was ihren Namen betraf, aber einen falschen Namen anzugeben ist noch lange keine Todsünde. Doch Killer auf ihre Opfer anzusetzen ist etwas völlig anderes.

Vielleicht war meine Klientin eine von «Manuelas» Opfern, ein politischer Flüchtling, der von ihrer früheren Führerin verraten worden war.

«Diese Manuela mit der *green card,* diese Coyote-Manuela, lebt sie noch?» fragte ich.

«Das wissen wir nicht», sagte der INS-Mann, «aber ich mache mir Sorgen – wir machen uns Sorgen – wegen dieser Anzeige, die Sie in die Zeitung gesetzt haben.»

Die Anzeige hatte ich völlig vergessen. Ich ließ es mir nicht anmerken.

«Ja», sagte ich. «Also, die habe ich aufgegeben, als sie – als meine Klientin – noch am Leben war.»

«Ich weiß, Sie konnten nicht ahnen, auf was Sie sich damit eingelassen haben», sagte er, «aber jetzt müssen Sie aussteigen. Die Typen, mit denen diese Estefan zu tun hat, sind alles andere als nette Leute. Wir versuchen schon seit einigen Jahren, sie hochzunehmen. Sie bringen Menschen um. Ohne Skrupel.»

«Ist das der Grund, warum Sie mich beschatten?»

«Kapieren Sie denn nicht, verdammt noch mal: wenn jemand Ihnen folgt, dann müssen wir das wissen; denn jemand könnte auf die Idee kommen, diese verfluchte Frau hätte Ihnen etwas erzählt, was uns auf die Spur bringt.»

«Dann benutzen Sie mich als Köder, indem Sie hier

draußen in aller Öffentlichkeit mit mir herumsitzen, stimmt's?»

«Scheiße», sagte er. «Müssen Sie wegen allem und jedem streiten? Sie als Köder benutzen? Sie selbst machen das auch ganz gut, durch diese Anzeige in der Zeitung.»

Ich ließ meine Nase in Ruhe und drückte das Handtuch statt dessen an meine Stirn. «Was wollen Sie von mir?»

«Wenn Sie von jemandem hören, der behauptet, er wolle mit Ihnen über Manuela sprechen, dann rufen Sie mich an, okay? Und zwar nicht erst, nachdem Sie sich mit ihm getroffen haben, sondern bevor Sie zu einem Treffen gehen, weil es nämlich leicht kein Nachher mehr geben könnte. Und ich werde Sie begleiten.» Er gab mir eine Karte. «Über diese Nummer können Sie mich jederzeit erreichen.»

«Wieso überwachen Sie mich nicht einfach weiter?»

«Das ist nicht mein Stil», sagte er wütend. »Hören Sie, wenn Sie sich selbst zur Zielscheibe machen wollen, bitte sehr, nur zu.» Plötzlich wurde seine Stimme sanfter. «Aber, wissen Sie, es täte mir sehr leid, wenn einer Frau mit Ihrer Haarfarbe etwas zustoßen würde. So eine Haarfarbe sehe ich verdammt selten.»

«Wird Jamieson bei Männern und Sie bei Frauen eingesetzt?»

«Normalerweise ja.» Er lächelte mit genau der richtigen Portion Zerknirschung. «Mit Jamieson haben sie einen Schnitzer gemacht. Wußten nicht, daß Sie Sie sein würden.»

«Und jetzt wissen Sie's.»

Der Südstaatenakzent wurde stärker. «Ma'am, es wird mir ein Vergnügen sein, Sie im Auge zu behalten.»

«Verlassen Sie sich nicht drauf», sagte ich.

Er streckte die Hand aus und legte sie auf meinen Arm,

direkt unterhalb des Ellbogens. «Packen Sie sich ein paar Eiswürfel auf die Nase, nehmen Sie zwei Aspirin und legen Sie sich hin», sagte er. «Sie rufen mich morgen früh an?»

Irgendwie bekam ich die Schlösser auf und gelangte ins Haus. Als ich die Tür hinter mir zuknallte, entfalteten sich die Kopfschmerzen zu voller Pracht, und eine Woge des Schmerzes schwappte über mich weg, raubte mir für einen Augenblick den Atem und ließ meine Knie schwach werden. Ich mußte mich am Geländer festhalten. Dort, wo er mich berührt hatte, fühlte sich mein Arm ganz heiß an.

17

Der Sonntag ging vorbei. Das ist auch schon das Beste, was ich über diesen Tag sagen kann. Ich verbrachte ihn mit einem riesigen Eisbeutel auf der Nase und nahm alle vier Stunden ein Aspirin. Meine Nase schwoll nicht sehr stark an, aber mein Kopf fühlte sich an wie ein Ballon. Am Montagmorgen beschloß ich, wieder unter die Lebenden zurückzukehren.

Rupert Murdoch nennt als Adresse seines Medienimperiums gern One Herald Square, aber für mich ist und bleibt es die 300 Harrison Avenue – ein weiterer Ort, an dem man unmöglich einen Parkplatz findet. Nach zehnminütiger Suche völlig verzweifelt, stellte ich den Toyota einfach in eine Ladezone und betete, daß mein Besuch in der Anzeigenannahme nicht lange dauern würde.

Man stelle sich meine Begeisterung vor, als ich dastand,

mit einem Fuß nervös auf den Boden trommelte und wartete, daß ein junges Mäuschen von Sekretärin endlich meine Anwesenheit zur Kenntnis nahm. Sie paffte an einer Zigarette, versuchte, ihren Fuß in einen hochhackigen Schuh zu quetschen, und plauderte munter am Telefon, als hätte sie nicht die geringste Absicht, je wieder aufzuhören. Sie wirkte hyperaktiv, war vielleicht auf Speed, denn Kinnlade, Hände, Füße und Hüften befanden sich in ständiger Bewegung. Beinahe entwickelte ich beim Warten darauf, daß sie endlich mit Telefonieren Schluß machte, einen Tic.

Wenigstens würde ich nicht auch noch einen Parkplatz in der Nähe des Gebäudes suchen müssen, in dem sich der *Globe* befand. Ich hatte angerufen. Bislang waren noch keine Reaktionen auf meine Anzeige bei ihnen eingegangen. Der *Herald* hatte eine Antwort.

Schließlich verabschiedete sie sich und kam zu mir herübergestöckelt. Manche Frauen können einfach nicht in hochhackigen Schuhen gehen und sollten es auch gar nicht erst versuchen. Sie sehen so verdammt verletzlich aus. Wäre ich ein Handtaschendieb, würde ich es nur auf Ladies mit zehn Zentimeter hohen Absätzen absehen. Ich nannte die Chiffre meiner Anzeige, und sie zog einen einzelnen Umschlag aus einem Regalfach. Keine Briefmarke.

«Hat das jemand persönlich vorbeigebracht?» erkundigte ich mich.

«Keine Ahnung», sagte sie. Eine Standardantwort. Wenn ich sie nach der Uhrzeit, dem Wochentag oder dem Mädchennamen ihrer Mutter gefragt hätte, würde sie mit absoluter Gleichgültigkeit «Keine Ahnung» gemurmelt haben. Sie hatte den glasigen Blick von jemandem, der bis tief in die Nacht auf Parties ging.

Ich zog einen Zwanziger aus meiner Brieftasche. Der

reichte, um sich die blutroten Krallen maniküren zu lassen. Ein interessierter Ausdruck tauchte in ihren Augen auf. «Waren Sie hier, als das reingekommen ist?» fragte ich, hielt den Umschlag hoch und meine Finger fest auf dem Zwanziger.

«Oooh», sagte sie mit einem schnellen Lächeln, «könnte gut sein.»

«‹Könnte gut sein› reicht nicht», sagte ich.

«Und wenn ich sage, eine Latino-Lady hat ihn vorbeigebracht, bißchen pummelig, so um die Zwanzig, in einem Kleid mit Blümchenmuster?»

«Ich würde sagen, Sie haben eine gute Beobachtungsgabe.»

«Irgendwas muß man ja tun, um in dem Laden hier nicht völlig zu verblöden», meinte sie schniefend. Vielleicht war auf der Party letzte Nacht auch ein bißchen Koks geschnupft worden. Ich fragte mich, ob die Lady nach der Party zuerst nach Hause gegangen war, um sich umzuziehen, oder ob sie direkt zur Arbeit gekommen war. Ihr lilafarbenes Satin-Top und der kurze schwarze Rock waren nicht direkt das Richtige für die Klimaanlage des Büros. Mir war nicht klar, ob ihr Augen-Make-up übel verschmiert war oder absichtlich so aussehen sollte.

«Wann hat diese Lady das vorbeigebracht?»

«Sie hat schon hier gewartet, als ich um neun aufmachte. Ihr Englisch war nicht besonders, aber sie hatte die Zeitung dabei und zeigte auf die Anzeige, daher wußte ich die Chiffre und hab das Ding in das entsprechende Fach gelegt. Ihre Fingerabdrücke oder so hab ich nicht.»

Wenn sie kein Englisch sprach, wunderte ich mich, wie sie die Anzeige überhaupt hatte lesen können.

«Ist Ihnen sonst irgendwas aufgefallen? Schmuck? Ihre Haare?»

«Es war noch ziemlich früh, wissen Sie. Wirklich richtig früh», sagte die Sekretärin und gähnte ausgiebig.

Das Telefon klingelte, und die junge Frau fluchte. Ich gab ihr den Zwanziger und meine Karte.

«Falls Ihnen noch irgendwas einfällt...»

«Machen Sie sich da keine Hoffnungen», sagte sie, eine Hand schon auf dem Hörer.

«Wie heißen Sie?»

«Helen», sagte sie. «Wie die von Troja.»

Sie hatte den Hörer immer noch nicht abgenommen, als ich ging. Ob sie es überhaupt tat?

Den Brief las ich erst, als ich wieder in meinem Wagen saß. Hinter dem Steuer schlitzte ich den Umschlag mit einer Nagelfeile auf und zog ein wenig bemerkenswertes weißes Blatt Papier heraus. Drei Worte, mehr nicht. Mit Bleistift, geschrieben von einer zittrigen Hand oder einer Hand, die unvertraute Buchstaben nachzeichnete: *Hunneman Pillow Factory.*

Ich atmete aus und registrierte, daß ich die Luft angehalten hatte. Ich schaltete den Kassettenrecorder ein und unterdrückte ein Lachen. Das passiert mir ziemlich oft. Ich rechne mit einer Nachricht wie: «Wir treffen uns um Mitternacht unter der Harvard Bridge», und statt dessen kriege ich eine, die mich zu einer Kissenfabrik führt.

18

Eine Kissenfabrik. Ich stellte mir Wolken weißer Gänsedaunen vor. Allein der Gedanke an Kissenfabriken macht mich schläfrig, daher beobachtete ich aufmerksam meinen Rückspiegel. Niemand folgte mir zu dem Drugstore an der Ecke, wo ich *Hunneman Pillows* im Branchenbuch der Telefonzelle nachschlug. Die Adresse in Brighton kritzelte ich auf die Rückseite eines Umschlages. Niemand folgte mir vom Drugstore zur Cambridge Street.

Ich drehte die Lautstärke des Kassettenrecorders auf und begleitete Chris Smithers bei «Love You Like a Man». Bonnie Raitt hat eine Cover-Version davon gemacht, aber die geile Originalversion gefällt mir einfach besser.

Those men you been seein' got their balls up on the shelf,
You know they can never love you, babe.
They can't even love themselves.
If you need someone who can, I could be your lover man,
You better believe me when I tell you,
I could love you like a man.

Bei dem Text mußte ich an den INS-Mann denken, nicht an Walter Jamieson, die verschrumpelte kleine Ratte, sondern an den zweiten Typen, an Harry Clinton, den mit den Augen und den Schultern.

Ah-hah, dachte ich, während ich mich nach einem weißen Aries umschaute. Sam Gianelli war schon verdammt lange in Italien. Und was hat er wohl in den großen Himmelbetten der Turiner Hotelzimmer gemacht? Von mir geträumt?

Mississippi John Hurt singt meinen liebsten Blues-Reim:

Red Rooster say: Cock-a-doodle-do,
Richland woman say: Any dude'll do.

Ich bin nicht so wie diese Richland-Frau, sagte ich mir tugendhaft. Aber Harry Clinton ging mir nicht aus dem Kopf.

Hunneman Pillows lag in einer Seitenstraße der North Beacon Street zwischen einem Sanitärbedarfsgeschäft und dem Laden einer Schuhfabrik, der Räumungsverkauf machte. Aus meiner Sicht hat die North Beacon Street überhaupt nichts mit der Beacon Street zu tun und heißt nur deshalb so, um neue Taxifahrer in die Irre zu führen.

Als alter Cabbie, der ich bin, ließ ich mich natürlich nicht reinlegen.

Die Hunneman-Fabrik schien ein namenloser Ziegelkasten mit zugenagelten Fenstern zu sein, der einen ziemlich verlassenen Eindruck machte. Die Fabrik lag direkt neben einer mit Schlaglöchern übersäten Betonfläche, die ein Parkplatz oder auch ein Schrottplatz hätte sein können. Es gab keine ordentlichen gelben Linien, die Parkflächen markierten, aber dafür gab es eine Menge schrottreifer Autos. Ich erspähte so was wie einen freien Platz für meinen Toyota, quetschte mich zwischen einen verrosteten Oldsmobile und einen kastanienbraunen Chevy mit einem verbeulten rechten hinteren Kotflügel. Ich holte tief Luft und schob mich langsam aus der Tür, hatte kaum mehr als einen halben Zentimeter Platz. In einer nur ein bißchen weiteren Jeans hätte ich es nie geschafft.

Der weiße Aries stand nicht da.

Hunneman machte seine Existenz nicht gerade publik. Über der Tür gab es kein Firmenschild, nirgendwo eine Reklametafel. Ich warf einen Blick auf die Adresse, die ich auf den Umschlag gekritzelt hatte. Ohne sie wäre ich todsicher vorbeigefahren. Mit ihr fragte ich mich, ob die Fabrik wohl zugemacht hatte oder verzogen war.

Ich lehnte mich gegen die Kühlerhaube eines alten Ford-Kombi, zog Harry Clintons Karte aus der Tasche und starrte auf die Telefonnummer, bis sie schließlich vor meinen Augen verschwamm.

Vernünftig wäre, Mooney anzurufen. Und Harry Clinton. Ich stieg wieder in meinen Wagen und saß da. Der Zündschlüssel wog wie Blei in meiner Hand.

Mooney war hinter einem verrückten Serienkiller her. Ich merkte, daß ich Schwierigkeiten hatte, an seine Existenz zu glauben. Oh, ich bin durchaus nicht naiv, ich weiß sehr wohl, daß dort draußen Verrückte rumlaufen. Wie jeder andere auch lese ich in den Zeitungen von ihnen, werde durch den Horror fasziniert, kann meine Augen nicht abwenden. Aber trotz des Boston Stranglers sind das für mich alles nur Verrückte aus Kalifornien und texanische Einzelgänger. Weit weg. Andere.

Ein Serienmörder interessierte mich nicht. Mich interessierte eine Frau, die einen fein ziselierten Ring getragen und mir fünfhundert Dollar gezahlt hatte, um eine *green card* zu beschaffen, die ihr nicht einmal gehörte.

Warum?

Ich versuchte, den Besuch meiner Klientin mit Harry Clintons Theorie in Einklang zu bringen. Wenn meine Manuela seine Manuela suchte, diesen verräterischen Coyoten, war meine Manuela dann vielleicht Angehörige einer dieser mysteriösen Todesschwadronen? Und wenn dem so war, wieso, zum Teufel, hatte sie dann selbst dran glauben müssen?

Ich beschloß, Clinton nicht anzurufen. Trotzdem war ich noch nicht soweit, durch den Vordereingang der Fabrik zu stürmen und energisch zu verlangen, mit Manuela Estefan zu sprechen.

Ich musterte meine Nase im Rückspiegel. Sie war immer noch sehr empfindlich, aber nicht gebrochen. Oben auf meiner Wange hatte ich einen großen blauen Fleck.

Verdammt. Ich konnte den ganzen Tag hier sitzen und zusehen, wie meine Wange ihre Farbe veränderte, oder ich konnte den Hintern hochkriegen und einer gottverdammten Spur nachgehen. Ich stieg aus dem Wagen und marschierte energisch auf die Fabrik zu.

Ich drückte gegen eine Tür. Es hätte der Vordereingang, der Hintereingang, der Dienstboteneingang oder sonst was sein können. Abgeschlossen. Rechts neben dem Türgriff aus Messing befand sich eine Klingel. Ich drückte auf den Knopf, und nach dreiminütiger Wartezeit, während deren ich auf die Metallfläche hämmerte, ertönte ein Summer. Das Schloß sprang auf, und ich rauschte hinein.

Lärm, Licht – und eine andere, dickere Luft. Das waren die Dinge, die mir sofort auffielen, selbst hier in der Eingangshalle. Die Beleuchtung bestand aus schrecklichen, trüb flackernden Neonröhren. Der Lärm, ein Keuchen wie von einem Fließband, war schlimmer. Und die Luft – ich hielt meinen Mund schön geschlossen, aber dann mußte ich durch die Nase einatmen und roch das feuchte, verbrannt riechende gummiartige Aroma. Ich öffnete wieder den Mund und dachte, das meinten die New Yorker wahrscheinlich, wenn sie von Luft sprachen, die man schmekken kann; damit hatten es die Einwohner von L. A. zu tun, wenn sich die Luft in gelben Smog verwandelte.

Gab es hier drinnen ein offenes Feuer? Stank es hier immer so? Ich konnte drei in eine Bürozelle eingepferchte Frauen sehen, die munter vor sich hin tippten und schwatzten, aber nicht um Hilfe riefen. Für sie mußte alles völlig normal sein. Ich leckte einmal über meine Lippen und rieb mit einer Hand über den Mund. Auf meinem Handrücken spürte ich etwas flaumig Weiches.

Die Frauen unterhielten sich angeregt auf spanisch, doch als ich näher kam, erstarrten sie wie aufgeschrecktes Wild – zur Flucht bereit. Ich brüllte laut genug *«¡Buenas días!»*, um mich gegen den Maschinenlärm durchzusetzen, doch das schien sie nicht zu beruhigen. Sie warfen sich ängstliche Blicke zu. Ich sah sie mir genauer an, suchte nach meiner pummeligen Informantin in ihrem geblümten Kleid.

Ein Telefon klingelte. Die älteste der drei, die ganze fünfundzwanzig sein mußte, nahm den Hörer eines verstaubten Telefons ab, das auf einem mit allem möglichen Kram vollgepackten Schreibtisch stand, und meldete sich mit einer stark akzentgefärbten Stimme. Sie stellte den Anruf zu Mr. Hunneman durch, drückte verschiedene Knöpfe auf einer Konsole und legte den Hörer mit einem so lauten Knall wieder auf, als hätte man sie einmal des Mithörens bezichtigt.

Früher oder später hätte eine der Frauen sicher irgend etwas zu mir gesagt, doch das blieb ihnen durch das Erscheinen eines Kerls erspart. Eines großen, kräftigen Kerls.

«Haben Sie geklingelt?» Seine Stimme war ein durchdringendes, leises Knurren.

«Ja.» Er war nicht größer als ich, aber er mußte ungefähr hundert Pfund mehr auf die Waage bringen. Davon war eine Menge Bauchspeck, aber auch Muskeln. Auf seinem T-Shirt, das früher sicher irgendwann mal weiß gewesen war, prangte eine Reklame für Coors-Bier. Das Hemd reichte vorne nicht ganz bis zu der massiven silbernen Gürtelschnalle, steckte hinten jedoch problemlos in seiner Jeans. Das lag an seinem vorspringenden Bauch.

«Keine Kundenwerbung», brüllte er mich gegen das Dröhnen des Fließbandes an.

Meine Augenbrauen schossen nach oben. Er sah genau wie der Typ aus, der nur eine Bedeutung des Wortes *Kundenwerbung* kannte, und den Vorwurf hatte man mir seit der Zeit, als ich mich damals als Undercover-Agentin der Polizei auf dem Strich rumgetrieben habe, nicht mehr gemacht. Gegen meinen Willen mußte ich lächeln.

«Ich verkaufe gar nichts», brüllte ich zurück. «Ich möchte Mr. Hunneman sprechen.» Da er Telefongespräche annahm, mußte er irgendwo in der Nähe sein.

«Ach ja?» sagte Bierbauch. Er schien das komisch zu finden.

«Ja», sagte ich höflich. «Wie komme ich bitte zu seinem Büro?»

«Um was geht's denn?»

«Das möchte ich Mr. Hunneman persönlich sagen», erklärte ich und behielt das Lächeln auf den Lippen.

«Sie sagen es mir, oder Sie werden es überhaupt niemand sagen», verkündete der fette Mann. Er machte einen Schritt auf mich zu.

«Es geht um einen Job», sagte ich, schlug dabei kokett meine Augen nieder und ließ es klingen, als wäre Arbeit so ziemlich das allerletzte, woran ich dächte. Vielleicht ließ er mich durch, wenn er glaubte, ich wäre nur ein Techtelmechtel seines Chefs.

«Für Sie?» Sein Lächeln wurde breiter. Ihm fehlte ein Zahn.

Ich deutete auf die Latino-Frauen, die jegliche Tätigkeit einstellten und mich mit aufgerissenen Augen anstarrten. «Vielleicht könnte ihm eine von denen Bescheid sagen, daß ich ihn sprechen möchte, mal nachhören, ob er zu beschäftigt ist, verstehen Sie.»

«Er ist beschäftigt», sagte Bierbauch kategorisch.

Ich fluchte stumm. Meine Hautfarbe machte es unmöglich, als Latino durchzugehen, aber ich hätte es mit einem irischen Akzent versuchen sollen. Mein Dad war ein halber Ire, und früher haben wir oft in übertrieben starkem irischem Akzent herumgealbert. Dieses Ekel hier hätte es mir vielleicht sogar abgekauft, wenn ich auf illegale irische Einwanderin gemacht hätte.

«Es wird auch bestimmt nicht viel seiner kostbaren Zeit in Anspruch nehmen», versprach ich.

«Wer will mich sprechen? Wieso sagt mir niemand Bescheid?» Es war eine Tenorstimme, aber der Mann war kräftig: breitschultrig, mächtiger Brustkorb, und er hatte Beine, die ein wenig zu kurz für seine Leibesfülle waren. Andernfalls hätte er mich weit überragt, statt bei einsachtzig aufzuhören. Er hatte den kräftigen Teint eines starken Trinkers. Seine rötlichblonden Haare waren dünn und leicht kraus wie Babyhaar. Seine Gesichtszüge waren regelmäßig – weit auseinanderstehende Augen, ein breiter Nasenrücken –, allerdings durch Übergewicht ein wenig schwammig. Zwanzig Pfund weniger, und er wäre ein sehr attraktiver Mann gewesen.

Seine Stimme klang gutmütig, doch da war auch eine gewisse Anspannung, eine Spur von Mißtrauen.

Bierbauch schien durch Hunnemans plötzliches Erscheinen die Sprache verloren zu haben, was mir die Chance gab, als erste zu reden.

Eifrig streckte ich die Hand aus. «Freut mich, Sie kennenzulernen, Sir», sagte ich. Ich habe festgestellt, daß man mit ein bißchen Respekt im allgemeinen praktisch jeden dazu bekommt, einem zuzuhören.

«Sie sagt, sie sucht Arbeit», schaltete sich Bierbauch ein.

Hunneman blieb mitten im Schritt stehen. Er richtete

seinen Blick auf mich, musterte mich so gründlich, daß ich mir nackt vorkam. Ich hatte den Eindruck, daß mehr als nur sexuelles Interesse in seinem Blick lag. «Oh», sagte er vorsichtig und beiläufig, «und wie haben Sie von uns gehört?»

«Von einer Freundin», sagte ich und schlug den gleichen Tonfall an. «Sie sagte, Sie brauchen eine Sekretärin. Ich bin eine ausgezeichnete Sekretärin. Dorothy Gibbs. Das ist nicht mein Name, das ist die Schule, die ich absolviert habe. Hatte mein Zeugnis praktisch schon in der Tasche, aber dann bekam ich die Grippe. Wirklich zum Heulen, wissen Sie?»

«Wer ist Ihre Freundin?» fragte Hunneman mit einem charmanten Lächeln. Er trug einen gut geschnittenen marineblauen Anzug, der in einer Bank oder einem Sitzungssaal gut ausgesehen hätte. Verglichen mit dem T-Shirt des fetten Mannes, wirkte er ziemlich förmlich. Manschettenknöpfe schimmerten an seinen Handgelenken – Gold oder Messing.

«Hat sie sich vielleicht geirrt?» fragte ich. «Vielleicht habe ich sie ja auch mißverstanden.»

«Ich brauche keine Sekretärin», sagte Hunneman.

«Wirklich schade. Ich bin ziemlich gut in Steno, und ich kann auch einen Computer bedienen und alles.»

«Arbeitet Ihre Freundin hier?» Hunneman ging in das winzige Büro. Die drei Frauen beeilten sich, mit unbeweglichen Mienen und gesenkten Augen Unterlagen abzuheften oder zu tippen.

Ich beobachtete Hunneman und hatte das Gefühl, daß der Coors-Mann mich mindestens genauso intensiv beobachtete. Der Anzug des Fabrikbesitzers sah teuer aus; genau wie seine glänzend schwarzen Schuhe.

«Wie heißt Ihre Freundin?» Hunneman schnappte sich einige Unterlagen von einem Schreibtisch. An seiner linken Hand trug er einen dicken Ring. Von einer High School oder einem College, kein Ehering.

Ich wollte Manuelas Namen nicht nennen. Noch nicht.

«He, was spielt das schon für eine Rolle?» sagte ich vergnügt. «Ihr Englisch ist nicht so umwerfend, und wahrscheinlich habe ich sie einfach falsch verstanden. Wie ich schon sagte.»

«Es spielt keine Rolle.» Hunneman trat neben mich, für meinen Geschmack eine Idee zu nah. Auf seiner Oberlippe wuchsen ein paar rötlichblonde Haare. «Ich dachte nur, vielleicht würden Sie ihr gern kurz guten Tag sagen, das ist alles.»

Klar, dachte ich. Aber ich tat so, als würde ich wirklich über seinen Vorschlag nachdenken, bevor ich dann ablehnte. Er lächelte mich an, doch seine Augen blieben kühl und unnahbar. Mir kam es vor, als benutzte er Eau de Cologne, aber bei dieser verpesteten Luft konnte ich nicht sicher sein. Seine Augen waren blaugrau, wie ein Winterhimmel.

«Tut mir leid, Ihre kostbare Zeit beansprucht zu haben», sagte ich.

«Keine Ursache», antwortete er. Er nickte Bierbauch zu. «Begleite sie hinaus.»

Ich wollte gerade erklären, ich könnte auch sehr gut allein hinausfinden, als ich von einem ohrenbetäubenden Pfeifen unterbrochen wurde. Der schmale Korridor füllte sich mit Frauen, die in schnellen, mechanischen Schritten auf die Tür zumarschierten. Sie sprachen nicht. Die meisten von ihnen hatten wie die Bösewichter in alten Western Taschentuchdreiecke vor ihre Münder gebunden.

Hunneman verschwand durch eine Tür hinter dem Büroverschlag. Der fette Mann sagte: «Raus jetzt, okay?»

Er machte einen Schritt auf mich zu, und da er den

ganzen Korridor blockierte, sah ich keine Alternative. Ich nickte und schloß mich dem Strom an, überragte die Frauen. Draußen am Vordereingang trat ich zur Seite, war nicht länger Teil der Parade. Nur ein Beobachter.

Während sie durch die Tür traten, lösten die Frauen ihre Masken; manche zogen sie sich einfach über den Kopf, andere machten sich die Mühe, sie loszubinden. Die meisten zogen die Masken einfach herunter, so daß sie sich in Halstücher verwandelten.

Die meisten husteten und schnaubten, als sie zum erstenmal wieder richtige Luft einatmeten.

Die Gesichter wirkten überwiegend spanisch, aber hier und da entdeckte ich neben mehreren dunkelhäutigen Frauen, die sich zusammenzudrängen schienen, auch blonde Haare und Sommersprossen.

Welche von ihnen war heute morgen mit der Nachricht zum *Herald* gekommen? Ich starrte sie an, suchte nach einer pummeligen Frau um die Zwanzig mit einem geblümten Kleid.

Ein Gesicht sprang mir aus der Menge entgegen.

Marta schob sich langsam weiter, ohne ihren Stock, stützte sich auf dem Arm einer anderen Frau ab, einer Frau, die ihr auf eine entfernte, verwandtschaftliche Art ähnlich sah. Cousine Lilia.

Und da behauptete Marta, meine Manuela nicht zu kennen!

Vielleicht strahlte meine Wut über die Straße. Plötzlich schaute Marta herüber, sah mich direkt an. Sie wurde blaß und stolperte. Sie flüsterte ihrer Cousine etwas zu, hielt ihren Blick starr auf den rissigen Beton gerichtet. Lilia drehte sich zur Tür der Fabrik um, wollte sich vergewissern, ob jemand sie beobachtet hatte, ob mich jemand beobachtete.

Marta war es nicht peinlich, bei einer Lüge erwischt worden zu sein. Sie hatte Angst. Schlicht und einfach Angst.

Sie ging einfach an mir vorbei, starrte immer noch auf den Boden, hielt ihren Rücken unnatürlich gerade. Sie schien die Luft anzuhalten.

Ich tat so, als würde ich sie nicht kennen, bedachte alle Frauen mit dem gleichen musternden Blick. Ich bemerkte, daß das Coors-T-Shirt in der Tür stand. Hatte Marta Angst vor dem fetten Mann?

Drinnen hatte ich meine «Freundin» erwähnt. Jetzt sah ich von einem Gesicht zum anderen, als könnte ich sie nicht finden. Ich warf einen Blick auf meine Uhr, wippte mit dem Fuß, stellte pantomimisch meine Ungeduld dar. Vielleicht war das nicht ihre Schicht. Tja, ich würde einfach noch ein paar Minuten warten, sehen, ob sie noch kam. Wäre nett, ihr kurz hallo zu sagen, aber es war auch keine große Sache, wenn sie heute frei hatte.

Ich wartete, bis alle Frauen draußen waren. Die letzten paar beeilten sich, zu den anderen aufzuschließen. Bierbauch beobachtete mich von der Tür aus. Ich hatte Angst, daß ich womöglich unwillkürlich reagiert hatte, als ich Marta sah, daher beschloß ich, den Verdacht noch ein bißchen zu zerstreuen. Ich fragte eine fette Lady von vielleicht fünfzig Jahren, ob sie eine Frau namens Hester Prynne kannte. Einer zierlichen Rothaarigen und einem höchstens sechzehnjährigen schwarzen Mädchen stellte ich die gleiche Frage.

Sie antworteten mit knappem, verneinendem Kopfschütteln und gingen schnell weiter.

Sie hatten alle Angst vor mir.

19

Zwei Blocks von Martas Sozialwohnung entfernt fand ich eine freie Stelle am Bordstein. Ich schloß schnell ab, ignorierte wieder das Schild PARKEN NUR FÜR ANWOHNER und rannte praktisch zu Martas Tür. Ich wollte nicht, daß sie zweimal Treppen steigen mußte. Wahrscheinlich würde sie sich denken, daß ich kurz nach ihr eintreffen würde, und daher in der Eingangshalle auf mich warten. Wenn man in der Eingangshalle von so einem Haus wartete, riskierte man, überfallen zu werden oder noch Schlimmeres, daher beeilte ich mich.

Sie saß auf den Treppenstufen hinter der Eingangstür und atmete schwer. Sie zog sich am Geländer hoch, als ich anklopfte. Nach freundlicher Begrüßung war mir nicht zumute, ich platzte direkt raus: «Diese Frau, nach der ich Sie gefragt habe, die sich Manuela Estefan nennt. *Sie* haben ihr von mir erzählt.»

«Hablemos ...», begann sie und sprach nicht weiter, weil ihr klar wurde, daß mein Spanisch nicht ausreichte. «Wir reden oben.» Sie hustete ein paarmal, und es schüttelte ihren ganzen Körper. Ich half ihr die Treppe hinauf.

«Haben Sie noch mal daran gedacht, eine Parterrewohnung zu bekommen?» fragte ich voller Wut in der Stimme. Ich wollte sie mit Fragen überschütten, aber natürlich hatte sie recht. Diese Unterhaltung mußte hinter geschlossenen Türen stattfinden.

Bitter vor Resignation antwortete sie: «Es gibt eine Liste.» Was kann man schon groß machen, wenn's eine Liste gibt?

Fluch über die Hausverwaltung, die eine Frau mit übler Arthritis in eines der oberen Stockwerke steckt. Und Fluch über Marta, weil sie mir nicht vertraute.

«Wieso haben Sie sie zu mir geschickt?» fragte ich, sobald wir vor Martas Tür standen. Es war niemand in der Nähe, und ich konnte das Schweigen nicht länger ertragen. Wortlos reichte Marta mir ihre Wohnungsschlüssel, damit ich aufschließen konnte. Als wir drin waren, kam kein Ton aus Paolinas Zimmer, keine Antwort, als Marta ihren Namen rief.

«Ich habe niemanden zu Ihnen geschickt», sagte Marta müde und ließ sich in den Sessel vor dem Fernseher sinken. «Holen Sie mir ein Glas Wasser, bitte?»

Ich seufzte und holte ihr Wasser aus der Küche, ließ es lange laufen, dachte dabei über Bleirohre und Chemikalienrückstände und Wasser in Flaschen nach.

Als ich wieder ins Wohnzimmer kam, hatte sie doch tatsächlich den Fernseher eingeschaltet. Ich knipste das Ding wieder aus und baute mich vor dem Bildschirm auf. «Heute hat mir jemand gesagt, daß Manuela Estefan in der *Hunneman Pillow Factory* gearbeitet hat, irgendwas mit der Kissenfabrik zu tun hatte. Also gehe ich hin, und Sie und Lilia kommen aus der Tür spaziert. Ist das ein Zufall?»

«*No comprendo* ‹Zu› –»

«Kommen Sie, Marta, ersparen Sie mir dieses *no-comprendo*-Mätzchen.»

«Okay, setzen Sie sich, ich werd's Ihnen erzählen. Ich kenne den Namen Manuela nicht. Ich kenne überhaupt keine Namen. Diese Fabrik, dort haben die Menschen keine Namen, keine Gesichter, nur Hände, um zu arbeiten. Ich arbeite noch nicht lange dort, erst seit ein paar Tagen. Ich kenne keine Manuela.»

«Vielleicht hatte sie dort einen anderen Namen. Vielleicht Aurelia, Aurelia Gaitan.»

«Den Namen kenne ich auch nicht. Und ich rede nie von Ihnen ...» Sie biß sich auf die Unterlippe und verstummte.

«Nein, das ist gelogen, vielleicht habe ich doch. Vielleicht habe ich Ihre Karte gezeigt. Vielleicht rede ich dort zuviel, und jemand hat zugehört.»

«Was gehört?»

Sie trank einen großen Schluck Wasser, hustete, trank wieder. «Ich rede, wissen Sie. Vielleicht sage ich, da ist diese Anglo-Frau, die nett zu meiner Tochter ist. Eine Frau, die allein lebt wie ein Mann und anderen Menschen hilft, eine Frau, die mich nicht für dumm hält, weil ich nicht *hablo perfecto inglés*.»

«Sie sind nicht dumm. Ich weiß es, also versuchen Sie nicht, mir irgendwas vorzumachen.»

«Reden Sie mal mit der Fürsorge. Die halten mich für dumm. Die Männer in Fabrik, die denken, ich bin *muy estúpida*. Alle Frauen sind dumm.»

«Sie müssen nicht in so einem Laden arbeiten, Marta.»

«Nein?» sagte sie, wobei ihre Finger nervös auf der Armlehne spielten. «Und meine Söhne müssen auch nicht in Schule gehen, nein? Sollen vielleicht Hausmeister werden, ihr ganzes Leben lang den Müll der Anglos aufsammeln?»

Und deine Tochter, hätte ich am liebsten geschrien. Was ist mit ihr?

Aber ich bremste mich. Es ist eine alte Schlacht in einem langen Krieg. Wenn Paolina aufs College will, werde ich sie finanziell unterstützen. Marta sieht keinen Sinn darin.

Sie benahm sich, als könnte sie meine Gedanken lesen.

«Paolina müßte eigentlich zu Hause sein», sagte sie beunruhigt. «Ich müßte dafür sorgen, daß das Mädchen nach der Schule sofort nach Hause kommt und die Hausarbeit macht. Sehen Sie sich diese Wohnung an, ein Schweinestall. In der Schule bringen sie ihr bei, wie man alberne Goldfische macht, nicht wie man Brot backt oder Suppe kocht. Sie sollte nicht nach der Schule noch für die Band dort bleiben, für Spielerei. Bald ist sie alt genug, von der Schule zu gehen.»

«Wenn sie es will», sagte ich.

«Wenn ich es will. Vergessen Sie das nicht. Sie ist meine Tochter, und sie macht, was ich sage.»

Manchmal kann man mit Marta einfach nicht vernünftig reden. Wenn wir uns heute streiten mußten, dann wollte ich nicht, daß es dabei um Paolina ging.

«Haben Sie Hunger?» fragte ich.

«Wenn das Mädchen nicht zu Hause ist, ist nichts da. Sie soll einkaufen gehen, Reis, Lebensmittel. Aber sie bleibt in Schule, tut überhaupt nichts.»

«Ich könnte Ihnen einen Tee machen. Oder einen Kaffee vielleicht?»

«Kaffee wäre gut», räumte sie ein.

In einem kleinen Glas in einem schmierigen Schrank befand sich gerade genug Instantkaffee, um entweder eine anständige oder zwei dünne Tassen Kaffee zu machen. Ich machte Marta einen starken Kaffee, so wie sie ihn mag, und füllte meine Tasse mit Wasser aus der Leitung. Ich würde schon nicht am Cambridger Wasser sterben.

«Schön, dann haben Sie vielleicht auf der Arbeit etwas von mir erzählt», sagte ich vorsichtig, als ich mit den beiden Tassen wieder zurück ins Wohnzimmer kam.

Was aber immer noch nicht die Visitenkarte erklärte, die meine Manuela schnell wieder in ihre Handtasche gesteckt hatte.

Ich hatte zwei Stücke Würfelzucker auf ihre Untertasse gelegt. Eines davon steckte Marta sich zwischen die Zähne und schlürfte den Kaffee da durch. Meine Mami hatte ihren Kaffee auch immer so getrunken.

«Ja», sagte sie. «Ich weiß nicht mehr genau, aber wir reden, um die Zeit rumzukriegen.»

Bei dem Maschinenlärm dort würden sie wohl eher brüllen müssen.

«Erzählen Sie mir von der Fabrik», sagte ich. «Erzählen Sie mir, wie Sie den Job bekommen haben.»

«Werden Sie der Fürsorge sagen, daß ich arbeiten gehe?»

«O ja, Marta, Sie kennen mich doch. Ich bin ein altes Plappermaul, erzähle alles, was ich weiß, sofort irgendeiner Behörde weiter.»

Wofür ich ein widerwilliges Lächeln erntete. Ein Zuckerwürfel war bereits geschmolzen. Sie spielte mit dem zweiten auf der Untertasse. «Lilia», sagte sie. «Lilia hat mir davon erzählt. Sie stellen keine Fragen.»

«Was meinen Sie mit ‹keine Fragen stellen›?»

«Du arbeitest, du kriegst Geld. Bar. Man muß keine Formulare ausfüllen. Und wegen Lilia, weil sie dort fest arbeitet, lassen sie mich manchmal arbeiten, wenn ich mich kräftig genug fühle.»

«Wie heute zum Beispiel?» Ein Blinder hätte gemerkt, daß sie sich nicht besonders fühlte.

«Oder wenn ich Geld brauche», sagte sie, starrte auf die zersprungenen Fliesen hinunter.

«Wenn Sie Geld brauchen, kann ich Ihnen aushelfen.»

Sie brauste auf. «Arbeiten macht mir nichts aus.»

«Nur kommt mir die Fabrik nicht gerade wie der leichteste Arbeitsplatz vor», sagte ich besänftigend.

«Es ist sehr laut, *sí*. Die Maschinen laufen immer. Sie können sich gar nicht vorstellen, wie schwer es ist, viele Federn hochzuheben. Nicht gut für meinen Rücken. Aber es ist nicht so schlimm. Wenn meine Finger besser wären, wie vor dieser verdammten Arthritis, könnte ich Bezüge nähen. Ist leichtere Arbeit.»

«Bezahlen sie gut?»

Sie zuckte mit den Achseln. «Okay.»

«Was bedeutet ‹okay› in Dollar und Cent?»

«Zweifünfundneunzig die Stunde.»

«Himmel, Marta», protestierte ich. «Das ist weit unter dem Minimallohn.»

«Etwas von dem Geld müssen sie dem Staat geben.»

«Klar», sagte ich, «besonders dann, wenn ihr keine Formulare auszufüllen braucht.»

«Geld für Bestechung», brummte sie durch zusammengebissene Zähne, als wäre sie verzweifelt darüber, zum fünftenmal einem begriffsstutzigen Jugendlichen die Tatsachen des Lebens erklären zu müssen. «Sie stellen keine Fragen. Bezahlen bar.»

«Ihr werdet wie der letzte Dreck behandelt. Ihr müßtet euch mal aus diesem Laden herauskommen sehen, halb blind, halb taub und benebelt. Ihr müßtet euch wehren. Ihr müßtet die Dreckskerle anzeigen. Es gibt Gesetze, die euch davor schützen...» Ich fing mit einer flammenden Volksrede an, verstummte dann aber wie eine abgelaufene Uhr. Meine Großmutter hatte in einem Ausbeuterbetrieb in New York gearbeitet, als sie in dieses Land kam. Achtzehn Stunden täglich in einem schlecht belüfteten Loch mit vernagelten Fenstern an eine Nähmaschine gekettet. Einmal fiel sie wegen Sauerstoffmangel in Ohnmacht, und der Vorarbeiter stieß sie einfach zur Seite, damit die Maschine nicht stillstand. Meine Großmutter trat der *International Ladies Garment Workers Union* bei und streikte. Einmal, als sie sich an einem Streikposten beteiligte, schlug sie einem Streikbrecher ein Protestplakat auf den Kopf. Sie landete im Bowery-Gefängnis.

Andere Kinder bekamen Märchen erzählt. Ich bekam Geschichten aus der Gewerkschaftsbewegung.

Protestiert! hätte ich Marta am liebsten zugebrüllt. Diese Frauen sollten sich organisieren und demonstrieren, wie es meine Großmutter getan hat. Aber andererseits hatten die Cops auch wieder nicht damit gedroht, Großmutter dorthin zurückzuschicken, woher sie gekommen war.

«Okay», sagte ich, «ich verstehe, warum Sie dort arbeiten, aber wieso Lilia?»

«Ich habe Ihnen doch gesagt, sie verlangen keine Papiere von *La Migra.*»

«Lilia ist schon seit Jahren hier. Sie haben mir doch selbst erzählt, daß sie Amnestie beantragen wollte.»

«Sie hat es sich anders überlegt. Sie hat sie nicht beantragt. Ich habe ihr erzählt, was Sie mir gesagt haben, aber sie denkt, das sei nur Trick, um sie zurückzuschicken, ihr vielleicht die Kinder wegzunehmen.»

Ich schüttelte den Kopf. Ich mußte ihn wohl eine ganze Weile geschüttelt haben, aber es wurde mir plötzlich bewußt – voller Zorn und Trauer. Sie fordern es ja geradezu heraus, ausgenutzt und ausgebeutet zu werden, genau das taten diese Frauen. So verängstigt, so passiv und trotzdem nicht in Sicherheit. «Wie viele arbeiten dort?» fragte ich.

«Warum wollen Sie das wissen?»

«Wie viele?»

«*Treinta*, vielleicht. *No sé.*»

Sie fiel wieder häufiger ins Spanisch. Nicht mehr lange, und Martas Englisch würde völlig versiegen.

«Ich habe den Vordereingang gesehen, den Korridor, das kleine Büro, in dem die drei Frauen arbeiten. Gibt es noch viele andere Räume?»

«*No sé*».

«Arbeitet ihr alle in einem einzigen großen Raum? Kommen Sie, Marta, ich muß das wissen.»

«Werden Sie Ärger machen, es Ihren Freunden bei den Cops erzählen?»

«Ich weiß nicht», erwiderte ich.

«Wenn Sie es ihnen sagen, dann stecke ich in Schwierigkeiten.»

«Wieso?»

«Meine eigene Cousine wird ihre Arbeit verlieren. Lilia kann sonst nirgendwo arbeiten. Neue Gesetze. Heute muß man Papiere für den Job haben, andernfalls kriegt der Boss Ärger. Es kostet ihn viel Geld, vielleicht sogar Gefängnis, ich weiß nicht. Lilia kann sonst nirgendwohin. Und wenn es die anderen Frauen erfahren, reißen sie mir die Haare aus. Bitte. Wir brauchen Geld und Arbeit.»

Ich dachte an die schlechte Luft und den Lärm und die miese Bezahlung. Und an Manuela.

«Eine Frau, die dort gearbeitet hat, ist jetzt tot.»

«Vielleicht hat sie dort gearbeitet. Ich weiß nicht.»

«Die Polizei weiß *nichts* von dieser Frau. Wie sollen sie ihren Mörder finden, wenn ich ihnen nicht erzähle, was ich herausgefunden habe?»

«Sie wissen gar nichts. Und ich sage Ihnen, wenn eine Frau tot ist, dann nur, weil sie einen Mann wütend gemacht hat. Sie haben ein gutes Leben, Sie verstehen das nicht. Niemand hat diese Frau umgebracht, nur weil sie arbeitet und Federn in Kopfkissen stopft. Es hat irgendwas mit einem Mann zu tun. Sie schläft mit ihm, sie schläft nicht mit ihm. Wer weiß? Aber Sie haben keinen Grund, Lilia und mir und all diesen anderen Frauen in der Fabrik Schwierigkeiten zu machen. Wenn Sie dort Schwierigkeiten machen, kann ich hier nicht wohnen bleiben, nicht mehr die Miete bezahlen. Ich gehe woandershin. Mit Paolina. Sie *comprende*?»

Wenn ich etwas von der Fabrik erzählte, würde sie mir meine kleine Schwester nehmen. Ich hatte schon verstanden, und es gefiel mir nicht.

«Sie versprechen, nicht von Fabrik zu erzählen?»

«Marta . . .»

«Es mein Ernst. Sie reden, ich nehme Ihnen Paolina weg.»

«Wohin sollten Sie denn . . .»

Sie fiel mir mit einem weiteren Schwall ins Wort. «Und Sie haben auch überhaupt nichts davon, wenn Sie der Polizei davon erzählen. Die Polizei, die wissen schon.» Sie beugte sich vor und senkte ihre Stimme, rieb Daumen und Zeigefinger in dem universellen Symbol für Kungeleien und Bestechungen. «Der Boss, er hat ihnen Geld gegeben, damit sie vergessen. So ein Betrieb hält sich nicht, wenn nicht Geld von einer Hand in die andere wandert. Das sagen die Frauen.»

«Wer ist der Boss?» fragte ich. «Mr. Hunneman? Ein großer, kräftiger Kerl mit rötlichblonden Haaren, gut gekleidet?»

«Ich weiß nicht. Er kommt nicht und begrüßt mich persönlich, wenn ich zur Arbeit gehe.»

«Die Männer, die dort arbeiten, erzählen Sie mir von denen. Vielleicht hat einer von denen mit Manuela geschlafen.»

«Der Aufpasser. Die Schichtleiter. Der Boss, den ich nie sehe.»

Ich beschrieb den bierbäuchigen Coors-T-Shirt-Mann.

«Der Aufpasser», sagte Marta kurz angebunden. «Keine von den Frauen schläft mit diesem Schwein.»

«Wozu brauchen die denn überhaupt einen Aufpasser?» fragte ich.

Sie zuckte mit den Achseln. «Vielleicht wenn's Ärger gibt.»

«Hatten sie früher schon mal Ärger?»

«Ich habe gehört, daß ein paar Mädchen einmal wegen der Bezahlung Ärger gemacht haben. Haben gesagt, es wäre nicht genug. Haben gesagt, die Maschinen wären zu laut, die Mittagspause zu kurz, und die Frauen sollten aufhören zu arbeiten.»

«Und was ist dann passiert?»

Wieder zuckte Marta mit den Achseln. «Diese Mädchen arbeiten nicht mehr dort. Sie haben neue geholt. Immer kommen neue.» Sie nahm einen letzten Schluck von ihrem Kaffee und hielt mir die leere Tasse hin. «Machen Sie mir noch eine Tasse?»

«Tut mir leid», sagte ich. «Kein Kaffee mehr da.»

Sie preßte ihre Lippen zu einem schmalen, weißen Strich zusammen. «Und das faule Mädchen ist immer noch nicht zu Hause. Kein Kaffee, kein gar nichts. Das Mädchen ist alt genug zum Arbeiten, ein so großes Mädchen. Aber nein, sie ist sich zu gut für die Arbeit. Genau wie ihr Vater, so ist sie, ein Lügner wie ihr Vater. Sie hat Ihnen gesagt, wo ich arbeite, richtig? Ich sage ihr, es ist ein Geheimnis, aber sie erzählt es Ihnen, nein? Weil sie glaubt, Sie wären eine bessere Mutter für sie, eine Anglo-Lady, die Almosen verteilt. Wenn ich meine Arbeit verliere, dann nur weil sie ...»

«Moment mal, Marta», unterbrach ich sie energisch. «Paolina hat es mir nicht erzählt. Ich habe sie gefragt, aber sie wollte nichts sagen. Sie hat Ihnen gehorcht.»

Aber Marta hörte mir nicht zu. Sie fuhr fort, klopfte zur Unterstreichung ihrer Worte mit der leeren Kaffeetasse auf die Lehne des Sessels. «Genau wie ihr Vater, dieses Mädchen. Man kann ihr nicht vertrauen. Sie ist nie hier, sie ist irgendwo da draußen und macht vielleicht Gott weiß was mit den Jungs, mit Wildfremden, während ihre Mutter hier ohne eine Tasse Kaffee sitzt, ohne ein Stück Brot für den Gast.»

Es juckte mir in der Hand, ihr eine Ohrfeige zu geben, ihr den Mund zu schließen, aber die Worte sprudelten weiter – zornige Worte über Paolinas Vater, über Paolina. Sie war so laut, daß ich die Schritte auf der Treppe nicht hörte. Ich bekam nur noch mit, wie Schritte schnell von der Wohnungstür wegliefen, und wußte, wem sie gehören mußten.

Als ich endlich an der Tür war und sie aufgerissen hatte, war sie fort. Ich hörte noch das Echo des Zuschlagens der Haustür. Ich rannte ans Fenster. Ich hörte Schritte, aber ich konnte sie nicht fortlaufen sehen.

«Halten Sie den Mund», sagte ich zu Marta.

Ich hätte es früher sagen sollen.

20

Beim Rausgehen warf ich einen Blick unter die Eingangsstufen, auch wenn ich genau wußte, daß es eine vergebliche Liebesmüh war. Früher flüchtete sich Paolina hierher, wenn eine Tragödie passiert war. Eine Tragödie war alles von schlechten Noten bis zu verlorenen Turnschuhen, aber sie hatte sich schon seit Jahren nicht mehr dort versteckt.

Das morsche Seitenbrett war ersetzt worden. Selbst wenn es noch locker gewesen wäre, hätte sich Paolina dort kaum noch durchquetschen können, sie war einfach zu groß geworden.

Darüber war ich froh. Ich erinnerte mich an das Trippeln der Ratten unter den Stufen. Zwar hatte ich nie eine gesehen, aber an das Geräusch erinnerte ich mich sehr gut.

Vielleicht hatte sie meinen Wagen entdeckt. Wenn ich

die Vordertür aufriß, saß sie vielleicht dort. Nicht so einfach. Sie konnte nicht im Wagen sein, da ich sämtliche Türen abgeschlossen hatte, und auf den öffentlichen Schulen in Cambridge wird Zehnjährigen bislang noch nicht beigebracht, wie man Autos knackt, obwohl ich mir manchmal darüber schon so meine Gedanken mache. Aber vielleicht wartete sie irgendwo in der Nähe.

Das war nicht der Fall.

Also, sagte ich mir, ist sie zu Lilia oder irgendeiner Freundin gegangen. Ich beschloß, Marta in ein oder zwei Stunden anzurufen, um zu erfahren, was davon zutraf.

Trotzdem gondelte ich einmal um den Block und eine Weile kreuz und quer durch die Siedlung und behielt dabei den Bürgersteig im Auge, auf der Suche nach ihr. An der Ecke hatte ein neues chinesisches Schnellrestaurant aufgemacht. Zwei Jungs mit rasierten Köpfen und ärmellosen T-Shirts balgten sich neben einem Feuerhydranten. Ich kam mir wieder wie ein Cop vor. Nach ein paar Monaten in einem Streifenwagen hört man auf, über das Fahren nachzudenken, und konzentriert sich statt dessen auf die Straße. Man nimmt alles Außergewöhnliche wahr, als wäre es ein farbiges Detail, das mitten in einem Schwarzweißfoto klebt.

Während der letzten drei Jahre hatte Marta in meinem Beisein ihren seit langem verschwundenen Mann kaum zweimal erwähnt. Wieso der Wutausbruch heute? Hatte sie von ihm gehört? War er in der Stadt? War das der Grund für Paolinas merkwürdiges Verhalten, ihren unregelmäßigen Schulbesuch? Ich schüttelte den Gedanken ab. Wenn wir uns das nächste Mal trafen, würde ich Paolina unverblümt danach fragen. Wenn Dad aufgekreuzt war, um Ärger zu machen, würden wir uns darum kümmern. Würde ich mich darum kümmern.

Ich gab auf und schlug den Heimweg ein. Jetzt mußte ich mehr über diese Kissenfabrik herausbekommen, wenn möglich, ohne daß der Laden dabei geschlossen wurde. Die arme Lilia. Die Staatsbürgerschaft war für sie zum Greifen nahe, und doch hatte ihre Angst sie abgeschreckt. Und jetzt arbeitete sie bei *Hunneman's Pillows* mit dieser miesen Luft und diesem endlosen fürchterlichen Lärm, hatte Angst, um eine Lohnerhöhung oder einen freien Tag zu bitten, war jederzeit leicht ersetzbar.

Ich dachte über Martas Überzeugung nach, daß Cops bestochen wurden, um die Aktivitäten bei Hunneman's zu ignorieren. Bei solchen Aussagen konnte man Martas Meinung nicht einfach abtun. Sie hatte ein unheimliches Gespür für verborgene Vorgänge, jene Art von Intuition, die Männer gern als typisch «weiblich» etikettieren und verspotten.

Meine Mam hat immer gesagt, Intuition sei etwas, das Sklaven einfach besitzen und Bosse sich nie die Mühe machen zu erwerben. Sie entwickelte sich aus der Notwendigkeit gefallen zu müssen, ohne auf sich aufmerksam zu machen. Der Sklave lernte, versteckte Signale zu empfangen, subtile Zeichen der Anerkennung oder Mißbilligung, lernte Ereignisse vorherzusehen, aufgeregte Gemüter zu beruhigen, alles ins Lot zu bringen.

Wer nahm Bestechungsgelder? Die Cops, der INS, städtische Beamte? Alle?

Als ich schließlich zu Hause ankam, hatte ich meinen Entschluß gefaßt. Wenn Cops sich bestechen ließen, war Mooney ganz sicher keiner von ihnen. Es war nicht sein Bezirk und auch nicht sein Stil. Also rief ich ihn an, und natürlich war er nicht da. Ich versuchte es nicht bei ihm zu Hause, da seine Mutter immer ans Telefon geht. Da sie Witwe eines Cops, Mutter eines Cops und bis ins Mark irisch-katholisch ist, mag sie mich nicht besonders. Und sie schafft es immer wieder, mich so weit zu reizen, daß ich ihr noch mehr Gründe liefere, mich nicht zu mögen.

Völlig erledigt wanderte ich in die Küche, wo ich Roz begegnete. Ihr Aufzug machte mich sprachlos. Um die Wahrheit zu sagen, es sah wie der letzte Lumpen aus. Das Sonderangebot eines Ramschladens oder aber die Original-Kreation eines Modeschöpfers. Wahrscheinlich ersteres. Es war, wie praktisch alles bis auf ihre T-Shirts, schwarz – kurz, eng und, wenigstens von hinten, dank eines bis weit nach oben geschlitzten Rockes und einiger vereinzelter Pailletten kolossal auffällig. Ihre Haare waren honigblond, was sie früher auch schon mal gewesen waren, aber nicht gestern. Das verwirrte mich. Ich war mir nicht völlig sicher, ob sie es wirklich war.

Der Terpentingeruch beruhigte mich. Wer sonst sollte in meiner Küche malen? Oder treffender gesagt, wer sonst würde ein Stilleben malen von einer Riesendose Ajax, einer verschimmelten Kartoffel und, ja, einem Gummihandschuh, so ausgestopft, daß er nach etwas zu greifen schien?

Ich gebe nur sehr selten einen Kommentar zu Roz' Kunst ab. Früher war das anders, aber dann erklärt sie einem immer ausführlich den Symbolismus jedes einzelnen ihrer Bilder.

«Hi», sagte ich, als ihr Pinsel nicht über die Leinwand fuhr. Ich werde doch nicht das Gemälde eines Gummihandschuhs ruinieren, der unser Ajax tätschelte.

«Yo», sagte sie, «gib mir eine Minute, um das hier zu Ende zu machen, okay?» Sie drehte sich nicht um. Ihre Aufmerksamkeit war auf das Etikett der Ajax-Dose gerichtet.

Mir sollte das recht sein. Ich ging zum Kühlschrank, zog

zwei Scheiben Schinken aus einer Plastikpackung, benutzte zwei Scheiben Käse als Brot, warf einen Blick auf die Uhr und nannte es ein spätes Mittagessen.

Roz legte ihren Pinsel aus der Hand und drehte sich mit einem zufriedenen Seufzer um. «So ein Typ war hier», sagte sie.

Von vorne sah sie wirklich sensationell aus. Ihr honigblondes Haar hatte eine kohlrabenschwarze Strähne, die an ihrem Scheitel anfing und eine Seite herunterlief.

Sie schlenderte zum Kühlschrank und schnappte sich ein Glas Erdnußbutter, ihr Hauptnahrungsmittel. Ich begreife einfach nicht, wieso sie nicht Skorbut hat.

«Hatte der Typ auch einen Namen?» fragte ich.

«Der Typ hatte einen Body», sagte sie, formte dann ihre Lippen zu einem lautlosen Pfeifen. «Sag mir Bescheid, wenn du ihn nicht willst.»

«Aber er hatte einen Namen?»

«Clinton», sagte sie.

«Das ist kein Mann», sagte ich, «das ist ein Agent der Einwanderungsbehörde.»

«Sieh noch mal genauer hin», riet sie mir mit einem breiten Grinsen.

«Was wollte er?»

«Dich», sagte sie traurig. «Nicht mich. Er ruft später noch mal an.»

«Bist du beschäftigt?» fragte ich.

Sie starrte kritisch auf ihr Gemälde. «Was heißt beschäftigt?»

«Hast du Zeit für einen Job?»

«Klar», sagte sie.

Eines Tages wird Roz, wenn ich ihr diese Frage stelle, von mir wissen wollen, was für einen Job oder wieviel ich dafür zahle oder ob's legal oder ungesetzlich ist, und dann vielleicht wird sie für mich so was wie ein richtiger Mensch sein. Ich weiß nicht, was sie im Augenblick für mich ist. Irgendeine Art Phänomen.

Ich schickte sie los, um Nachforschungen über Hunneman's anzustellen, Sachen, die man im Rathaus erfährt – wem gehört die Firma, wer hat sie gepachtet, ist der Besitzer eine Einzelperson oder eine Gesellschaft, Steuerunterlagen. Ich merkte sofort, daß sie von dem Job ziemlich enttäuscht war.

«Und», fügte ich hinzu, «du könntest auch noch zum Cambridge Legal Collective rübergehen. Frag nach einer Marian Rutledge. Finde heraus, ob sie Mandanten hat, die bei Hunneman's arbeiten. Sie soll in ihren Unterlagen nachschauen. Sie hat einen ziemlich gutaussehenden Sekretär. Vielleicht kannst du bei ihm deine Reize spielen lassen, damit er den Kram für dich herausfindet.»

«Meine Reize spielen lassen?» fragte sie. «Hast du das wirklich gesagt?»

«Verzeih mir», sagte ich. «Es liegt an deinem Kleid.»

«Tja, ich glaube, ich weiß, was du meinst», sagte sie. «Es kommt ganz drauf an, wie er gebaut ist.»

«Wichtig ist, wem Hunneman's gehört.»

«Das kriege ich schon raus», sagte sie.

«Aber sei diskret.»

Das sagte ich tatsächlich zu jemandem, der wie Roz aussieht.

21

Das Telefon klingelte und ich rannte hin, weil ich hoffte, ich würde Paolinas Stimme am anderen Ende hören.

Es war Kristy, die versuchte, außer der Reihe ein Volleyballtraining anzusetzen, um uns für das Titelspiel am Samstag in Form zu bringen. Gehorsam notierte ich mir Zeit und Ort und sagte, daß ich kommen würde, wenn es sich irgendwie machen ließe. Keine Versprechungen.

«Die Nase wieder in Ordnung?» fragte sie.

«Alles bestens», log ich.

Ich beendete die Unterhaltung, bevor sie sich nach Harry Clinton erkundigen konnte, dem Olympic-Scout.

Wieder wählte ich die Nummer von Mooneys Büro. Diesmal meldete sich jemand und sagte, er müßte irgendwo im Haus sein. Ich hinterließ ihm eine Nachricht: Geh nirgendwohin, bevor du nicht mit Carlotta gesprochen hast. Der Typ am anderen Ende sagte, klar, er würde es ihm ausrichten, aber seinem uninteressierten Tonfall nach zu schließen, konnte ich mich kaum darauf verlassen.

Ich schnappte mir meine Handtasche und lief zum Auto.

Ich kann besser denken, wenn ich fahre. Ein Teil von mir entspannt sich, sobald ich mich auf dem Fahrersitz niederlasse und das Radio einschalte. Flüchtige Gedanken sammeln und organisieren sich in ordentlichen Reihen und Gruppen.

Plötzlich erschien es mir absolut notwendig, vor meinem Besuch bei Mooney unbedingt noch einen kleinen Abstecher zu machen. Ich bog schon auf die Zufahrt des *Herald* ein, noch bevor mir der Gedankengang, der mich hergeführt hatte, richtig klar war.

Ich stellte meinen Wagen auf einem Parkplatz mit Namensschild ab – gehörte sicher einem Reporter mit Sonderstatus. Er war hoffentlich einer heißen Story auf der Spur, die ihn von seinem Parkplatz fernhalten würde.

Helen, das Partygirl, das mir den Umschlag gegeben hatte, arbeitete immer noch, sofern man Quasseln am Telefon Arbeit nennen kann. Ich hörte mir an, was Joe mit Sue gemacht hatte und wie Sue ihm das heimzahlen würde. Es klang nicht nach einem geschäftlichen Telefonat. Ich räusperte mich. Ich wollte wegen meines Geistesblitzes auf keinen Fall Mooney verpassen.

Sie legte auf und kam auf ihren hohen Absätzen zu mir herübergeschwankt. «Nichts Neues für Sie da», sagte sie.

«Sie erinnern sich an mich», sagte ich. Das war vielversprechend.

«Für zwanzig Dollar erinnere ich mich an eine ganze Menge», sagte sie.

«Das ist genau das, worüber ich mit Ihnen sprechen möchte.»

Als ich das Gebäude verließ, sprang mir die Schlagzeile von einem Stapel Zeitungen ins Auge, die auf dem Schreibtisch einer Empfangssekretärin lagen. Ich wühlte in meiner Handtasche nach Kleingeld.

«Ist schon okay», sagte die Lady hinter dem Schreibtisch, lächelte mich an und zeigte dabei viele Zähne. «Nehmen Sie sich ruhig eine. Lesen Sie den *Herald.*»

MASSENMÖRDER IN DEN FENS! WIE VIELE TOTE?

Kein Wunder, daß Mooney nicht ans Telefon ging.

22

Ich kannte den Desk Sergeant, daher machte er mir keine Schwierigkeiten, sondern gab mir einfach nur einen Ausweis, den ich mir anstecken mußte und der mich berechtigte, ungehindert im Revier herumzulaufen.

Mooney war in seinem Büro, und er war nicht allein. Ganz und gar nicht zu meiner Freude war Walter Jamieson bei ihm. Ich biß die Zähne zusammen, klopfte an und schlenderte hinein. Das Büro war verqualmt – ein untrüglicher Beweis für eine Besprechung, die erst kürzlich stattgefunden hatte, es sei denn, Mooney hatte wieder angefangen zu rauchen. Ich inhalierte tief. Ich hatte schon vor langer Zeit damit aufgehört, aber ich kriege immer noch einen Kick, wenn andere in meiner Gegenwart rauchen.

Jamieson begrüßte mich fast mit einem Knurren. Mooney brachte ein Lächeln zustande, nicht gerade ein tolles Lächeln, aber immerhin versuchte er es. Jamieson hockte auf der Kante des Besucherstuhles. Mooney saß auf dem Stuhl hinter seinem Schreibtisch, und mehr Sitzgelegenheiten gab es nicht. Ich lehnte meinen Hintern gegen eine Wand und rutschte so weit nach unten, bis ich praktisch auf dem Boden saß. So habe ich früher ziemlich oft in Mooneys Büro gesessen.

Mooney fixierte mich, hob die Hand und berührte seinen Wangenknochen. «Willst du eine Anzeige machen?» fragte er.

Soviel zu meinen Versuchen, den blauen Fleck mittels Make-up zu kaschieren.

«Laßt euch von mir nicht stören», sagte ich, als Jamieson kochte.

«Mr. Jamieson wollte gerade gehen», sagte Mooney scharf.

«Wollte ich nicht», leugnete Jamieson.

«Hören Sie», sagte Mooney, «wir arbeiten in diesem Fall mit Ihnen zusammen, aber Kooperation bedeutet, daß Sie die richtigen Formulare ausfüllen und wir Ihnen dann die gewünschten Daten schicken. Es bedeutet *nicht,* daß ich Ihnen das Material gebe, bevor ich es selbst zu sehen bekommen habe, okay?»

Von meinem Platz auf dem Boden konnte ich zu der Karte auf der Rückseite der Tür hinaufstarren, zu den vier Stecknadeln, die sich in der Nähe der Fens drängelten.

Jamieson tat so, als wollte er eine neue Protestwelle loslassen, doch er sah weiter zu mir herab und hielt sich zurück. Wahrscheinlich war er nicht bereit, seine kostbaren Gedanken mit einem Außenstehenden zu teilen. «Was macht die hier?» platzte er schließlich heraus.

«Nun», sagte Mooney, «ich hoffe, sie ist gekommen, um mit mir essen zu gehen. Und danach ...» Er zuckte vielsagend mit den Achseln.

Jamieson wurde rot und verzog mißbilligend seinen Mund. Er sagte: «Ich brauche Kopien der Berichte für unsere Akten.»

«Ich werde sie Ihnen schicken», sagte Mooney.

«Ich würde sie gern mitnehmen», sagte Jamieson.

«Ich werde sie Ihnen schicken.»

«Hören Sie endlich auf, mich zu vertrösten, Lieutenant.»

«Ich kann Ihnen alles, was wir haben, auf einem Teelöffel präsentieren», sagte Mooney durch zusammengebissene Zähne. «Also, hören Sie zu. Das FBI ist bisher mit nicht mehr als fünfzig ähnlichen Verbrechen gekommen. Der Gerichtsmediziner sagt, die Frauen seien alle auf ähnliche Weise ermordet worden. Diese heiße Nachricht habe ich Ihnen bereits mitgeteilt. Die Gerichtsmedizin kann nicht sagen, ob sie von demselben Mann ermordet wurden, sie kann auch nicht sagen, daß es *nicht* derselbe Mann war. Ich kann Ihnen sagen, daß sie von ein und demselben Mann ermordet wurden. Woher ich das weiß? Instinkt. Wir gehen Berge von Vermißtenanzeigen durch, Anzeigen aus Kansas City, aus Oregon, verdammt noch mal, aber bisher haben wir keinerlei Übereinstimmungen gefunden.»

Jamieson konsultierte ein kleines Notizbuch mit Spiralbindung. «Sind die Frauen vergewaltigt worden?» fragte er.

Mooney zuckte mit den Achseln.

«Drogen?»

«Keine Hinweise.»

«Wie hat der Mörder die Leiche aus dieser Wohnung in den Park bekommen? Ohne daß ihn jemand gesehen hat?»

«Er hat Glück, und er ist clever. Das FBI hat einen Ausdruck für solche Burschen. Sie nennen sie ‹systematische› Mörder, und es ist verdammt schwer, sie zu erwischen. Hinter diesen Häusern an der Westland gibt es eine kleine Nebenstraße. Er muß seinen Wagen dicht am Hinterausgang abgestellt und die Leiche in ein Laken oder eine Plastikplane gewickelt haben. Hat die Plane dann verbrannt oder sie in einen Müllcontainer gesteckt. Ich habe Männer auf die Suche geschickt. Die Staatsanwaltschaft läßt Männer danach suchen. Die State Police sucht danach.»

«Was ist mit zahnärztlichen Unterlagen?» hakte Jamieson hartnäckig weiter nach.

«Wir haben die sterblichen Überreste. Besorgen Sie mir Unterlagen, mit denen wir einen Vergleich versuchen könnten, und ich werde Ihnen den besten gottverdammten forensischen Zahnarzt verschaffen, den Sie je gesehen haben.»

«Diese Frauen», sagte der INS-Mann wütend. «Wenn es Illegale sind, kommen sie mit praktisch nichts zu uns. Sie haben keine Ausweispapiere. Keine Jobs. Keine Familie. Keine zahnärztlichen Unterlagen. Und kein Mensch wird eine Vermißtenanzeige aufgeben, wenn sie nicht mehr auftauchen.»

«Wahrscheinlich», sagte ich honigsüß, «rechnen sie nicht damit, ermordet zu werden. Wie unaufmerksam von ihnen.»

Jamieson funkelte mich wütend an. Ich beobachtete weiter die Stecknadeln auf der Karte.

Mooney brach das Schweigen. «Wie auch immer, wir arbeiten an zwei Zahnvergleichen, bei denen nichts herauskommen wird. Wir machen das nicht wegen irgendeines Drucks, den andere Behörden auf uns ausüben, sondern schlicht und einfach weil wir gründlich sind. Haben Sie das verstanden? Sehr gründlich.

Was ich Ihnen damit sagen will, es wird verdammt schwer werden, diesen Burschen zu schnappen. Weil er nämlich eine Menge von dem Zeug weiß, das auch die Cops wissen. Himmel, er könnte sogar ein Cop *sein*. Er ist wie dieser Kindermörder unten in Atlanta. Er macht anschließend sauber. Er ist sehr sorgfältig. Wenn wir ihn finden, wird er eine ganze Bibliothek mit Büchern über forensische Medizin besitzen und solches Zeug. Weil dieser Bursche nämlich nicht dumm und ungebildet ist. Er scheint ganz genau zu wissen, was er tut – sofern überhaupt jemand, der so eine Scheiße macht, weiß, was er tut. Möchten Sie sich das notieren?»

«Ich will die Berichte», sagte Jamieson störrisch.

«Ich auch. Wie wär's, wenn *Sie* mal ein paar Fragen beantworteten? Wieso habe ich immer noch keinen vollständigen Satz Fingerabdrücke, der zu dieser *green card* gehört? Einen Satz Dokumente? Sie müssen in Ihren Unterlagen doch Fingerabdrücke haben, einen medizinischen

Untersuchungsbericht, ein Schreiben von einer Bank, von einem Arbeitgeber, all diese Scheiße eben. Wenigstens würde ich dann wissen, ob eine dieser Leichen wirklich Manuela Estefan heißt.»

«Ich habe Ihnen doch schon gesagt, wir arbeiten dran.»

Mooney stand langsam auf. Er ist ein großer, kräftiger Mann, und als er stand, wurde das winzige Zimmer noch kleiner. Einen Moment lang dachte ich, Jamieson würde ebenfalls aufstehen und ihn herausfordern, doch er sackte auf seinem Stuhl zusammen und brummte kleinlaut: «Also schön, dann eben direkt als allererstes morgen früh.» Er verabschiedete sich nicht von mir, als er fluchtartig das Büro verließ.

Nach kurzem Schweigen sah Mooney mich an. «Scheiße», sagte er, «ich komme mir wie der Oberrabauke auf dem Schulhof vor.»

«Wie lange war er hier?» fragte ich.

«Den ganzen Tag», sagte Mooney. «Er will hier einziehen.»

«Mooney», sagte ich, «Mord an ihm wäre ein klarer Fall von Notwehr. Ich werd's bezeugen.»

«Gehst du mit mir essen?» sagte er.

Plötzlich hatte ich einen Heißhunger. «Klar, gehen wir», sagte ich, dachte nur noch an meinen Magen.

«Wirklich?» Ich konnte es an seinen Augen ablesen, daß er immer noch nicht aufgegeben hatte. Sam oder kein Sam. Zum Teufel mit tollen INS-Typen.

«Yeah», sagte ich alles andere als liebenswürdig, «aber das ist kein Date oder so.»

«Ich lade dich ein», sagte er.

Ich würde nicht eher gehen, bis er einverstanden war, daß wir uns die Rechnung teilten.

23

Wir stritten uns noch dreimal, bevor wir das Revier verließen, was bei Mooney und mir so das übliche ist. Zuerst kam die Kontroverse wegen der geteilten Rechnung, dicht gefolgt von der Wo-gehen-wir-essen-Nummer, und gekrönt wurde das Ganze von dem Wer-fährt-Finale. Ich bin noch nicht ganz dahintergekommen, ob Mooneys hartnäckiges Bestehen darauf, daß er fährt, ein reines Macho-Ding ist oder nicht. Vielleicht geht ihm mein Fahrstil auf die Nerven, vielleicht denkt er auch, wenn er fährt, kann er mich anschließend nach Hause bringen, womöglich noch eine Einladung auf ein Bier rausschlagen, und eines Nachts werde ich dann das Willkommen auf mein Schlafzimmer ausdehnen. Wer weiß?

Diesmal war ich im Vorteil. Mein Toyota würde einen Strafzettel kriegen, abgeschleppt oder gestohlen werden, wenn ich ihn stehenließ, wo er jetzt stand, wohingegen Mooneys Buick bis in alle absehbare Ewigkeit unbelästigt auf dem Parkplatz der Cops bleiben würde. Ich gewann.

Wir einigten uns darauf, bei Mary Chung am Central Square zu essen, wobei wir beide so taten, als hätte der eine den anderen reingelegt und das Restaurant ausgesucht. Ich kann es eine Woche ohne eine Ladung von Marys Suan La Chow Show aushalten, bevor ich Entzugserscheinungen kriege. Es ist eine Schüssel dicker Wontons auf Sojabohnensprossen unter einer scharfen, würzigen Soße, die gut gegen alles ist, egal, was einen gerade so plagt. Manchmal bestelle ich mir gleich zwei Schalen. Wenn die Regierung das Zeug je als gefährliche Substanz verbieten sollte, würde ich zum Outlaw.

Nach einer ziemlich ereignislosen Fahrt, während deren ich mich nur einmal auf meine Hupe legte, stellte ich meinen Wagen auf dem Parkplatz hinter dem Restaurant ab.

Wir gingen durch eine mit Müll übersäte kleine Gasse, die von Jahr zu Jahr schmaler und stinkiger wirkt. Eine Bande junger Haitianer treibt sich dort rum und benutzt sie als Clubhaus und Pissoir. Sie wurden still, als wir näherkamen. Mooney sieht zwar nicht wie ein Cop aus, aber wie jemand, mit dem man lieber keinen Ärger kriegen sollte. Wenn ich allein durch diese Gasse gehe, machen sie immer irgendwelche Bemerkungen. Normalerweise macht mich so was immer stocksauer, aber sexistische Beleidigungen in fließendem Französisch klingen nicht so schlimm.

Wir mußten zwanzig Minuten auf einen Tisch warten, was noch gar nichts ist. Ich fragte mich, ob das M.I.T. Semesterferien hatte. Für gewöhnlich treiben sich hier massenweise Techies rum. An der Innenausstattung kann man erkennen, daß die Leute wegen des Essens kommen.

Mooney mag kein Suan La Chow Show. Ist ihm zu stark gewürzt. Er bestellte sich Frühlingsrollen. Ich habe versucht, ihm etwas Eßkultur beizubringen, doch ohne Erfolg.

Was die restliche Bestellung betraf, einigten wir uns auf einen Kompromiß, da ich alles gut gewürzt und Mooney alles eher laff mag – nur daß er es natürlich nicht laff nennen würde, und meinen Geschmack umschreibt er gern als feurig. Hühnchen in Zitronensauce hauptsächlich für ihn; gefüllte, scharfe Aubergine in fritierter Teighülle mit einer scharfen Chilisoße hauptsächlich für mich. Die Kellnerin stellte einen Krug Wasser und ein Kanne Tee auf den Tisch.

«Wie weit kooperierst du bei dieser Ermittlung mit der Einwanderungsbehörde?» fragte ich. «War das vorhin eine Kostprobe?»

«Hundertzehnprozentig», antwortete Mooney angewidert. «Befehl von ganz oben. Müssen wir unbedingt darüber reden?»

«Du erzählst ihnen also alles», sagte ich ausdruckslos und dachte an Martas Drohung, die Stadt zu verlassen und Paolina mitzunehmen.

«Nichts wird verschwiegen», stimmte Mooney zu. «Wieso?»

Ich schenkte dampfenden Tee ein und kleckerte auf die Tischdecke.

Ich wollte ihm von Hunneman's erzählen. Aber ich wollte nicht, daß der INS angerauscht kam, eine Razzia veranstaltete und den Laden dichtmachte.

«Beruht diese Kooperation auf Gegenseitigkeit?» fragte ich, nachdem ich lange genug mit dem Tee herumgemacht hatte, daß Mooney sich wahrscheinlich fragte, ob ich womöglich taub geworden war. «Ich meine, wieso braucht Jamieson so lange, bis er mit den Unterlagen über Manuela Estefan rausrückt?»

«Bürokratie in Reinkultur, soweit ich das beurteilen kann. Abgesehen von ein paar Informationen über den Hintergrund der Estefan haben sie gar nichts.»

«Weißt du, was für einen Wagen Jamieson fährt?»

«Nein.» Er nahm einen vorsichtigen Schluck von seinem Tee und stellte die Tasse schnell wieder ab. Zu heiß. «Wieso?»

Ich zuckte mit den Achseln. «Ich mag ihn nicht.»

«Und normalerweise magst du jeden, mit dem du es bei einem Fall zu tun kriegst?»

«Klar», sagte ich mit völlig ernster Miene. «Du kennst mich doch. Mit mir kommt man leicht aus.»

Er machte den Mund auf, schloß ihn wieder, nahm seine Teetasse und versuchte es noch mal. Er grinste mich mit seinen Augen an. Die Vorspeisen kamen, und wir hauten rein wie zwei halbverhungerte Waisenkinder. Die Wonton-Brühe trieb mir die Tränen in die Augen.

Mooney sagte: «Jamieson ist der schnellste Schreibtischhengst, dem ich je begegnet bin. Er hat so viele Antragsformulare auf Amtshilfe ausgefüllt und eingereicht, daß ich jemand vollzeitbeschäftigen könnte, um mit ihm Schritt zu halten. Ich habe einfach keine Zeit für diese Scheiße, und ich finde, wenn er schon all diese Formulare einreicht, sollte er wenigstens genug Anstand bewahren und warten, bis wir die entsprechenden Antworten auf den Dienstweg geschickt haben, statt mein Büro heimzusuchen. Ich mag ihn auch nicht besonders. Und nachdem die Presse die Story jetzt aufgegriffen hat, sitzen die mir auch noch im Nacken, labern davon, wir hätten es gleich als Mordserie bezeichnen sollen, als wir nur die eine Leiche hatten oder vielleicht sogar, noch bevor überhaupt eine Leiche aufgetaucht war. Und die Politiker möchten auch gern mitmischen und zeigen, wie sehr sie sich für unsere lateinamerikanischen Mitbürger engagieren und ...»

Er sprach nicht weiter, schüttelte den Kopf wie ein nasser Hund, spießte mit seiner Gabel einen Bissen von seiner Frühlingsrolle auf und unternahm einen halbherzigen Versuch zu grinsen. Dann sagte er: «Und wie geht's dir so?»

Ich lächelte mitfühlend, ich begriff, daß er den ganzen Ärger beiseite schieben wollte. «Okay. Ich bin seit heute morgen um sieben auf den Beinen, und ich kann mich nicht mehr erinnern, wann ich mich das letzte Mal in Ruhe hingesetzt und eine anständige Mahlzeit gegessen habe. Der heutige Tag war ungefähr zwei Wochen lang.»

«Yeah, erzähl mir davon.» Er streckte seine Hand aus und berührte mit den Fingerspitzen meine Wange. «Und erzähl mir auch *davon.*»

«Volleyball, Mooney. Ist nicht schlimm.»

«Dein Boyfriend ist immer noch im Ausland?»

Boyfriend ist so ein drolliges Wort. Wenn Sam Gianelli in

der Stadt ist, dann ist er mein Lover. Okay, zugegeben, mit Unterbrechungen. Aber wenn gerade was zwischen uns läuft, verbringen wir nicht besonders viel Zeit mit Händchenhalten. Mooney hat dafür wahrscheinlich auch ein komisches Wort. Vorehelicher Sex. Sünde vielleicht. Ehebruch. Ich bin geschieden, und Sam ist es auch, aber Mooney ist Katholik.

«Ja», antwortete ich, verärgert, daß wir plötzlich über persönliche Dinge sprachen. «Hast du 'ne Freundin?»

«Wir haben ein paar Neueinstellungen, die ganz vielversprechend aussehen», sagte Mooney.

Ich fragte mich, wie's mir gehen würde, wenn ich Mooney mit einer anderen sah. Vielleicht würde ich eifersüchtig, dann bestand noch Hoffnung.

«Mooney», sagte ich, «eine Sache hast du nicht erwähnt, als du mit Jamieson gesprochen hast: die Wohnung. Hast du irgendwas über die Wohnung rausgefunden?»

«Häh?» machte Mooney.

«Die an der Westland.»

«Zurück zum Geschäft, was?»

Ich mampfte ein Wonton, mußte niesen. Manchmal geht die Soße die falsche Röhre runter.

«Mit dir alles in Ordnung?»

«Wollte nur wissen, ob du sonst noch was über diese Wohnung rausgefunden hast, Mooney.»

«Wir haben noch einmal mit dem Vermieter gesprochen», sagte er seufzend. «Du erinnerst dich an diesen mageren Burschen namens Canfield. Er ist derjenige, der das Haus verwaltet, und höchstwahrscheinlich ist er eine ziemlich kleine Nummer. Es gehört einer Immobiliengesellschaft. Canfield, Oates und Heffernan – und Gott allein weiß, mit wie vielen stillen Teilhabern. Eine typische Firma, um Steuern zu sparen. Aber kann man jemanden dafür verantwortlich machen, daß ein Mord in seinem Eigentum verübt wurde? Wenn ich wollte, könnte ich denen ordentlich einheizen, könnte Anzeigen wegen einer ganzen Reihe von Verstößen gegen städtische Vorschriften und was weiß ich nicht alles loslassen. Aber Canfield sagt, er hätte nichts davon gewußt, daß mehr als nur eine Frau dort gewohnt hat, und er behauptet, er hätte sie nie persönlich kennengelernt. Ich habe einen Mann an der Tür postiert, damit jemand in der Nähe ist, falls einer der anderen Leute auftaucht, die mal in diesen Betten geschlafen haben. Aber bislang nichts. Und das Zimmer war ziemlich leer, abgesehen von dem, was du auch gesehen hast. Keine Kleidung, kein Gepäck.»

«Vielleicht war es eine provisorische Geschichte», sagte ich. «So eine Art sicheres Haus für Illegale. Unterkunft für eine Nacht für Leute auf der Durchreise.»

«Könnte sein. Wir wissen einen Scheißdreck.»

«Ich habe Roz rüber zum Cambridge Legal Collective geschickt, um mal zu sehen, ob die dort irgendwas über diese Wohnung gehört haben.»

«Gut gemacht», sagte Mooney. «Sag mir Bescheid.»

Ich fühlte mich gleich besser, ihm wenigstens etwas bieten zu können.

«Gibt's noch Spuren, von denen du mir nichts erzählst, Moon? Irgendwelche Verdächtige?»

«Carlotta», sagte er geduldig, «du weißt doch genau, wie so was läuft. Wenn innerhalb der ersten achtundvierzig Stunden keine Verhaftungen passieren, kannst du davon ausgehen, daß es noch eine ganze Weile keine geben wird. Ein paar dieser Morde sind mehrere Wochen alt, einer vielleicht sogar einige Monate. Bei jedem Telefonklingeln hoffe ich, daß kein neuer gemeldet wird, und dann denke ich, wir können diesen Kerl nur dann fassen, wenn er es noch mal versucht und dabei Mist baut. Und ich fürchte, er wird keinen Mist bauen. Erinnerst du dich an das Täterprofil eines ‹Systematischen›, das das FBI mal ausgearbeitet hat?»

«Ein völlig normaler Mann», erwiderte ich. «Fährt einen anständigen Wagen. Verheiratet oder führt doch wenigstens ein völlig geregeltes Sexualleben, durchschnittliche oder überdurchschnittliche Intelligenz ...»

«Und höchstwahrscheinlich ist er das erste oder zweite Kind seiner Eltern. Hilft uns enorm, ihn aus der allgemeinen Bevölkerung herauszufischen.»

Im Verlauf des Essens wurde in mir das Bedürfnis immer stärker, alles zu gestehen. Ich füllte einfach meinen Bauch, ohne das Essen wirklich zu würdigen. Ich erzählte ihm detailliert von unserem letzten Volleyballspiel, berichtete ausführlich von den Umständen meiner Verletzung und machte aus meinen Gefühlen gegenüber Miss Boston College keinen Hehl. Ich erkundigte mich nach seiner Mom, war aber nicht mit dem Herzen bei der Sache. Wir tratschten über gemeinsame Freunde bei der Polizei. Jedesmal, wenn ich drauf und dran war, schwach zu werden und ihm alles über Hunneman's zu erzählen, erwähnte er wieder Jamieson, und ich bremste mich. Schließlich machte ich einen Deal mit mir selbst. Ich würde noch einen Tag warten. Einen Tag. Bis meine Sache mit der *Herald*-Lady erledigt war, bis es klappte oder eben nicht.

In der Eingangshalle von Mary Chungs Restaurant gibt es ein Telefon. Ich entschuldigte mich kurz, wählte Martas Nummer. Ich hatte sie schon viel früher anrufen wollen, um mich zu vergewissern, daß Paolina wieder sicher zu Hause war, um zu erfahren, ob Mutter und Tochter sich wieder versöhnt hatten.

Ich ließ es zwanzigmal klingeln. Dann rief ich meinen

Anrufbeantworter an und hörte die aufgenommenen Anrufe ab. Paolinas klare, hohe Stimme kam über die Leitung.

«Mit mir ist alles okay, Carlotta», sagte sie bedächtig, «aber ich gehe nicht mehr nach Hause. Ich will meine Mutter einfach nicht mehr sehen, nicht nach allem, was sie gesagt hat. Jedenfalls, du brauchst dir keine Sorgen zu machen. Ich bin wirklich okay, und ich werde dich bald wieder anrufen. Bye.»

Dann folgte ein klägliches Piepen, und ich bekam eine Stimme zu hören, die mir eine besonders attraktive Aluminiumaußenverkleidung für mein Haus verkaufen wollte.

Woher hatte Paolina gewußt, daß ich bei ihr zu Hause gewesen war? Hatte sie lange genug gelauscht, um meine Stimme zu hören? Hatte Marta mich mit meinem Namen angesprochen? Hatte sie sich irgendwo versteckt? Hatte sie beobachtet, wie ich unter der Eingangstreppe des Hauses nach ihr gesucht hatte?

Ich war hin und her gerissen zwischen der Erleichterung, daß sie angerufen hatte, und Wut darüber, daß sie mir nicht gesagt hatte, von wo aus sie anrief, wo dieser sichere Hafen sich befand.

Ich kehrte an den Tisch zurück. Die Prophezeiung in meinem Glücksplätzchen war eine absolute Pleite, einer dieser Netten-Leuten-passieren-gute-Sachen-Sprüche. Mooney las seinen Zettel laut vor: «Sie werden einen romantischen Abend verbringen.» Aber als ich den Zettel sehen wollte, rückte er ihn nicht heraus.

24

Mooney bestand darauf, mit dem Taxi nach Hause zu fahren. Ich hatte natürlich gedacht, ich würde ihn fahren, entweder zurück zum Revier, wo er seinen Wagen holen konnte, oder nach Hause oder wohin er wollte, sonst hätte ich mich nicht von ihm den ganzen Weg durch die übelriechende Gasse zurück zu meinem Auto begleiten lassen; anschließend mußte er nämlich den gleichen Weg zurück, um sich auf der Mass. Ave. ein Taxi zu suchen. Mooney besitzt eine Art Ritterlichkeit, die mich aufregt. Ich habe gar nichts gegen beschützende Gesten, sie schränken nur meine Freiheit ein. Vielleicht poche ich hier nur auf das Recht, nachts in einer ziemlich üblen Gegend überfallen zu werden, aber zum Teufel auch, es ist immerhin meine Entscheidung.

Ich nahm die Mass. Ave. zum Harvard Square, machte den notwendigen Umweg um die große Kreuzung und wendete, um zur Brattle Street zurückzugelangen. Ich hätte auch die Huron Avenue nehmen können, aber die Brattle ist eine interessante Straße. Man kommt an Henry Wadsworth Longfellows Haus vorbei.

Im Wohnzimmer brannte Licht. Ich stellte den Wagen auf seinen Platz hinter dem Haus und lief den Weg zur Haustür hinauf, hoffte, Paolina in der Diele zu begrüßen.

Ich hatte den Schlüssel ins Schloß gesteckt und die Tür geöffnet, bevor ich die unerwartete Stimme hörte. Was mein Eintreten deutlich bremste.

«Hallo», sagte Harry Clinton.

«Hi», sagte Roz und versuchte gleichzeitig, ein Kichern zu unterdrücken.

Sie saßen zu dicht nebeneinander auf der Wohnzimmercouch. Roz lachte verlegen. Clinton stand auf und fuhr fort: «Ich hoffe, es macht Ihnen nichts aus, daß ich hier im Haus auf Sie gewartet habe. Roz sagte, Sie würden schon nichts dagegen haben.»

Er mußte schon eine ganze Weile dagewesen sein. Zwei leere Gläser auf dem Couchtisch sagten alles. Da ich Roz kannte, fragte ich mich, ob sie sich schon wirklich nahegekommen waren. Höchstwahrscheinlich nicht; sie hatte noch alle Kleider am Leib oder trug doch wenigstens ein raffiniertes fuchsienfarbenes T-Shirt. Straff über ihren Busen gespannt verkündeten schwarze Buchstaben:

AUNTIE EM, HATE YOU! HATE KANSAS! TAKING THE DOG, DOROTHY.

Sie stand auf und zog sich Richtung Treppe zurück, stammelte dabei bedeutungslose, höfliche Sachen wie «Nett, Sie kennengelernt zu haben» und so weiter. Das T-Shirt schien so ziemlich alles zu sein, was sie anhatte, die Schuhe mal nicht mitgerechnet. Es war gerade noch lang genug, aber auf keinen Fall der rechte Aufzug, um Fremde an der Haustür zu empfangen. Ihre Schritte trappelten die Treppe hinauf. Ich wartete, bis es wieder still wurde.

«Sie haben komische Arbeitszeiten», sagte ich forsch. «Was kann ich für Sie tun?»

«Ihr blauer Fleck ist gar nicht so schlimm, und geschwollen sieht's auch nicht aus.»

Automatisch hob ich meine Hand zur Nase, berührte meine Wange.

«Waren Sie bei einem Arzt?» fuhr er fort.

«Nein, Mom», sagte ich.

«Okay, vergessen Sie's. Ich hoffe, Sie verzeihen mir meinen späten Besuch.»

«Solange er kurz bleibt», sagte ich.

«Immer unverblümt, was?»

«Direkt», sagte ich. «Ich persönlich bevorzuge das Wort direkt.»

Er machte zwei Schritte auf mich zu. Er war groß, vielleicht sieben, acht Zentimeter größer als ich. Er trug ein weiß-blau kariertes Hemd zu seiner Jeans; der Schnitt von beiden hatte ein Western-Flair, das es am Harvard Square nicht gibt. «Tja, also dann, ganz offen und direkt», sagte er. «Ich bin hier, um Ihnen zu sagen, Sie sollen Ihre Finger von Hunneman's lassen.»

Ich schluckte. «Das ist ziemlich unverblümt.»

«Das ist eine offizielle Bitte meiner Dienststelle. Wenn Sie sich nicht zurückziehen, wenigstens für ein paar Tage, werden Sie eine großangelegte Undercover-Operation vermasseln, in die wir verflucht viel Zeit und Mühe investiert haben. Die Sache steht kurz vor dem Abschluß, und was uns gerade noch fehlt, sind irgendwelche Amateure, die die Leute in diesem Laden aufscheuchen.»

Ich leckte mir über die Lippen und schmeckte Sezuan-Chili, zusammen mit dem Nachgeschmack dieses verhaßten Wortes *Amateur*. «Wieso verdammt noch mal wissen die Cops nichts davon?» fragte ich. Ich dachte keine Sekunde daran, Mooney könnte es mir auch einfach verschwiegen haben, was dumm war. Wenn er den Befehl bekommen hatte, den Mund zu halten, würde er den Mund halten.

«Ein paar wichtige Leute wissen Bescheid. Nicht nötig, die Sache an die große Glocke zu hängen. Wir wollen sichergehen, daß die Dreckskerle nicht gewarnt werden – oder durch fremde Besucher alarmiert.»

Niemand war mir zu Hunneman's gefolgt. Was hieß, ihr Mann arbeitete in der Firma, ein Undercover-Agent. Mann oder Frau. Schnell ließ ich noch einmal die Gesichter, die ich in der Fabrik gesehen hatte, vor meinem geistigen Auge Revue passieren.

«Wer ist das?» Clintons schleppender Südstaatenakzent

riß mich aus meinen Überlegungen. Er stand inzwischen am Kaminsims und hielt ein silbergerahmtes Foto von Paolina in der Hand.

«Meine Schwester», sagte ich.

«Sie sehen sich aber gar nicht ähnlich», kommentierte er.

«Sie ist meine Kleine Schwester von der Big-Sisters-Organisation.»

«Nett», sagte er, stellte den Rahmen sorgfältig zurück. «Hübsches Kind. Wohnt sie in der Nähe?»

«In der Nähe», sagte ich. «Wenn sie zu Hause ist.»

«Ziemlich spät für ein kleines Mädchen, noch unterwegs zu sein.»

«Ja», stimmte ich zu. Und auf einmal merkte ich, wie ich Clinton von Paolina erzählte: wie wir uns kennengelernt hatten, wie sie sich verändert hatte und daß ich mir jetzt Sorgen um sie machte. Was vermutlich meiner Besorgnis zuzuschreiben war. Einem völlig Fremden etwas zu erzählen, was ich nicht mal Mooney erzählt hatte.

«Sie wird schon klarkommen», sagte er.

Seine lässige Zuversicht wirkte wie Schmirgelpapier auf meinen Nerven. «Um sie brauchen Sie sich keine Gedanken zu machen», erwiderte ich scharf. «Sie ist legal.» Ich war hundemüde. Erste Anzeichen meiner Kopfschmerzen kehrten zurück.

Clinton schritt auf und ab. «Sie mögen mich nicht, stimmt's?»

«Ich mag Ihren Job nicht.»

«Sind Sie einer von den Leuten, die alle Cops für Schweine halten? Glauben Sie etwa, mein Job wäre leicht? Oder überflüssig? Meinen Sie, wir sollten unseren Kram einfach zusammenpacken und nach Hause gehen und jeden durch die Vordertür hereinlassen? Kriminelle und Schmuggler und Leute mit ansteckenden Krankheiten?»

Ich ließ mich auf die Couch fallen. «Meine Großmutter ist ohne einen Dime in der Tasche aus Polen rübergekommen. Ich schätze, ich stehe voll hinter dem ‹Schickt mir eure Müden, eure Armen›. Dieser ganze alte Kram.»

«Was auch vollkommen in Ordnung war, solange wir noch ein großes, offenes Land waren. Als wir noch jede Menge Platz für jede Menge Menschen hatten. Damals wurde Land verschenkt. Zur Besiedlung. Möchten Sie heute eine fünfköpfige Familie auf Ihrem Grund und Boden, in Ihr Haus einquartiert bekommen?»

«Ich bin müde», sagte ich.

Er redete weiter, als hätte er mich nicht gehört. «Und gottverdammt noch mal, ich bin ja sogar fast Ihrer Meinung. Ich muß mit einem Haufen Idioten zusammenarbeiten. Sie haben schon so viele Geschichten über schwere Schicksale gehört, daß sie schon gar nicht mehr zuhören. Sie füllen nur noch Formulare aus.»

«Ihr Kumpel Jamieson soll ja darin großartig sein», sagte ich. «Ist er auch an der Hunneman-Sache beteiligt?»

«Jamieson und ich arbeiten zusammen, aber er ist nicht mein Kumpel. Ich bin nicht sicher, was er weiß.»

Er kam herüber und setzte sich zu mir auf die Couch, saß etwas weiter entfernt von mir als vorhin von Roz. Unsere Schenkel berührten sich nicht. Ich ertappte mich bei der Frage, wie es sich wohl anfühlen würde, wenn sie es täten.

Leise sagte er: «Es gibt jemanden, der illegalen Firmen Tips gibt, bevor wir eine Razzia auf die Beine stellen können. Es ist jemand aus unserem eigenen Haufen.»

«Glauben Sie, Jamieson wäre derjenige welcher?» Vielleicht war das der Grund, warum er Mooney so auf der Pelle hing, dachte ich. Damit er jemanden warnen konnte, wenn die Cops in Fahrt kamen.

«Das habe ich nicht gesagt», betonte Clinton. «Jamieson

hat schon eine Menge Dienstjahre auf dem Buckel, und viele Freunde.»

«Die vielen Freunde sind schwer zu glauben.»

«Ja», stimmte er grinsend zu, «reizendes Kerlchen, nicht wahr?» Er reckte sich und schaute sich im Zimmer um. «Ihre Wohnung gefällt mir.»

«Ich bin müde», wiederholte ich. Er hatte mir eine Menge zum Nachdenken gegeben. Hoffentlich würde ich schlafen können.

«Ich auch», sagte er, aber er reagierte nicht auf den Wink mit dem Zaunpfahl, stand nicht auf, um zu gehen.

Ich hoffte nur, daß Roz ihn nicht eingeladen hatte, die Nacht bei ihr zu verbringen. Wieder war ich mir seines Schenkels nur zu bewußt, der mir jetzt erheblich näher gerückt war als nötig.

Er sagte: «Es sind die kleinen Fabriken, die heutzutage die Frauen beschäftigen. Die Männer arbeiten zum größten Teil auf den Rennbahnen, in den Ställen. Die Bezahlung ist miserabel, und die Bosse behandeln diese armen Schlucker wie den letzten Dreck.» Er seufzte tief. «Irgend jemand muß damit Schluß machen, wissen Sie. Das ist ja alles gut und schön, sich zurückhalten und nicht die Hände schmutzig machen zu wollen, aber auf lange Sicht geht das leider nicht.»

«Ja, wahrscheinlich», sagte ich widerwillig. Ich hörte ihm nur mit halbem Ohr zu, so gottverdammt müde war ich.

Und da saß er ausgestreckt auf meiner Couch, völlig locker und entspannt, mit seinem gedehnten Südstaatenakzent und seinem netten Lächeln, sah unerschütterlich und ruhig aus, als hätte der Abend gerade erst angefangen. Wenn er nicht so verdammt gut ausgesehen hätte, hätte ich ihn auf der Stelle vor die Tür gesetzt.

Er nahm sein Glas vom Tisch. «Könnten Sie mir noch mal nachschenken?»

«Von was?»

«Roz und ich haben uns einen *Rolling Rock* geteilt.»

«Nur einen Drink», sagte ich. «Dann gehe ich schlafen.»

«Okay, nett von Ihnen. Ist manchmal verdammt einsam da draußen. Hab nicht besonders viele neue Freunde gefunden, seit ich hergezogen bin. Anders als Jamieson.»

«Fühlen Sie sich wie ein Außenseiter?»

«Bin ich auch, Yankee. Bei meinem Akzent denken doch die Leute, mit denen ich arbeite, ich müßte mich selbst beim INS melden. Außerdem halten sie mich für leicht zurückgeblieben, weil ich nicht wie ein Schnellfeuergewehr quasseln kann.»

Ich holte das Bier aus der Küche. Als ich zur Tür ging, hörte ich ein Huschen im Treppenhaus – wahrscheinlich T. C., der bislang noch nicht aufgekreuzt war, um mich mit seinem üblichen kläglichen Miauen zu begrüßen. Vielleicht hatte er Angst vor Clinton. Wahrscheinlich war er aber nur eifersüchtig.

«Woher kommen Sie?» fragte ich Clinton, als ich ihm sein Glas reichte. Als er es nahm, berührten sich kurz unsere Hände.

«Tja, aus Texas natürlich, Ma'am. Woher sonst?»

«*¿Habla español?*»

«Als wär's meine Muttersprache, Ma'am.»

«Wieso arbeiten Sie nicht in Brownsville?»

«Ich wurde es satt, Leute über die Grenze zu jagen. Ich habe Verwandte hier oben ...»

«Soviel zu der Ich-bin-hier-so-einsam-Nummer.»

«Familie ist nicht alles», sagte er. «Es fällt mir schwer, diese Yankee-Maiden kennenzulernen.»

«Nennen Sie sie nur weiter Maiden, und es wird todsicher auch so bleiben», sagte ich. «Ich habe ja gesehen, wieviel Schwierigkeiten Sie bei Roz hatten. War wirklich unnahbar.»

«Ist sie so was wie eine Malerin? Sie hat mich eingeladen, mir oben ihre Bilder anzusehen.»

«Was man sich auf keinen Fall entgehen lassen sollte», meinte ich trocken.

«Künstler sind schon komisch», sagte er. «Ich persönlich hatte schon immer eine Schwäche für Volleyballspieler.»

«Spielen Sie auch?»

«Mein Spiel heißt Basketball. Früher wenigstens. Auf dem College. Heute bin ich zu alt für College-Basketball ... und für College-Verabredungen.»

Was mich an eine klagende Blues-Zeile erinnerte: «Zu alt fürs Waisenhaus, zu jung fürs Altersheim.» Ich grinste.

«Wollen Sie damit vielleicht irgendwas andeuten?» fragte ich.

«Yeah», sagte er, «das will ich. Sehen Sie, wie helle ihr Yankees seid? Sind Sie verheiratet oder so?»

Ich zögerte eine Sekunde zu lange. «Ich bin mit jemand liiert», sagte ich.

«Fest und ausschließlich, hmh?»

«Er ist eine Weile nicht in der Stadt.»

«Weit weg?»

«Weit weg», bestätigte ich.

«Gut», sagte er, «dann würden Sie vielleicht am Freitag mit mir essen gehen? Samstag ginge auch. Falls Sie sich am Freitag die Haare waschen müssen.»

Ich lächelte. «Und wenn ich am Samstag meine Nägel maniküren muß?»

«Ich wüßte nicht, was Sie mit denen groß machen sollten, kurz und unlackiert, wie sie nun mal sind.»

«Also Samstag», sagte ich und bat Sam stumm um Entschuldigung. Er wußte ja nicht mal, wann er zurückkommen würde. Was erwartete er denn, verdammt noch mal.

«Ich freue mich drauf.»

«Ich auch.»

«Und denken Sie auch an das andere, was ich Ihnen gesagt habe, nicht nur an mein hübsches Gesicht, okay?»

«Wann ist die Razzia?» fragte ich.

«Bald. Sofern uns nicht irgendwas einen Strich durch die Rechnung macht. Sorgen Sie dafür, daß Sie es nicht sind, okay?»

Ich nickte geistesabwesend, gähnte und sagte, es wäre jetzt Zeit, sich zu verabschieden. Ein Teil von mir wollte ihn nur ungern gehen lassen. Als ich ihn zur Tür brachte, streckte er seine Hand aus, hob mein Kinn und gab mir einen zärtlichen Kuß auf meine lädierte Wange. Es war überraschend angenehm. Ich drehte etwas den Kopf und bot ihm meine Lippen an. Und wie zwei unbeholfene Teenager bei ihrer ersten Verabredung küßten wir uns eine Weile auf der Veranda vor dem Haus.

Er sagte: «Ich habe eine meiner Karten auf dem Tisch in der Diele liegenlassen. Falls du die andere weggeworfen hast.»

Ich fragte mich, ob er Roz auch geküßt hatte.

Ich kehrte ins Haus zurück und schloß die Tür, lehnte mich gegen das glatte Holz. Schnell verriegelte ich die Tür, um nicht auf der Stelle rauszulaufen und Clinton nach oben einzuladen. Seine Küsse, seine Hände, sein merkwürdig moschusartiger Geruch ließen mich jetzt heftiger atmen, machten mir bewußt, wie lange Sam schon fort war.

Ich wählte Martas Nummer. Paolina war noch nicht zurück, und Marta war hin und her gerissen zwischen Wut und Besorgnis. Ich spielte ihr das Band vor. Es beruhigte sie nicht. Sie warf mir vor, ihr die Tochter gestohlen, das

Band gefälscht zu haben und Paolina in meinem Haus zu verstecken. Ich warnte sie, nicht mehr in die Fabrik zu gehen. Ich bin nicht sicher, ob sie mich gehört hat.

Als ich sie endlich losgeworden war, waren all meine Sorgen um Paolina wieder da. Ich hatte gehofft, mit nichts als der Erinnerung an Harry Clintons Küsse auf meinen Lippen einzuschlafen. Aber selbst dafür war ich viel zu müde. Kaum war ich ins Bett gestiegen, umhüllten mich die kühlen Laken und zogen mich in den Schlaf.

25

Ich schlief fast bis Mittag, wodurch ich sofort wieder ein schlechtes Gewissen bekam, da ich das von Kristy angesetzte Training verpaßt hatte. Normalerweise bin ich immer recht früh auf. Normalerweise packe ich meine Tage auch nicht mit so vielen Terminen voll. Ich kuschelte mich unter die Laken und ließ Gesichter durch mein Gedächtnis wandern wie die Bilder auf einer Endlosschleife eines grobkörnigen Films. Jamieson, Mooney, Hunneman, Lilia, Marta, die Frau im *Herald*. Die Frau im *Herald* ... Ich schlug die Augen auf und warf einen Blick auf die Uhr neben meinem Bett. Noch jede Menge Zeit. Ich schloß die Augen wieder. Die Gesichter, die sich hielten, waren die von Paolina und Clinton.

Und die Frau, die mir gesagt hatte, ihr Name sei Manuela Estefan.

Barfuß trottete ich zur Kommode und konnte das Telefonbuch nicht finden. Es sollte eigentlich immer neben dem Telefon liegen, was allerdings nur selten der Fall ist. Vielleicht porträtierte Roz das Ding gerade irgendwo. Ich rief die Auskunft an und erhielt die Nummer von Paolinas Schule. Ich bat die Frau, die sich dort meldete, mich mit der Aufsichtslehrerin zu verbinden, ohne wirklich zu wissen, ob es so was überhaupt gab. Doch sie verband mich mit einer anderen Stimme, und ich erkundigte mich, ob sie vielleicht überprüfen könne, ob Paolina dort war.

Sie konnte und tat es; Paolina war nicht in die Schule gekommen. Sie wollte mir sofort ein paar Fragen stellen, aber ich legte auf.

Geduscht und angezogen ging ich nach unten, um was zu essen aufzutreiben, wollte auf dem Weg in die Küche nachsehen, ob Clintons Karte auf dem Tisch in der Diele lag. Sie war weg. Die gute alte Roz. Ich stand eine ganze Weile vor dem Kühlschrank, bevor ich mich für Cornflakes entschied, die nicht appetitlich aussahen und genauso schmeckten. Ich brauchte die letzte Milch auf, also ging ich zum Kühlschrank, um sie auf den Einkaufszettel zu setzen.

Ich kritzelte meinen Zusatz darunter und warf einen Blick auf unsere Nachrichtenzentrale an der Kühlschranktür. Sie war voller verfallener Lebensmittelgutscheine, Speisekarten von Fast-Food-Restaurants und uralten Postkarten. Ich beschloß, Roz zu sagen, sie sollte hier mal ausmisten. Und dann sah ich es.

An einem der Magnete hing ein Fisch aus Golddraht, Paolinas Fisch. Ich zerbrach mir den Kopf, wann sie das letzte Mal hiergewesen war. Wann hatte ich das letzte Mal wirklich einen Blick auf die Kühlschranktür geworfen? Ich konnte mich nicht erinnern, aber den Fisch hätte ich todsicher bemerkt.

Paolina besaß einen eigenen Haustürschlüssel. Paolina konnte zu Fuß von Martas Wohnung hergekommen sein,

ein ziemlich langer Spaziergang. Sie konnte die U-Bahn genommen haben. Ich schüttelte bewundernd den Kopf. Das Mädchen war schon in Ordnung. Sie wußte, wo sie sicheren Unterschlupf finden konnte. Genau, wie sie es mir am Telefon gesagt hatte.

Die Erleichterung verwandelte sich innerhalb weniger Sekunden in Wut. Ich ließ das Frühstücksgeschirr auf dem Tisch stehen und rannte die Treppe nach oben.

«Paolina!» brüllte ich. «Ich weiß, daß du hier bist. Komm sofort raus.»

Aus einem der Zimmer, die ich früher mal an Harvard-Studenten vermietet hatte, hörte ich ein Geräusch. Es war ein Raum, den ich jetzt Arbeitszimmer nenne, auch wenn ich ihn nicht besonders oft benutze. Wieder rief ich Paolinas Namen, drückte die Tür vorsichtig ein Stück auf.

T. C., die Katze, kam herausgeschlendert, reckte hochnäsig Kopf und Schwanz. Im Zimmer selbst keinerlei Anzeichen eines Bewohners.

Ich erinnerte mich an das Huschen, das ich vergangenen Abend gehört hatte, während ich Clinton das Bier holte. T. C. oder Paolina?

Schnell durchsuchte ich den Rest der ersten Etage, gelangte zu dem Schluß, daß sie bei Roz gewesen sein mußte, und wurde sofort wieder sauer. Ein zehnjähriges Mädchen ist die ganze Nacht nicht zu Hause, und Roz hält es vor mir geheim. Wütend über ihre Verantwortungslosigkeit stapfte ich die Treppe hinauf.

Ich klopfte laut an ihre Schlafzimmertür, trat ein.

Es sah aus, als hätten wir das ganze Haus für uns allein, ich und die Katze und der Vogel. Sonst kein Mensch in der Nähe. Auf einer der Gymnastikmatratzen lag eine zusätzliche Decke. Ich berührte die rauhe gelbe Wolle und wünschte, Paolina läge immer noch im Schutz ihrer

Wärme. Nicht das eigenartige, feindselige Kind der letzten paar Monate, sondern das kleine Mädchen, das sich irgendwo in dieser harten neuen Schale versteckte.

Ich hoffte, daß Roz dem Mädchen ein Frühstück gemacht hatte, doch wahrscheinlicher war, daß Paolina Roz ans Essen erinnert hatte. Schnell durchsuchte ich das Zimmer und fand weder Kleider noch Bücher von Paolina. Ich suchte nach Haaren von ihr und fand zwei in Roz' Haarbürste. Sie fielen unter den blonden Haaren sofort auf. Was mir als Beweis genügte.

Ich erinnerte mich an Martas schroffe Worte am Telefon gestern abend, rannte im Staccato die Treppe hinunter zum nächsten erreichbaren Telefon und wählte ihre Nummer.

Ein Schwall spanischer und englischer Worte brach über mich herein, als Marta mich erkannte. Ich hatte Schwierigkeiten, ihr zu folgen, doch ich bekam mit, daß Paolina nicht nach Hause gekommen war, nicht in die Schule gegangen war und daß sie jetzt die Polizei anrufen mußte, egal, was die mit ihr machen würden. Und wenn sie sie wegen Vernachlässigung ihrer Erziehungspflichten anzeigen würden; warum sie so was tun sollten, wüßte sie allerdings nicht, denn was würde dann aus ihren Jungs und was ...

Ich unterbrach ihren wüsten Redeschwall, erklärte, was ich herausgefunden hatte. «Meinen Sie, ich soll die Polizei rufen?» fragte sie.

«Wahrscheinlich wird sie heute abend wieder hierherkommen. Sie weiß nicht, daß ich Bescheid weiß.»

«Dann werden wir warten», sagte Marta grimmig.

«Haben Sie Lilia angerufen?»

«Warum?»

«Sagen Sie ihr, sie soll sich krank melden, okay?»

«Sie haben's getan, richtig? Sie sind zur Polizei gegangen.»

«Nein, es hat nichts mit mir zu tun. Ich hab nur was gehört. Lilia sollte besser für eine Weile da nicht mehr hingehen.»

«Werd versuchen, sie zu erreichen.»

«Danke, Marta.»

«Sie rufen mich an, sobald Paolina kommt. Ich habe ihr was zu sagen. Unter vier Augen.»

«Mach ich.»

Ich legte auf und sah auf meine Uhr. Die Zeit wurde langsam knapp. Ich musterte meine Kleidung und zog die Jeans aus. Statt dessen entschied ich mich für eine khakifarbene Stoffhose, ein Hemd mit Dschungelmuster, eine olivfarbene Strickjacke. Meine Haare steckte ich unter eine Schlägerkappe. Wir Bostoner Cabbies haben unsere Kleiderordnung.

26

Den ganzen Weg rüber zu *Green & White* drückte ich mir die Daumen. Gloria hatte mir keinen Wagen versprochen. Gloria verspricht nur äußerst selten irgendwas, aber fast immer hielt sie ihr Wort.

Als ich ins Büro kam, telefonierte sie gerade. Wenn ich an Gloria denke, ist ein Telefon fester Bestandteil des Bildes, als wäre ein Hörer für immer zwischen Schulter und Hals festgeschweißt. Etwas Eßbares gehört auch zu diesem Bild.

Neben einem geöffneten Glas Erdnußbutter stand eine Riesenpackung *Tootsie Rolls* auf ihrem Schreibtisch. Während ich zuschaute, sprach sie in den Hörer, schälte ein *Tootsie Roll* aus der Packung und stopfte es dann in das Glas mit der Erdnußbutter. Der Keks kam mit einer ordentlichen Ladung einer gelblichen Schmiere an einem Ende wieder zum Vorschein. Diese Schweinerei stopfte Gloria sich dann in den Mund und redete dabei munter weiter ins Telefon. Ich schwöre, sie ließ nicht eine Silbe aus. Ich verstehe das nicht, aber ich hab's mit eigenen Augen gesehen. Ich kriegte Zahnschmerzen dabei.

Gloria sollte ein Kochbuch schreiben: *Junk-Food-Genüsse – Kreationen, auf die Ihr Siebenjähriger nie gekommen wäre.*

Sie legte auf und schenkte mir ein strahlendes Lächeln. Ihre Zähne waren verblüffend weiß.

«Hab einen Wagen für dich», sagte sie. «Wann bringst du ihn zurück? Oder sollte ich nicht fragen?»

«Frag nicht.»

«Bring ihn mir heil zurück», befahl sie. «Und dich auch.»

Gloria hatte nicht vergessen, daß mich mal jemand in einem *Green & White* von der Straße gedrängt hatte.

«Hör zu», sagte ich, «falls Paolina anruft oder vorbeikommt, bringst du sie irgendwo unter, okay? Sie hat Ärger zu Hause.»

«Mehr willst du mir wahrscheinlich nicht erzählen?»

«Sie ist gestern weggelaufen, war letzte Nacht in meinem Haus, nur daß ich nichts davon wußte.»

«Und dabei bist du Privatdetektiv», brummte Gloria. «Ich hab doch schon immer gesagt, dieses Mädchen ist clever.»

«Ja», sagte ich, «das ist sie. Und sie wird sich vielleicht auch denken, daß ich dahinterkomme, wenn sie länger als eine Nacht bleibt. Also, falls sie zu dir kommt, verständigst du mich sofort, okay?»

«Wenn sie das aber nicht will?»

«Gloria, sie ist noch nicht mal elf Jahre alt. Du kannst ihr erzählen, was du willst, aber sag mir Bescheid. Es geht um ihre Sicherheit, alles klar?»

«Willst du mir etwa sagen, es ist in Ordnung, jemanden anzulügen, solange er nur jung genug ist?»

«Scheiße, Gloria», erwiderte ich, während ich mir einen Schlüssel vom Brett nahm, «ich will dir überhaupt nichts sagen. Wäre doch sowieso nur Energieverschwendung.»

«Das sind die richtigen Schlüssel», rief sie mir nach. «Angenehme Fahrt. Irgendwas Neues von Sam?»

Ich tat so, als hätte ich nichts gehört.

Der Wagen war einer von Glorias neueren Fords, einigermaßen geräumig, mit einer schwammigen Lenkung und miesen Bremsen. Ich schaltete den Funk aus und meinen Kassettenrecorder ein, entschied mich für eine alte Biograph-Blues-Sammlung. Die Lautstärke drehte ich voll auf und ließ die Reifen quietschen, als ich vom Parkplatz fuhr. Ich hoffte, daß Gloria mich hörte, aber wahrscheinlich hing sie schon wieder am Telefon und stopfte *Tootsie-Roll*-Erdnußbutter-Pampe in sich rein.

Bei einem *Dunkin' Donuts* hielt ich kurz an, kaufte mir ein halbes Dutzend verschiedener Doughnuts und zwei große Becher Kaffee. Aus einer Telefonzelle rief ich die Anzeigenabteilung des *Herald* an und teilte Helen mit, sie solle runter auf die Straße kommen und auf ein *Green & White*-Cab mit der Nummer 34 warten. Sie kicherte, was ich nicht als ermutigende Reaktion auffaßte.

Ich grübelte darüber, ob ich sie vorne oder hinten sitzen lassen sollte. Ein Taxi mit zwei Leuten vorne sieht komisch aus. Aber ein Fahrgast, der am Taxistand in der Nähe der Kissenfabrik herumlungerte, würde auch ein bißchen komisch wirken. Also winkte ich sie neben mich nach vorne. Glorias Cabs haben ausnahmslos eine Plastiktrennscheibe, die den Fahrer vor Kugeln schützen sollen und effektiv jede Unterhaltung unterbinden.

«Hätte Sie fast nicht erkannt», meinte sie.

Manchmal glaube ich, wenn ich mir die Haare färben würde, würden mich nicht mal meine besten Freunde erkennen. Man gewöhnt sich so sehr daran, immer dieses Rot zu sehen, daß es schon eine dramatische Veränderung ist, wenn ich mir die Haare nur unter einer Kappe hochstecke.

Ich jedenfalls erkannte sie wieder. Sie trug immer noch hauptsächlich Schwarz, aber dieses Mal waren es hautenge schwarze Jeans und ein T-Shirt in Neon-Chartreuse, darüber ein schwarzer Pullover, der aussah, als hätten sich Motten an seinen Ellbogen gütlich getan. In ihren pechschwarzen Haaren hatte sie chartreusefarbene Bänder eingeflochten. Diese Frau war offensichtlich konservativ. Roz hätte sich chartreusefarbene Strähnen reingesprüht.

Ich drehte die Musik leiser, einen schönen Robert-Johnson-Riff.

«Woher haben Sie das Cab?» fragte sie. «Geklaut?»

«Keine Panik», sagte ich. «Uns wird schon keiner verhaften.»

«Wie lange soll das hier dauern?»

«Kommt ganz drauf an, wieviel Glück wir haben. Wir werden an einem Taxistand parken, und Sie sehen sich ein paar Frauen an und sagen mir, ob diejenige dabei ist, die gestern den Brief vorbeigebracht hat, und dann bekommen Sie Ihr Geld. Ich will nicht, daß Sie einfach irgendwen identifizieren ...»

«He, so was würde ich nie tun.»

«Gut. Wenn Sie sich nicht sicher sind, sagen Sie es einfach. Von jeder, die es Ihrer Meinung nach gewesen sein könnte, mache ich sofort ein Foto.» Ich deutete auf die Kamera, die ich auf das Taxameter gelegt hatte.

«He, das könnte ich auch machen», sagte sie. «Ich bin eine ausgezeichnete Fotografin.»

Und ich dachte, der Ausdruck ihres künstlerischen Talents würde sich auf die Zuckerstangenstreifen auf ihren Fingernägeln beschränken.

«Also, ich wäre schrecklich gern Fotografin geworden», fügte sie hinzu, «aber damit kann man kein richtiges Geld verdienen.» Sie schnappte sich die Kamera. «Sie hätten ein Stativ mitbringen sollen.»

«Ich weiß. Wäre bloß ein bißchen auffällig, dachte ich.»

Sie hielt die Kleinbildkamera an ihr Auge. «Gutes Objektiv hat das Ding ja», sagte sie.

Ich hatte mir die Kamera von Roz ausgeliehen. Sie würde die Aufnahmen entwickeln. Gegen Bezahlung.

«Besser, wenn ich die Aufnahmen mache», sagte ich. «Sie konzentrieren sich voll auf die Gesichter.»

Auf der Fahrt zu Hunneman's erklärte ich ihr kurz, wie ich mir die Sache dachte. Sie stellte nur sehr wenige Fragen, hauptsächlich bezüglich Zeit und Geld – ihres und meines.

Ich atmete erleichtert auf, als ich sah, daß der Taxistand frei war. Ich hatte weder Lust auf eine kumpelhafte Unterhaltung mit einem Fahrer von *Town Taxi* noch auf irgendeine Art von Konkurrenzsituation. Ein Taxistand für einen Wagen in einem schlechten Teil der Stadt brachte höchstwahrscheinlich keinen ausreichenden Tagesverdienst ein. Ich fragte mich, ob ihn überhaupt jemals jemand anfuhr, und hoffte, daß der INS sich ihn nicht als Platz für seine Observation ausgesucht hatte.

Eine ausgezeichnete Position, um die Bushaltestelle im Auge zu behalten. Falls die Lady in einem Wagen fortfuhr, könnte es ein bißchen schwieriger werden. Ich zerrte ein Fernglas aus meiner Handtasche, und Helen brauchte eine ganze Weile, bis sie die Schärfe richtig eingestellt hatte. Ich sagte ihr, sie solle es so wenig wie möglich benutzen, nur für die Frauen auf dem Parkplatz.

Hunneman's fensterlose Fassade erleichterte es, unbeobachtet zu bleiben, aber ich schaute mich immer wieder nach Autos der Telefongesellschaft, irgendwelchen unauffälligen Lieferwagen oder anderen Fahrzeugen um, die der INS benutzen konnte. Ich wollte auf keinen Fall von Clinton dabei erwischt werden, wie ich seine Aufforderung mißachtete.

Die Luft in der Taxe wurde stickig, und ich kurbelte mein Seitenfenster runter. Ich instruierte Helen, nicht auf die Frau zu zeigen, mir statt dessen nur die Kleidung derjenigen zu beschreiben, die ich fotografieren sollte. Ich warnte sie vor, daß die Frauen ziemlich schnell aus der Tür herauskommen würden. Wir aßen Doughnuts und tranken Kaffee. Sie verlangte keine anspruchsvolle Unterhaltung, und dafür war ich ihr dankbar.

Ich warnte sie auch, was die Kopftücher betraf.

«Ich halte mich an die Augen und Haare», sagte sie.

«Glauben Sie, Sie schaffen es?»

«Ich habe das Auge eines Fotografen», prahlte sie. «Wenn sie vorbeikommt, müssen Sie bloß schußbereit sein.»

Hunneman's Tür öffnete sich weit. Instinktiv machte ich mich kleiner.

«Tiefer in den Sitz», fauchte ich Helen an. «Sie sollen sie sehen, ohne selbst dabei gesehen zu werden.»

«He, Moment», sagte sie. «Das sind aber viele.»

«Schauen Sie sich eine nach der anderen an. Zuerst diejenigen, die Richtung Parkplatz verschwinden.»

«Scheiße», flüsterte Helen. Das war dann alles, was sie die nächsten fünf Minuten von sich gab.

«Karierter Rock, hellblaue Bluse», sagte Helen. «Drei Meter auf dem Bürgersteig vor dem Gebäude.»

«Sicher?»

«Verdammt, nein, von denen, die ich gesehen habe, kommt die nur am nächsten ran.»

Sie ging auf die Bushaltestelle zu. Ich stellte das Objektiv scharf und knipste durch die Windschutzscheibe, hoffte, daß das Gegenlicht mir nicht die Aufnahme versauen würde.

«Grüne Bluse», sagte Helen. «Die könnte es sein. Haben Sie sie?»

Noch eine, die zur Bushaltestelle ging. Ich hoffte nur, der Bus würde sich noch etwas Zeit lassen, bis er eintrudelte. Von dem karierten Rock machte ich eine weitere Aufnahme. Die Bildgestaltung würde Roz nicht gefallen.

«Die mit dem beige geblümten Kleid», sagte Helen.

«Also, welche ist es denn nun?»

«Ich gebe mir ja Mühe», sagte sie.

Ich fragte mich, ob ich mehr Filme hätte einstecken sollen. Die dritte Lady ging zu einer zweiten Bushaltestelle auf der anderen Straßenseite. Aus den Augenwinkeln heraus sah ich Lilia. Marta hatte sie heute nicht zurückhalten können.

«Es ist nicht zufälligerweise diejenige, die jetzt auf dem Parkplatz in den grauen Chevy steigt, oder?» fragte ich.

«Nee.»

Dafür war ich richtig dankbar.

Die Menge zerstreute sich. Der Bus für die Haltestelle auf der anderen Straßenseite kam.

«Welche von den dreien ist es am ehesten?» fragte ich.

«Die grüne Bluse.»

«Wieso?»

«Ich weiß nicht. Ich bin nicht sicher. Ihr Gang.»

Das geblümte Kleid verschwand im Bus.

Im Rückspiegel sah ich einen weiteren Bus anrollen. Die Frauen drängelten auf die Straße hinaus, umklammerten ihre Handtaschen.

«Tja, das war's dann.» Helen gab einen tiefen, erleichterten Seufzer von sich. «Die Türen sind schon vor einer ganzen Weile geschlossen worden.»

Die Frauen strömten in den Bus.

«Sehen Sie sich die beiden noch mal an», sagte ich.

«Ja», sagte sie. «Ich glaube, es ist die mit der grünen Bluse, aber hundertprozentig sicher bin ich nicht.»

Der Bus fuhr an. Ich drehte den Zündschlüssel und folgte ihm.

«He...», protestierte Helen.

«Ich weiß, das war nicht abgemacht.» Ich kramte das vereinbarte Geld aus der Tasche, legte noch einen Zehner drauf. «Ich werde Sie an der nächsten Ampel rauslassen. Nehmen Sie sich eine Taxe oder so. Wenn ich Sie wieder brauche, melde ich mich.»

Gehorchen konnte sie. Sie legte das Fernglas auf den Sitz und die Hand auf den Türgriff, bereit, hinauszuspringen und loszudüsen.

Sobald ich an der Ecke North Beacon und Market hielt, war sie auch sofort aus dem Auto.

Der Bus bog links ab, und ich ebenfalls.

27

Sobald ich Helen abgesetzt hatte, wechselte ich die Kassette und drehte die Lautstärke meines Blasters wieder hoch. Rory Block kam laut und deutlich, sang davon, einen Jungen vom Land mit Heu in seinen Haaren zu lieben. Meine Mütze begann zu drücken, also zog ich sie ab und schüttelte meine Haare aus.

Busse sind nicht schwer zu verfolgen. Bei ihren festgelegten Fahrplänen, ihrer gewaltigen Größe und dank entgegenkommender städtischer Angestellter, die auf jeden einzelnen Nummern malen, kann man sie kaum verlieren. Aber es hat auch seine Nachteile. Dieser hier, nicht gerade einer der Neuanschaffungen der Stadt, machte einen fürchterlichen Gestank. Ich fiel immer weiter zurück, doch die Abgase blieben überwältigend, und ich mußte durch den Mund atmen.

Der kitzlige Teil bestand darin, die Bushaltestellen im Auge zu behalten. An den ersten auf der Market Street stiegen nicht viele Leute aus, was die Sache erleichterte. Außerdem können Cabs in Boston so unberechenbar fahren, wie sie wollen – der Vorteil eines schwer erkämpften Rufes. Ich habe schon erheblich seltsamere Aktionen von Taxis gesehen, als plötzlich zehn Meter hinter einem Bus anzuhalten. Ich meine, irgend so ein verzweifelter Cabbie könnte doch hoffen, einer der schwer bepackten Frauen aus dem Bus könnte der Nachhauseweg zu Fuß zu anstrengend sein.

Ich hatte mich immer noch nicht entschieden, ob ich Grüner Bluse oder Kariertem Rock folgen sollte. Helen hatte Grüne Bluse zu ihrem Spitzenkandidaten gekürt, aber besonders sicher hatte sie nicht geklungen.

Mit der Route des Busses war ich nicht vertraut. Ich glaubte, eine Menge verschiedener Linien müßten die

Market Street ein Stück herunterrumpeln, bevor sie ins Brighton Center, in die Cambridge Street oder sogar in die Newton einzogen. Hoffentlich war der Busfahrer einer von diesen seltenen Samaritern, die Blinken für notwendig halten. Auf jeden Fall hielt der Fahrer nichts davon, ganz auf die rechte Spur zu wechseln, um seine Fahrgäste aussteigen zu lassen. Ich meine, wozu die Mühe, wenn man die ganze Straße blockieren kann? Daher war es doch nicht so schwierig, die aussteigenden Leute zu überprüfen. Manche der Hunneman-Frauen erkannte ich an den Tüchern um ihren Hals. Meine beiden Zielpersonen blieben an Bord.

In Brighton Center betätigte der Bus den linken Blinker und hielt prompt rechts. Ein blauer Plymouth hupte, während sein Fahrer einen Finger aus der Seitenscheibe stieß. Flüchtig sah ich, daß Grüne Bluse auf die Straße trat.

Schnell setzte ich mich hinter den Bus und ließ das Cab stehen. Ich war schon auf der Straße, bevor ich über die Zulässigkeit des Manövers nachdenken konnte.

Grüne Bluse schwatzte an der Bushaltestelle mit einer anderen Frau, lächelte und redete. Ich lungerte in der Nähe herum, beobachtete in einer Schaufensterscheibe ihr Spiegelbild. Einundzwanzig könnte so ungefähr hinkommen, dachte ich. Sie hatte ein faltenloses rundliches Gesicht, das fast nur aus Augen und Wangen bestand, ohne darunter Knochen erkennen zu lassen. Die grüne Bluse war unordentlich in einen rostfarbenen Rock mit einem zu engen Bund gesteckt worden. Entweder hatte sie sich den Rock geliehen, oder aber die Frau hatte zugenommen.

Sie verabschiedete sich von ihrer Freundin und wollte losgehen. Ich drehte mich um. Unsere Blicke trafen sich.

Sie schnappte nach Luft, ein Geräusch, das noch in zehn Meter Entfernung deutlich zu hören war, und floh, ließ ihre

Begleiterin mit offenem Mund zurück. Beinahe hätte ich genauso reagiert. Ich hatte nicht damit gerechnet, daß die Frau mich kannte. Sonst wäre ich ganz anders vorgegangen.

Ich rannte hinter ihr her.

Sie zögerte einen Augenblick, stürmte dann in einen *Woolworth*. Ich fluchte. Ein großes Geschäft voller Gänge und Menschen war genau das, was mir fehlte. Ich drängte mich an einer Nonne vorbei hinein, die sich gerade einen *3-Musketiere*-Riegel kaufte. Die vielen Fluchtmöglichkeiten machten mich ratlos. War Grüne Bluse in den Gang mit den Pflanzen, in die Handarbeitsabteilung oder zu den Haushaltswaren verschwunden? Ich entschied mich für den mittleren Gang, den Weg des geringsten Widerstandes, kämpfte mich bis in den hinteren Teil des Ladens durch, wo die Kanarienvögel und Wellensittiche in ihren Käfigen herumhampelten und trällerten. An jeder Kreuzung mit Seitengängen warf ich einen Blick nach links und rechts. Keine Grüne Bluse.

Als nächstes umrundete ich einmal gegen den Uhrzeigersinn den ganzen Laden, sah in jeden einzelnen Gang. Unter einer Theke entdeckte ich den Schuh einer Frau, schlich mich heran und erschreckte eine Angestellte des Geschäftes. Beinahe wäre ich über einen Ständer mit Schirmen gestolpert.

Ich kehrte zum Vordereingang zurück, tigerte dort fünfzehn Minuten auf und ab und behielt alle hinausgehenden Kunden im Auge. Und dann kam mir die großartige Idee, danach zu fragen, ob es noch einen anderen Ausgang gebe.

Nur für die Angestellten, klärte mich die Frau hinter der Theke auf. Ich drehte eine weitere Runde und erhielt, was ich erwartet hatte. Nichts.

Verdammt, die Frau mußte von dem Angestelltenausgang gewußt haben und dort wieder hinausgegangen sein.

Nun, ich hatte wenigstens ihr Foto. Das konnte ich Marta zeigen, und die würde mir eine wertvolle Spur liefern.

Klar. Bis jetzt war Marta ja verdammt kooperativ gewesen.

Ich kehrte zu meinem Taxi zurück. Hinter dem wartete eine ganze Schlange wütender Autos. Jeder hupte erst mal ausgiebig, bevor er endlich aufgab und auf die mittlere Spur einscherte. Ein grauhaariger Mann in einem dreiteiligen Anzug beugte sich über die getönten Scheiben aus seinem BMW und klärte mich darüber auf, was verdammt noch mal mit der Welt im allgemeinen und mit Leuten wie mir im speziellen nicht in Ordnung war.

Er hatte ja so recht.

28

Roz war in der Küche und sorgte mit Erdnußbutter für den nötigen Energienachschub, als ich die Küchentür als feindselige Begrüßung zuknallte.

Sie machte sich gar nicht erst die Mühe, sich umzudrehen. Sie hockte vor dem offenen Kühlschrank, setzte ihn als Klimaanlage ein, während sie die Erdnußbutter mit dem Finger direkt aus dem Glas in den Mund beförderte. Ich bekam einen guten Blick auf ihren Hintern, der in hautengen schwarzen Leggings steckte. Ich hantierte an der Spüle herum, in der sich schmutziges Geschirr türmte. Ich mache nie den Abwasch; das ist ihr Job.

«Du wirst noch was kaputtmachen», sagte Roz schließlich, als das Geschepper zuviel für ihre Nerven wurde.

«Ja», brummte ich, «aber wenigstens sind sie anschließend sauber.»

«Laß es stehen. Ich mach's schon.»

«Dieses Jahr noch?»

«Ooooh, schlechten Tag gehabt, was?»

«Ja.»

«Vielleicht kann ich ...»

Ich drehte mich zu ihr um. Inzwischen war sie aus dem Kühlschrank herausgekommen und leckte sich den Zeigefinger ab.

«Du kannst versuchen, mir das mit Paolina zu erklären», sagte ich. «Aber ich hab so meine Zweifel, daß es dir gelingen wird. Scheiße, Roz, ich habe mir die ganze verdammte Nacht den Kopf zerbrochen, wo sie stecken könnte. Ich habe mir Sorgen gemacht ...»

«Sie hat geschworen, sie würde sofort verschwinden, wenn ich irgendwem was erzähle. Irgendwem einschließlich dir. Ich dachte ...»

«Du hättest das Denken lassen und es mir sagen sollen.»

«Ich wollte, daß sie mir vertraut. Sie brauchte jemanden, dem sie vertrauen konnte. Sie ist völlig durcheinander.»

Ich schüttelte Wasser von ein paar Besteckteilen, warf das Zeug unsortiert in eine Schublade und knallte sie zu.

«Und? Wo ist sie?» wollte ich wissen.

«Keine Ahnung», sagte Roz verlegen und starrte auf den Fußboden. Wenn sie das Linoleum öfter anglotzte, dachte ich, würde sie vielleicht inspiriert werden, es mal zu wischen.

«Du lügst», knurrte ich. «Sie hat dich bekniet, mir nichts zu sagen.»

«Ehrlich, ich habe wirklich keinen Schimmer», behauptete sie. «Ich würd's dir bestimmt sagen, wenn's anders wäre.»

«Wie gestern abend.»

«Wenn du Streit anfangen willst, bitte, aber ich weiß trotzdem nicht, wo sie ist.»

«Weißt du, wann sie wieder zurückkommt?»

«Ich weiß nicht mal, ob überhaupt. Sie war schon weg, als ich heute morgen aufgestanden bin.»

«Du hast ihr nicht mal Frühstück gemacht?»

«Sie war schon weg, Carlotta. Himmel, was willst du denn von mir hören?»

«Scheiße.» Ich ließ mich auf einen Stuhl am Küchentisch fallen.

«Was ist überhaupt los?» fragte Roz.

«Gute Frage.» Ich ließ meine Hand über die Tischplatte gleiten. Sie war schmutzig und klebrig. Eine Auseinandersetzung zwischen Roz und mir über Hausarbeit war mal wieder überfällig. Ich bin wirklich nicht pingelig, aber so langsam gerieten die Dinge außer Kontrolle. Vielleicht hatte Roz ja vor, eine Gemäldeserie über Küchenschmiere zu machen. «Sie hat mitbekommen, wie ihre Mom ein paar ekelhafte Sachen über sie gesagt hat. Aber da ist noch was anderes. Sie hat ziemlich oft die Schule geschwänzt, seit sie aus Kolumbien zurück ist.»

«Drogen?»

Kaum sagt man Kolumbien, schon denken die Leute sofort an Drogen. «Verdammt, nein», sagte ich. «Sie ist doch erst zehn.»

«Seit wann bist du denn so naiv?»

«Hör zu, Roz, kannst du mir nicht doch irgendeinen Hinweis...»

«Carlotta, ich kann dir nichts über die Kleine sagen. Nicht ‹ich will nicht›, sondern ‹ich kann nicht›. Sie hat mir nichts anvertraut. Ich dachte nur einfach, besser hier als auf der Straße. Das ist alles. Aber was die andere Sache betrifft, da hab ich was für dich. Diese Anwältin, diese vornehme Tante vom Cambridge Legal Collective, die hat wegen des Zeugs angerufen, das du wissen wolltest, wegen dieses Apartmenthauses an der Westland Avenue. Negativ. Sie hat keine Mandanten, die behaupten, dort zu wohnen. Oder im ganzen Block. Und ich habe mich über *Hunneman Pillows* informiert. Die Besitzanteile sind nicht gestreut, die Aktienpakete lauten auf drei Namen: Der größte Teil gehört einem James Hunneman, aber seine Frau hat auch noch einen Batzen unter dem Namen Lydia Canfield, und dann gehört ein weiteres Paket einem Blair Jeffries.»

«Canfield», wiederholte ich, trommelte mit den Fingern auf den Tisch.

«Ja», sagte sie, «tut mir leid, daß ich nicht mehr herausgefunden habe.»

«Falls Paolina zurückkommt, sorg um Himmels willen dafür, daß sie hierbleibt. Und wenn du sie fesseln mußt.»

«Wo kann ich dich erreichen?» setzte Roz an. Doch da hatte ich schon längst einen Blick ins Telefonbuch geworfen und die Haustür hinter mir zugeschlagen.

29

Es war schon nach sechs, als ich meinen Wagen auf den Parkplatz hinter dem Revier abstellte. Eine rotglühende Sonnenscheibe kauerte am Horizont, setzte den westlichen Himmel in Brand. Mit dem verblassenden Tageslicht überkam mich ein unerwartetes Gefühl des Bedauerns. September und Oktober sind kostbar in New England, klar und frisch, schmerzlich kurz. Während dieser Geschichte mit Manuela und dem Volleyballturnier hatte ich keine Zeit gefunden, mit Paolina Äpfel pflücken zu gehen oder in die White Mountains hinauszufahren, um die Farbenpracht des sich verändernden Laubes zu bewundern. Der frühe Sonnenuntergang war ein warnender Vorbote des nahenden Winters.

Ich war erleichtert, als ich Mooneys Buick auf dem Parkplatz entdeckte. Er war in seinem Büro. Und als zusätzlicher Bonus war er auch noch allein.

Ich schloß hinter mir die Tür.

Er blickte von einem Stapel Papiere auf. Der Geruch von Tabakrauch füllte die Luft, und zwischen Zeige- und Mittelfinger seiner rechten Hand hielt er eine nicht brennende Zigarette. Er starrte sie an, legte sie sorgfältig in die oberste Schublade seines Schreibtisches und schob die Schublade dann zu.

«Kann heute abend nicht mit dir zum Essen ausgehen, Carlotta», sagte er mit einem gezwungenen Lächeln. «Die Hölle ist los. Der Bürgermeister verlangt Sonderkommissionen, ich gebe ihm Sonderkommissionen. Urplötzlich arbeiten zwanzig weitere Leute an diesem Fall. Geht doch nichts über einen Mord, der Schlagzeilen in der Presse macht. Besonders in einem Wahljahr.»

«Ja», sagte ich.

Er tippte mit seinem Finger auf einen Stoß vergilbter Aktenordner. «Foley hat die Akten von sämtlichen bekannten Sexualstraftätern gezogen. Wir überprüfen Leute, die aus Bridgewater auf Bewährung entlassen wurden. Es gab eine ganze Reihe von Raubüberfällen in den Fens, und wir nehmen unsere Spitzel in die Zange, um herauszufinden, ob diese Morde irgendwas damit zu tun haben. Deine Freundin Triola untersucht Strafzettel der Gegenden, in denen die Leichen gefunden wurden. So ist man diesem Son-of-Sam-Burschen auf die Spur gekommen.»

«Also viel zu tun», sagte ich.

«Worauf du dich verlassen kannst. Ein Teil der Arbeit läuft außerhalb des Präsidiums. Der Bezirk hängt mit drin. Der Staat. Die Bezirksstaatsanwaltschaft arbeitet mit uns zusammen.» Er atmete tief aus und ließ seine Schultern spielen. «Alles funktioniert bestens, wie ein Uhrwerk – und ich habe wieder mit Rauchen angefangen.»

Ich setzte mich auf den Stuhl vor seinem Schreibtisch. «Mooney, wem gehört das Haus an der Westland Avenue? Erzähl mir das doch noch mal.»

«Ein ganzer Monat ohne Fluppen, und heute mußte ich mir einfach wieder eine anstecken.»

«Es ist hart», sagte ich. Ich habe vor drei Jahren damit aufgehört. Wahrscheinlich könnte ich jetzt noch Monat, Tag und Stunde nennen.

Er leerte seinen Aschenbecher in den Papierkorb unter seinem Schreibtisch, als könne er es durch das Verstecken der Beweise ungeschehen machen. «Komme mir wie der letzte Idiot vor. Bin verdammt froh, daß ich nicht im Drogendezernat arbeite. Wie kann man Leute wegen Drogen einlochen, wenn man selbst an einer Fluppe rumlutscht?»

«Eine Menge Cops tun's, Mooney, und sie denken nicht mal drüber nach. Was die Westland Avenue betrifft, da war doch irgendwas mit einem Burschen namens Canfield, oder?»

«Drei Typen als Strohmänner einer Immobiliengesellschaft. Canfield, Oates und Heffernan. Canfield ist der Vermieter, der einzige, der nach außen in Erscheinung tritt. Es könnte noch einen ganzen Haufen stiller Teilhaber geben, von denen wir einen Scheißdreck wissen. Wieso?»

«Falls dein Canfield was mit meinem Canfield zu tun hat, hab ich vielleicht was für dich.»

«Zwei Canfields, Carlotta? Ein ziemlich weitverbreiteter Name.»

«Im Telefonbuch stehen nur neun, Mooney. Hab Geduld mit mir.»

«Geduld ist im Moment bei mir Mangelware. Sag mir das jetzt mal ganz klar. Willst du vielleicht ein nettes kleines Paket aus einer Serie nicht zusammenhängender Todesfälle schnüren? Ich habe fünfzehn Leute an der Sache sitzen, die alle versuchen, eine Verbindung zwischen den Opfern zu finden, und unten in New Bedford hat ihnen das verdammt wenig genutzt. Sie wußten, daß die meisten dieser Frauen sich in den gleichen Bars rumtrieben, Drogen nahmen ...»

«Mooney ...» Ich versuchte, ihn zu unterbrechen, aber er war zu sehr in Fahrt.

«Serienmorde sind logisch, Carlotta. Aber es ist eine Logik, die nur Verrückte verstehen. Sie leben irgendwelche Phantasien aus oder durchleben noch einmal irgendeine Traumsequenz oder irgendeine Erinnerung aus ihrer verpfuschten Kindheit. Für mich ist dieser Kerl ein Latino, weil seine Phantasien um Latino-Frauen kreisen. Vielleicht seine Mutter, vielleicht seine Frau, vielleicht eine, mit der er mal was gehabt hat oder gerne was gehabt hätte ...»

«Mooney, ich habe etwas, das eine Verbindung zwischen dem Namen Manuela Estefan zu einer Firma herstellt, in der viele Illegale arbeiten. Und es könnte auch eine Querverbindung zur Westland Avenue bestehen, falls dein Canfield meinen Canfield kennt.»

Er schob die Aktenhefter zur Seite, nahm die Zigarette aus der Schreibtischschublade und steckte sie an. Sein

Gesichtsausdruck lag zwischen Niederlage und Trotz. «Mein Canfield heißt Harold. Harold J.»

«Meiner ist eine Frau, Lydia. Ihr gehört ein Teil dieser Firma.»

«Verheiratet mit Harold?»

«Haut nicht hin. Meine ist mit einem James Hunneman verheiratet.» Ich wartete, um zu sehen, ob der Name irgendein Glöckchen klingeln ließ.

«Wie kommst du auf diesen Zusammenhang?»

«Ein Tip», sagte ich.

«Red weiter. Ich will dir das nicht Stück für Stück aus der Nase ziehen müssen.»

«Könnte sein, daß du schon durch den INS davon weißt», sagte ich vorsichtig.

Mooney inhalierte, als versorge der Tabak ihn mit neuer Kraft. «Jamieson hat mir nichts dergleichen erzählt.»

«Sie planen eine Razzia in der *Hunneman Pillow Factory*. In Brighton. Sie haben dort einen Agenten eingeschleust.»

«Stopp mal, ja? Du sagst, sie wissen, daß es eine Verbindung zu einem Mordfall gibt, und sie sitzen einfach auf dieser Information?»

«Ich bin nicht sicher, was sie wissen.»

«Wer sind diese ‹sie›?»

«Ich habe es von einem Kollegen von Jamieson, einem Burschen namens Clinton.»

«Ich habe diesen Blödmann Jamieson heute nicht mal erreichen können. Irgend so eine Sekretärin erzählt mir immer wieder, er wäre nicht zu erreichen. Und willst du wissen warum? Weil er mir nicht einen Fetzen Material über diese *green card* auf den Namen Manuela Estefan gegeben hat.»

«Das ergibt doch keinen Sinn.»

«Wie recht du hast. Er hat eine lange, detaillierte Nachricht voller Affenscheiße über irgendeinen bürokratischen Pfusch hinterlassen, aber ich kaufe ihm das nicht ab.»

Ich zupfte an einer Haarsträhne und fragte mich, ob mein Jieper nach Zigaretten je aufhören würde. «Es ist keine gefälschte Aufenthaltsgenehmigung, richtig?» sagte ich langsam. «Aber es ist auch keine *green card,* über die sie Unterlagen haben.»

Mooneys Mund verzog sich zu einem süffisanten Grinsen, und ich wußte, daß wir so ungefähr das gleiche dachten. «Klingt das vertraut?» fragte er. «Bimmelt da irgendwo ein Glöckchen?»

«Die falschen Führerscheine», murmelte ich und spielte damit auf einen lokalen Skandal an, der die letzten drei Monate vor sich hin brodelte.

«Und die wurden von einem Angestellten des Straßenverkehrsamtes ausgestellt», pflichtete Mooney bei. «Völlig legale Führerscheine, keine Fälschungen. Also kann ich Jamieson vielleicht nicht erreichen, weil irgendwer beim INS gegen eine gewisse Gebühr ‹echte› *green cards* verscherbelt. Vielleicht möchte er schmutzige INS-Wäsche nicht unter den Augen der Bostoner Cops waschen.» Mooney steckte sich an der Kippe der Zigarette, die er gerade geraucht hatte, eine neue an. «Woraus ich im Augenblick noch nicht schlau werde, ist, ob diese Sache irgendwas mit den Morden zu tun hat oder ob es nur eine zusätzliche Geschichte am Rande ist.»

Ich fing an, mein Herz auszuschütten, ihm alles zu sagen, was ich über die Kissenfabrik wußte, wobei ich den Akzent leicht verschob, um nicht den Eindruck zu erwekken, ich hätte ihm etwas vorenthalten. Ich hatte kaum angefangen, als jemand an der Tür klopfte und sie im gleichen Augenblick aufstieß.

«Dave», sagte Mooney zu einem schmalgesichtigen

Mann in einer Lederjacke, «ich bin im Augenblick beschäftigt. Hat es nicht Zeit?»

«Ja, glaube schon», antwortete der Cop, zuckte mit den Schultern. «Wir haben sie vor dem Westland-Haus geschnappt. Hat sich da herumgetrieben. Ich habe sie verhört, irgendwie, und ich glaube eigentlich nicht, daß sie viel weiß. Behauptet, sie würde eine Wohnung suchen und jemand hätte ihr diese Adresse gegeben, oder sie hätt's in der Zeitung gelesen oder auf einem Zettel an einem Baum. Sie weiß es nicht mehr. Oder sie versteht kein Englisch. Kooperativ. Ich weiß wirklich nicht, weswegen wir sie festhalten könnten, aber ich dachte ...»

Und da hatte ich mich schon auf meinem Stuhl umgedreht. Der Cop hielt ihren Arm oberhalb des Ellbogens, nicht besonders behutsam, aber auch wieder nicht so fest, daß sie Druckstellen behalten würde.

«Herr im Himmel, Mooney», sagte ich. «Volltreffer. Bring sie rein.»

Grüne Bluse starrte mich an. Sie nuschelte irgend etwas auf spanisch und bekreuzigte sich. Und dann fing sie an zu weinen.

30

«Ich habe nicht gewußt, daß du so eine Wirkung auf Frauen hast», sagte Mooney mit einer in meine Richtung fragend gehobenen Augenbraue.

«Halt den Mund», erwiderte ich automatisch. Dann drehte ich mich zu Grüner Bluse um und sagte beruhigend:

«Ist schon okay, kommen Sie, setzen Sie sich.» Zu dem glotzenden Cop, der sie hergebracht hatte, sagte ich: «Um Himmels willen, besorgen Sie ihr ein paar Kleenex oder irgendwas.» Ich drehte mich wieder zu der Frau und radebrechte in stockendem Spanisch, alles würde wieder gut.

Sie weinte heftiger. Aus der Nähe betrachtet sah sie noch jünger aus. Ihre matronenhaften Kleider und der plumpe Körper verliehen ihr eine Reife, die nicht mit ihrem glatten Gesicht übereinstimmte. Unbeholfen tätschelte ich ihr die Schultern. Irgendwer knallte eine Schachtel Kleenex auf Mooneys Schreibtisch. Ich drückte dem Mädchen ein paar zusammengeknüllte Papiertücher in die Hand. Sie tupfte sich die Augen ab, und ihr Weinen verwandelte sich in Schniefen und Schluchzen.

«Die werden Ihnen nichts tun», sagte ich. Bei dem *die* warf Mooney mir einen scharfen Blick zu. Er kapierte schnell. Ich stand auf ihrer Seite, beschützte sie vor der Polizei. Wir beide gegen die großen, bösen Männer. Verdammt, vielleicht funktionierte es ja.

Mit überraschend festem Griff schloß sich ihre Hand um meine. *«No salga»*, bat sie, starrte mich unter ihren langen Wimpern an. Gehen Sie nicht weg.

«Ich gehe nirgendwohin», sagte ich mindestens genauso Mooneys wie ihretwegen. Ich war nicht sicher, ob sie überhaupt irgend etwas von dem verstand, was ich auf englisch sagte. «Wir sollten einen Dolmetscher kommen lassen.»

«Einen Anwalt?»

Ich zuckte mit den Achseln. «Wenn sich die Unterhaltung in diese Richtung entwickelt, können wir immer noch aufhören und einen holen.»

«Dave», bellte Mooney, «ist Mendez an seinem Schreibtisch?»

«Habt ihr eine Frau?» fragte ich. Mooney sah mich

schräg an, und ich sagte: «Tja, ich dachte nur, sie würde sich bei einer Frau vielleicht sicherer fühlen.»

«Sieh nach», befahl Mooney angespannt, und der Cop namens Dave verschwand.

«Woher kennst du sie?» fragte Mooney, sobald sich die Tür geschlossen hatte. Er hatte darauf gebrannt, diese Frage zu stellen, hatte es aber nicht vor Dave tun wollen. Von einem Lieutenant wird erwartet, daß er immer genau weiß, was vor sich geht. Ich grinste ihn an, um ihm zu zeigen, daß ich seine Tricks genausogut kannte wie er meine.

«Das ist meine Informantin. Glaube ich wenigstens. Sie ist wie ein verängstigtes Kaninchen weggelaufen, als ich es herauszufinden versuchte. Sie müssen gleich zur Westland Avenue gegangen sein, nachdem Sie mir im Woolworth's entwischt sind.» Der letzte Satz war an die Frau gerichtet. Die Puste hätte ich mir genausogut sparen können. Ihre Blicke huschten über den kleinen Raum, als suchte sie nach einem versteckten Ausgang.

Ein schmaler Cop mit einem dünnen Schnurrbart kam hinter Dave herein. Bei fünf Personen platzte Mooneys Büro schon aus allen Nähten, aber ein Umzug in einen Verhörraum hätte die Dinge sicher nicht verbessert. Der schnurrbärtige Cop feuerte eine schnelle Salve auf spanisch auf unseren Gast ab, schüttelte ihm die Hand, deutete mit seinem Kopf nacheinander auf jeden von uns, während er uns vorstellte. Ich konnte ihm ganz gut folgen. Ich glaube nicht, daß Mooney mehr als seinen eigenen Namen mitbekam.

«Sie heißt Ana Uribe Palma. Sie hat Angst», sagte der Cop.

Wieso auch nicht, dachte ich.

Dann verkündete Mooney: «Da Ms. Carlyle Señorita

Uribe bereits kennt, wird sie auch mit den Fragen beginnen.» So was beherrscht Mooney meisterhaft. Ich meine, man sehe sich nur diesen einen Satz an. Lädt die Arbeit auf mich ab und läßt gleichzeitig die anderen Typen wissen, daß er hier das Kommando hat.

So viele Fragen wirbelten mir im Kopf herum, daß ich für einen Augenblick Mattscheibe hatte. Ich beschloß, am Punkt Null anzufangen.

«Señorita Uribe – *¿La puedo llama Ana*?» Darf ich Sie Ana nennen?

«Sí.»

«Ana», sagte ich behutsam. *«¿Quién es Manuela Estefan?»* Wer ist Manuela Estefan?

Sie mußte damit gerechnet haben, aber der Name erschreckte sie doch. Wieder raste ihr Blick über den Raum, und das Ergebnis war immer noch das gleiche: kein Ausweg. *«Una mujer»*, antwortete sie vorsichtig. «Frau wie ich, die in Fabrik arbeiten.»

Mooney setzte sich gerade hin. Hier war jemand, der Manuela Estefan tatsächlich kannte.

Ich sagte: «Sie könnten sie für uns in der Fabrik finden. Sie identifizieren.» Ich sprach jetzt englisch und wartete darauf, daß Mendez übersetzte. Ich wollte keinen Fehler machen.

«Nein. Nein, sie nicht mehr dort arbeiten.»

«Wo ist sie denn hingegangen?»

«No sé.» Ich weiß nicht. Ihr Kinn bebte, und Tränen sammelten sich zu kleinen Pfützen in ihren Augen.

«Mooney, hast du Manuelas *green card* hier?» fragte ich, gab Mendez ein Zeichen, diese Frage nicht zu übersetzen.

«Ja.»

«Gib sie mir.»

Ich fragte Mooney, ob ich sie aus dem Beweismittelbeutel nehmen durfte, und er nickte. Ich reichte sie Ana, und sie nahm die Karte feierlich entgegen, starrte sie an und drückte sie an ihre Brust. Tränen stiegen ihr wieder in die Augen und begannen über ihre Wangen zu rollen.

«Bitte, Sie sie gesehen haben?» fragte sie gespannt.

«Ist das ein Foto von Manuela?» fragte ich.

«*Sí.*»

«War Manuela Ihre Freundin?»

«*Sí.*» O ja. Manuela war ihre gute Freundin.

Bei ihrem fröhlichen Wortschwall schnürte es mir die Kehle zu. «Ana, es tut mir wirklich sehr leid, Ihnen das sagen zu müssen, aber ich glaube, daß die Frau, die diese Karte besessen hat, tot ist. Niemand kann ihr mehr etwas antun. Nichts, was Sie mir erzählen, kann ihr noch schaden.» Manuela Estefan mußte eine der ermordeten Frauen sein. Wieso hatte er ihr die Hände abgehackt, wenn der Mörder nicht Angst vor einer möglichen Identifikation hatte? Welche Identifikation hatten wir denn schon außer dieser *green card*?

«Nein», sagte Ana, deren dunkle Augen sich jetzt mißtrauisch zusammenkniffen, «Sie mich täuschen.»

«Nein, keine Tricks.»

«Ich nicht verraten meine Freundin», versteifte sie sich, schluckte, blickte von Mooney zu Dave, als rechnete sie damit, daß die beiden jeden Augenblick den Gummiknüppel herausziehen würden.

Ich sagte: «Hören Sie mir zu. Wenn Manuela Ihre Freundin war, dann verraten Sie sie durch Ihr Schweigen. Bitte, ihretwegen und auch Ihnen selbst zuliebe, erzählen Sie uns von ihr. Erzählen Sie über die Frauen in der Fabrik, die Wohnung in der Westland Avenue, das ...»

«Dann wissen Sie also.»

«Ich weiß ein bißchen.»

Sie flüsterte: «Manuela, sie ist stark, sie ist diejenige, die entscheidet, diejenige, die gut redet und mutig ist. Ich muß in Kirche gehen und Kerze für sie anzünden.»

Ich dachte, sie würde wieder zu weinen anfangen, daher schob ich schnell eine weitere Frage nach. «Seit wann haben Sie Manuela nicht mehr gesehen?»

«Viele Monate. Mit ihrer *green card* ist sie wie eine Nordamerikanerin. Sie kann überall arbeiten, überall hingehen. ... Nach Kalifornien sogar, wo es immer warm ist wie zu Hause. Sie ist eine freie Frau, genau wie Sie.»

«Wie hat Manuela ihre *green card* bekommen?»

«Sie sagen, sie ist tot, nicht im Gefängnis, nicht in El Salvador? Ich würde Ihnen niemals sagen, wenn ...»

«Sie ist tot.» Gott vergebe mir, wenn ich mich irre, dachte ich.

Ana ließ ihren Kopf hängen. «Dann auch ich bin tot.»

«Ana.» Ich nahm ihre Hand und drückte ihre fleischigen Finger. «Helfen Sie uns, und wir können dafür sorgen, daß Sie in Sicherheit sind.»

Einen Moment lang dachte ich schon, sie würde alles erzählen. Ihre Augen flackerten. Sie starrte die *green card* an, als könnte Manuela Estefans Bild ihr etwas sagen. «Aber ich nichts wissen», sagte sie schließlich mit einer Stimme, die dicht an ein Stöhnen herankam. Sie vermied es, mir direkt in die Augen zu sehen, zog ihren Kopf ein und starrte die Schreibtischplatte an.

«Erzählen Sie mir von der Wohnung, von der Fabrik», hakte ich nach, achtete darauf, daß meine Stimme leise und ruhig blieb.

«Es nichts geben zu erzählen. *Nada*. Ich lebe mit anderen Frauen in Wohnung. Wir in Fabrik arbeiten.»

«Welche Frauen? Wie heißen sie? Können wir mit ihnen sprechen?»

Und wieder begannen die Tränen zu rollen. «Sie alle fort. Sie weggehen. Die Frauen in Fabrik, wenn sie bekommen Papiere, sie fortgehen.»

«Wohin?»

«Ich nicht wissen. Der Boss in Fabrik sagen, sie kriegen Papiere, sie kriegen *green cards,* sie gehen.»

«Wie heißt diese Fabrik?» fragte Dave. Mooney sah ihn stirnrunzelnd an.

«Fahren Sie fort, Ana», soufflierte ich.

«Vielleicht sie alle gehen nach Kalifornien. Wir oft reden über Kalifornien. Vielleicht sie bekommen Jobs in guten Geschäften und verkaufen hübsche Kleider, oder besser, verkaufen Kleider an reiche Männer, die Mädchen suchen für heiraten.»

Mendez wiederholte alles. Seine Worte wurden zu einem stetigen Echo, zu einem Hintergrundgeräusch. Seine monotone Stimme unterbrach ihren Redefluß kaum.

Anas Phantasien klangen wie ein einstudierter Singsang, so als hätte sie es sich schon tausendmal selbst vorgesagt. Während sie sprach, starrte sie Manuelas *green card* an, umklammerte sie so fest, daß ihr Daumen und Zeigefinger weiß wurden.

«Warum haben Sie diese Nachricht bei der Zeitung abgegeben?» fragte ich.

«Jemand mir die Worte aus Zeitung vorlesen. Ich denken, vielleicht Manuela versuchen mich zu erreichen, oder eine von den anderen – ich denken, nach so langer Zeit, es nicht schaden können, aber dann ich bekommen Angst.»

«Aber Sie haben mich doch wiedererkannt.»

Sie starrte die Karte an, suchte nach einer Eingebung.

«Nein, *señorita*», sagte sie matt. «Sie sich irren. Bitte, was werden Sie jetzt mit mir machen? *¿La policía?* Ich haben keine Papiere.»

Ich ignorierte ihre Frage. «Aber Sie haben doch zusammen mit Manuela Estefan gearbeitet, und Sie haben in der Westland Avenue gewohnt ... Auch wieder zusammen mit Manuela?»

«*Sí.*»

«Und mit wie vielen anderen?»

«Vielleicht drei andere Frauen.»

«Und warum sind Sie aus der Westland Avenue ausgezogen?»

«Der Boss sagen, *La Migra* wissen von Wohnung. Wir gehen müssen.»

«Sie haben Ihre Sachen zusammengepackt?»

«Nein, einer von Männern aus Fabrik gehen und tun das, während wir arbeiten. Es passieren so schnell.»

«Welcher Mann?»

«Ich nicht wissen.»

«Und warum sind Sie dann heute doch wieder zu der Wohnung zurückgekehrt?»

Sie besprach sich mit dem Bild von Manuela. «Ich, äh, ich denken, vielleicht ich dort haben etwas vergessen.»

Na klar. Etwas, das es wert war, ein Risiko mit *La Migra* einzugehen. Was immer sie in den Tiefen dieser *green card* sah, es sagte ihr, daß sie lügen sollte.

«Fahren Sie einen Wagen?»

«Ich keinen Führerschein haben, *señorita.*»

«Seit wann sind Sie schon in diesem Land?»

«Erst vier Monate.»

«Hat Manuela Sie hergebracht? War sie Ihr Coyote, Ihr Schlepper?»

Meine Frage schien sie zu verwirren. «Nein, *señorita.*»

«Wie sind Sie hergekommen, wie sind Sie nach Boston gekommen?»

«Ich viele Meilen weit gehen. Ich Bus nehmen.»

«Wer hat Ihnen geholfen?»

«Ich gehen und mit Bus fahren. Das alles.»

Ich atmete tief ein und aus, starrte Mooney an. Mir wurde langsam klar, an wen Ana mich zu erinnern begann. An Marta. Marta in einer ihrer störrischen Phasen. Ich schlug eine andere Richtung ein, hoffte, die Frau zu überraschen und so eine ehrliche Antwort aus ihr rauszuholen. «Wie heißen die Frauen, mit denen Sie in der Wohnung gelebt haben?»

Sie zögerte. «Manuela Sie kennen. Die anderen sind Aurelia ...»

«Aurelia Gaitan?» unterbrach Mooney.

«Ja, ich glauben. Und dann ist da noch Delores und Amalia und ich.»

«Die Nachnamen? Familiennamen?»

«*No sé*. Bitte, *señorita*, was wird passieren mit mir?»

Dave sagte: «Vielleicht könnte sie die Leichen identifizieren.»

Mooney warf ihm einen scharfen Blick zu. Er schien sich zu erinnern, wie die toten Frauen mit ihren abgehackten Händen und übel zugerichteten Gesichtern aussahen. Er sagte: «Zuerst werden wir ihr die persönliche Habe der Frauen zeigen. Sieh mal, ob du das Zeug nicht raufholen kannst.»

Ich fragte mich, ob Ana, die leise am Tisch schluchzte, den kunstvollen Silberring wohl als Manuelas oder Aurelias oder Delores' oder Amalias Ring identifizieren würde.

Die Worte eines alten Songs von Woodie Guthrie kamen mir in den Kopf. Er hatte das Lied in den fünfziger Jahren nach einem Flugzeugabsturz über dem Los Gatos Canyon in Kalifornien geschrieben.

Good-bye to my Juan, good-bye Rosalita,
Adiós, mis amigos, Jesús y María,
You won't have a name when you ride the big airplane,
All they will call you will be deportees.

Als das Flugzeug abstürzte und dabei alle Insassen ums Leben kamen, wußte niemand, wer die Passagiere waren. Niemand wußte, wie viele gestorben waren. Es waren nur illegal eingereiste Ausländer, nur Leute, die abgeschoben werden mußten.

31

Dave führte ein kurzes Telefonat und ging dann runter zum Asservatenraum.

Mooney brummte: «Meinst du, wir können in ihrer Gegenwart sprechen?»

Ich schüttelte meinen Kopf. Ich war nicht sicher, wieviel Englisch Ana verstand. Mein Kumpel Marta verstand ganz sicher erheblich mehr, als sie zugab. Anas Augen hatten das gleiche dunkle Braun. Sie verrieten nur sehr wenig. Mooney gab mir mit einem Kopfnicken zu verstehen, daß ich ihm nach draußen folgen sollte, nachdem er Mendez gesagt hatte, er solle sitzen bleiben.

«Bitte, *señorita. No salga, por favor. No salga.*»

Ich versicherte ihr, daß ich sofort zurück sein würde. Sie umklammerte meine Hand und beäugte den schmal gebauten Mendez mißtrauisch. Warum sie wollte, daß ich blieb und mir ihre Ausflüchte anhörte, war mir nicht klar. Denn sie vertraute mir ja nicht.

«Sie lügt», sagte ich, sobald wir uns ein gutes Stück entfernt hatten.

«Nun, natürlich lügt sie», knurrte Mooney, lehnte sich gegen die Kaffeemaschine. «Sie hat Angst. Sie ist nicht freiwillig hier, um auszupacken. Die Frage ist nur, *wie* sie lügt. Ist das, was sie sagt, eine Lüge, oder liegt die Lüge in dem, was sie nicht sagt?»

«Sie läßt eine Menge aus. Es gibt eine Verbindung zwischen den toten Frauen und der Westland Avenue. Das wußten wir. Und jetzt wissen wir, daß es eine weitere Verbindung gibt, nämlich zu dieser *Hunneman Pillow Factory.*»

Mooney strich sich mit einer Hand über das Kinn, als wollte er nachprüfen, wann er sich das letzte Mal rasiert hatte.

«Wenigstens kann ich jetzt die Lockvögel am Busbahnhof zurückrufen. Ich lasse jede einzelne Latino-Frau bei der Polizei unten am Park Square Nutte spielen, um vielleicht irgendeinen Psycho anzulocken. Unser Psycho muß irgend etwas mit einer dieser beiden Stellen zu tun haben, vorzugsweise mit beiden.»

«*Falls* sie das Eigentum identifiziert – oder die Leichen.»

«Ja. Falls. Was war das vorhin über Coyoten? Hat die Estefan Illegale ins Land geschleust? Woher hast du das?»

«Vom INS. Sie dachten, daß sie vielleicht von jemandem umgebracht worden ist, dem ihr Beruf nicht gefiel.»

«Verdammt, dein Bursche erzählt bereitwilliger von seinen Theorien als meiner. Jeden, der irgendwas mit dieser Fabrik zu tun hat, muß ich zum Verhör hierherholen lassen.»

Dave und ein uniformierter Beamter tauchten auf, jeder mit zwei großen Packpapiertüten in der Hand. Ich drehte mich um, um ins Büro zurückzukehren.

Mooney legte eine Hand auf meine Schulter und hielt

mich zurück. «Hast du inzwischen herausgefunden, warum diese Frau zu dir gekommen ist? Ganz am Anfang? Die Tote?»

Ich konnte sie nicht länger aus der Sache heraushalten.

«Paolinas Mutter arbeitet ab und zu auch in dieser Fabrik. Sie wollte mir nichts davon erzählen. Sie hat Angst, die Fürsorge streicht ihr die Sozialhilfe, wenn sie herausfinden, daß sie nebenher arbeitet.»

«Ich muß mit ihr sprechen.»

«Oh, Mooney, du weißt doch, wie sie Cops gegenüber ist. In ihrer Küche kriege ich mehr aus ihr heraus als du hier in einem stundenlangen Verhör.»

«Ich will eine genaue Aufstellung aller Männer, die sie in der Fabrik gesehen hat. Inklusive Personenbeschreibung. Und ihre Namen.»

«Alles», versprach ich und verschwieg, daß ich es bereits versucht hatte.

Dave und Mendez räumten Mooneys Schreibtisch frei und stellten die Papiertüten ab. Der Beamte aus der Asservatenkammer ging wieder. Ana, die ganz klein auf ihrem Stuhl saß, schien erleichtert, mich wiederzusehen.

Die Tüten waren zugeheftet. Jede war mit einem Anhänger an einem Kordelverschluß versehen. Wer die Untersuchung des Inhaltes genehmigte, mußte den Anhänger abzeichnen. Mooney zeichnete ab. Dave fing an, die Heftklammern zu entfernen, und ich half ihm dabei. Dave hatte ein kleines Gerät für diese Arbeit. Ich benutzte eine Schere und schaffte es, mich zu schneiden. Wann hatte ich bloß meine letzte Tetanusspritze bekommen?

«Sollen wir das Zeug herausnehmen, oder soll sie es selbst tun?» fragte ich. Ich flüsterte. Ich weiß auch nicht wieso. Ana starrte die Tüten besorgt an. Ich tätschelte ihr beruhigend die Schulter.

Die Tüten rochen muffig.

Mooney sagte Mendez, er solle Ana helfen, die Tüten auszupacken, und genau aufpassen, was sie sagte, und jedes einzelne Wort übersetzen. Dave wies er an, alles mitzuschreiben.

Eine ganze Weile hörten wir dann nur das Geräusch von knisterndem Papier und raschelndem Stoff.

Mooney wandte den Blick davon ab und sprach mich an. «Dieser ‹Boss›, dieser Fabrikbesitzer, könnte die Schlüsselfigur sein. Er muß wissen, daß da irgendwas läuft, selbst wenn er nicht der Psycho ist.»

Ich rief mir meine kurze Begegnung mit James Hunneman ins Gedächtnis. Er hatte mich mit seinem geröteten Gesicht und seiner arroganten Art an einen Schulhof-Rowdy erinnert. Aber ein Mörder?

Ich konnte meinen Blick nicht von Ana lösen. Sie wollte nicht in die Tüten schauen. Mendez ging ganz behutsam vor, erklärte, daß es nur Kleidungsstücke waren, und vielleicht könnte sie uns helfen, falls sie etwas wiedererkannte. Kein Grund zur Angst.

«Carlotta», sagte Mooney.

«Canfield», sagte ich. «Der Vermieter in der Westland Avenue. Wäre doch nett, wenn der etwas mit der Kissenfabrik zu tun hätte.»

«Yeah. Wir können ihn kommen lassen und uns darüber unterhalten. Aber das wird dauern. Leute, die Wohnungen besitzen, haben Geld und Rechtsanwälte.»

Ana sagte etwas, das Mendez nicht mitbekam. Konnte er auch gar nicht, so wirr, wie es herauskam. Sie hielt eine fleckige Bluse in der Hand, starrte auf den Ärmel, auf eine kleine Stickerei, ließ ihre Finger darübergleiten.

«Meinst du, Ana ist in Gefahr?» fragte Mooney.

«Falls der Killer eine Ahnung hat, daß sie mit den Cops

redet, würde ich keine Lebensversicherung auf sie abschließen», sagte ich.

«La blusa.» Schließlich sagte Ana deutlich genug, daß ich es verstehen konnte.

«Was ist mit der Bluse?» murmelte Mendez.

«Es de Manuela», sagte sie leise. «Ich habe sie für sie bestickt. Ich besser nähen als sie. Das ist etwas, ich besser können.» Ihre Schultern bebten. Sie hob eine Hand an ihren Mund; rieb sich über die Lippen, die Wange, die Stirn, bevor sie sie vor ihren Augen liegenließ. Dave ignorierte sie, schrieb nur auf, was Mendez sagte, sah nur Mendez an. Es tat weh, Ana anzuschauen. Ich konnte meinen Blick nicht von ihr losreißen.

«Lo siento», flüsterte ich. Tut mir leid. Sie ließ ihre Hand sinken und sah mich mit einem so gequälten Blick an, daß ich wünschte, ich hätte meinen Mund gehalten.

«Wird sie hierbleiben müssen, Mooney?»

«Ich würde sagen, ja, zu ihrem eigenen Besten.»

«Vielleicht ist Schutzhaft wirklich das Vernünftigste», sagte ich langsam. «Ich werde einen Anwalt anrufen. Wenn Ana dir hilft, diesen Burschen zu schnappen, dann muß es dafür doch wohl eine Gegenleistung von seiten des INS geben ...»

«Wir könnten sie mit einer Polizeibeamtin in ein Hotelzimmer stecken.»

«Joanne?»

«Vielleicht.»

Jo Triola ist eine gute Freundin von mir. Und sie spricht Spanisch.

«Welchen Anwalt wirst du anrufen?» fragte Mooney.

«Einen der Anwälte drüben vom Cambridge Legal Collective. Marian Rutledge.»

«Okay.»

Im Zimmer war es unnatürlich still. Anas Weinen war einem unregelmäßigen Schluchzen gewichen. Sie nestelte an den zerfledderten Kleidern, den abgetragenen Schuhen. Von Zeit zu Zeit stöhnte sie: «*Jesús, María*», schloß ihre Augen und drehte ihren Kopf fort. Und Mendez führte sie behutsam zu einer weiteren Tüte, einer weiteren toten Freundin.

Verwesungsgeruch hatte sich im Zimmer ausgebreitet, und ich wünschte, die Stadt wäre so freundlich gewesen, Mooney ein Büro mit Fenster zu geben.

«Erzähl mir das mit dem INS noch mal», sagte Mooney. Er hatte sicher schon beim ersten Mal alles mitbekommen. Er wollte nur was anderes tun, als immer auf Anas Trauer zu starren. Ich war froh, daß er fragte. Im Zimmer schien es wärmer zu werden. Ich begann zu schwitzen.

«Ich weiß nur soviel, daß sie Hunneman's observieren – wegen Verstößen gegen die Einwanderungsbestimmungen, vermute ich. Davon gibt's dort jede Menge. Und ich glaube, sie haben auch einen Undercover-Agenten dort eingeschleust, jemanden, der für den INS arbeitet.»

«Wissen die nichts über den Mörder? Sind die dumm genug zu versuchen, ihn zu schnappen, ohne die Cops einzuschalten? Unser Job ist das, verdammt noch mal!»

«Mooney, ich weiß nur, daß der Typ, der mir das alles erzählt hat, niemandem zu vertrauen schien, und ganz besonders nicht Jamieson. Er meinte, jemand beim INS würde geschmiert, damit er oder sie Hunneman warnt und damit die Razzia vermasselt. Und Marta glaubt auch, daß Cops Bestechungsgelder annehmen.»

«Überall Verräter, hmh?»

«Oder Paranoia.»

«Ich kannte früher mal beim INS einen anständigen Kerl ganz gut – dem würde ich bei dieser Sache vertrauen.»

«Gut», sagte ich. «Setz dich mit ihm in Verbindung.»

«Und ich werde mir diesen Canfield vornehmen. Wird eine lange Nacht.»

Nicht so lang wie Anas Nacht, dachte ich. Nicht so einsam. «Woran erkennst du hier drinnen eigentlich, ob's Tag oder Nacht ist?» fragte ich. «Ich werde zu Marta rüberfahren.»

«Okay», sagte er.

Ana faltete die letzte Tüte auf, griff hinein und zog den kunstvoll gearbeiteten Silberring heraus. Sie machte ein Geräusch wie ein kleines Tier, ein Laut, der sich tief aus ihrem Inneren löste.

Manuela, dachte ich. Amalia, Delores, Aurelia. Irgendwie schienen ihre Namen sehr wichtig für mich zu sein.

«Mooney, eine Sache, auf die du vielleicht achten solltest, wenn du Leute zum Verhör hier hast: Stell fest, ob jemand einen weißen Aries fährt.»

«Wieso?»

Ich erzählte ihm von dem Wagen, der mir gefolgt war. Schweigend verdaute er die Geschichte.

«Bevor du gehst, Carlotta, frag Ana, ob sie uns noch mehr zu erzählen hat. Vielleicht glaubt sie uns jetzt.»

Ich versuchte es. Ich tat mein Bestes. Ich hielt ihre Hand, während Mendez ihr beruhigende Lügen zumurmelte, daß am Ende wieder alles gut werden würde. Aber ihr Mißtrauen, oder vielleicht ihre Angst, war zu groß.

32 Ich klopfte an die Tür von Martas Haus, brüllte ihren Namen, während ich innerlich diesen faulen Widerling von einem Hausmeister verfluchte, der den Summer immer noch nicht repariert hatte. Ich hoffte, daß Paolina die Treppe heruntergelaufen kommen würde, um mich hereinzulassen.

Statt dessen hörte ich Martas schwerfällige Schritte, wobei ihr Gehstock den schwierigen Abstieg in regelmäßigen Abständen unterstrich.

Auch sie hatte auf Paolina gehofft. Sofort, als sie mich sah, sprühte mir wütendes Funkeln aus ihren Augen entgegen, die dadurch argwöhnisch und kalt wurden. Wir standen uns gegenüber, beide viel zu müde, um unsere gegenseitige Enttäuschung zu verbergen.

«Ist sie bei Ihnen?» wollte Marta wissen.

«Nein.»

«Ist sie in Ihrem Haus?»

«Sie war vergangene Nacht dort. Das habe ich Ihnen schon gesagt. Vielleicht kommt sie wieder. Aber im Augenblick sind Sie es, mit der ich sprechen muß.»

«Sprechen», wiederholte sie freudlos, schüttelte den Kopf. Doch sie hielt mir die Tür auf.

Die Wohnung war picobello, die Schlafcouch war zusammengebaut, die Kissen ordentlich drapiert. Der Boden war staubgesaugt, die Beistelltische poliert. Das Warten mußte für Marta unerträglich geworden sein, daß sie lieber putzte. Das brachte einen auf andere Gedanken, hielt einen in Bewegung, bewahrte einen davor, das Ticken der Uhr zu hören, die Totenstille des nicht klingelnden Telefons.

Das Wohnzimmer sah aus wie ein Bühnenbild.

Marta sagte: «Die Jungs sind bei Lilia. Ich dachte, wenn sie nach Hause kommt, sollten wir beide allein sein!»

Ausnahmsweise war der Bildschirm des Fernsehers leer. Marta winkte mich in die winzige Küche. Der Tisch war übersät mit merkwürdig geformten, in Aluminiumfolie und Wachspapier eingewickelten Päckchen. Die Tür des Gefrierfaches des uralten Kühlschrankes von GE stand offen. Auf dem Herd dampfte ein Kessel.

«Was wollen Sie?» sagte Marta und wählte ein stumpfes Messer aus einer Kramschublade. «Wieso haben Sie sie nicht gefunden? Warum kommt sie nicht nach Hause? Was war denn so schlimm hier?»

Ich konnte nicht alle Fragen beantworten, und ich war schlau genug, es erst gar nicht zu versuchen. So ging ich nur auf die erste ein. «Ich muß mehr über die Hunneman-Fabrik wissen.»

Sie fixierte mich mit zornigen Augen, hob das Messer in ihrer Hand. «Bitte», sagte sie, «im Moment denke ich nur an meine Tochter.»

«Ich weiß», sagte ich.

«Sie wissen gar nichts», erwiderte sie verbittert. Sie schüttete kochendes Wasser in eine flache Schale, knallte sie auf den mit Eis überzogenen untersten Boden des Gefrierfaches.

«Ich weiß aber, daß es sein muß», sagte ich. «Entweder hier oder auf dem Polizeirevier. Noch heute abend.»

«Die Polizei!» Sie schlug mit ihrer Handfläche gegen die Kühlschranktür. «Sie haben es der Polizei erzählt. *Jesús y María,* ich habe Ihnen doch schon mal gesagt, sie schließen die Fabrik. Sie haben keinen Verstand.»

«Frauen, die dort arbeiten, sterben, Marta. Vier Frauen sind tot. Auch Sie können in Gefahr sein. Lilia könnte in Gefahr sein.»

Sie packte das Heft des stumpfen Messers.

«Ich weiß gar nichts», sagte sie hitzig, drehte sich um

und stach wütend auf die eisverkrusteten Wände des Gefrierfaches ein.

«Dann gehen wir rüber zu Lilia. Ich werde mit ihr reden.»

«Ich kann jetzt nicht weg. Und was ist, wenn Paolina zurückkommt? Ich gehe nicht mit.» Ein großes, gräuliches Eisstück löste sich und polterte über das Linoleum.

Ich hob es auf und warf es in die Spüle. «Dann erzählen Sie mir, was Sie wissen.»

«Sie haben der Polizei über mich erzählt?»

«Nur einem Mann. Einem Freund. Ich werde versuchen, Sie aus der Sache herauszuhalten. Das wissen Sie.»

Sie hackte weiter auf das Eis ein. «Ich weiß, Sie glauben vielleicht, Sie hätten meine Tochter ganz für sich allein, wenn ich ins Gefängnis gehe.»

Ich setzte mich auf einen harten Holzstuhl. Ich fühlte mich, als hätte Marta eine Schicht meiner Haut abgeschält, etwas freigelegt, das ich mir selbst bislang nicht eingestanden hatte. Seit der Trennung von Cal habe ich nicht mehr über Kinder nachgedacht. Lag das vielleicht daran, weil ich mir bei Paolina was vormachte? Nicht über meine Gefühle für sie, sondern über ihre Gefühle für mich.

Marta nutzte ihren Vorteil nicht aus. Wasser begann an der Seite des Gefrierfaches herunterzulaufen und auf dem Boden eine Pfütze zu bilden. «In der Fabrik», sagte sie, «mache ich meine Arbeit. Ich halte meinen Kopf unten. Ich sehe mir keine Sachen oder Leute an, die mich nichts angehen.»

«Martha», sagte ich ungeduldig, «das hier ist wirklich ernst. Sie reden entweder mit mir oder mit der Polizei.»

Sie taute weiter das Eisfach ab, hackte an dem schmutzigen Eis herum, doch sie beantwortete meine Fragen. Der Mann, den sie am häufigsten sah, war der bierbäuchige

Wachmann, dem ich bei meinem kurzen Besuch in der Fabrik begegnet war. Es gab zwei Schichtführer, den «Boss», von dem viel gesprochen, der aber nie gesehen wurde, und dann noch einen weiteren Sicherheitsbeamten, der möglicherweise ein Latino war.

Sie wischte das Innere des Gefrierfaches mit einem Lappen aus. «Ich bin erst ein paar Tage dort. Ich weiß noch nicht soviel. Vielleicht weiß Lilia mehr. Aber wenn Lilia hilft, wird sie in Schwierigkeiten stecken, ohne Papiere...»

«Ich sorge dafür, daß sie einen Anwalt bekommt...»

«Einen Anwalt. Wohl eher einen Dieb.» Marta wühlte in den gefrorenen Päckchen. Eins fiel mit dumpfem Aufschlag zu Boden, und ich erinnerte mich an den alten Mr. Binkleman, der in der Wohnung einen Stock tiefer lebte. «Es ist Paolina, die uns all diese Schwierigkeiten macht.»

«Kommen Sie, Marta. Sie können ihr nicht für alles die Schuld geben.»

«Für das hier wohl! Es ist Paolina gewesen, die über Sie mit dieser Frau geredet hat, die ihr Ihre Visitenkarte gegeben hat! Sie wollte nur damit angeben, das hat sie gemacht. Ich bin nicht diejenige, die redet. Ich bin nicht so dumm, meinen Mund aufzureißen.»

Es schien, als wäre die Temperatur plötzlich um zehn Grad gefallen. Als hätte der Gefrierschrank jetzt das Kommando übernommen, würde das Zimmer mit einer Schicht Eis überziehen. Ich konnte das Ticken der Uhr hören. «Was hat Paolina dort gemacht?» sagte ich ganz ruhig. Es kostete mich eine Menge Überwindung, nicht zu schreien, nicht Marta zu packen und sie an den Schultern zu schütteln, bis ihr dummer Kopf gegen die Kühlschranktür knallte.

Während sie sprach, räumte Marta das Gefrierfach wieder ein, schmiß wütend eingepackte Waffeln neben gefrorene Pizza. «Sie will nicht in die Schule. Wie kann ich sie allein hier in der Wohnung lassen, in so einem Haus? Tagsüber die Jungs von unten, die haben Drogen, Wein, was weiß ich nicht alles. Die Worte, die man hört, die sind obszön, die Geräusche sind obszön. Ich kann sie nicht hierlassen. Ich muß arbeiten, also kommt sie mit. Sie lernt wie in einer Schule. Sie lernt zu arbeiten, was viel besser ist als das, was sie in der Schule lernt. Lerne Geld zu verdienen, sage ich zu ihr.»

Wenn es noch kälter würde, würden meine Zähne zu klappern anfangen.

«Was ist?» fragte Marta. «Mit Ihnen alles in Ordnung?»

Ich stand abrupt auf. «Wenn Paolina nach Hause kommt, rufen Sie mich an. Egal, wie spät es ist, egal, ob's zwei Uhr morgens ist, Sie rufen mich an. Verstanden?»

«Sie haben kein Recht, so mit mir zu reden, mich anzuschreien, nur weil meine verrückte Tochter weggelaufen ist.»

Unter Aufbietung aller Kräfte brachte ich meine Stimme auf normale Lautstärke. «Marta, wenn Sie wissen, warum sie weggelaufen ist, sagen Sie es mir. Bitte.»

Sie musterte ein Päckchen mit tiefgefrorenem Teig. «Meinen Sie, der ist noch gut?» brummte sie. «Ist kein Datum drauf.»

«Ist Ihr Mann wieder in der Stadt?» fragte ich. «Macht *das* Paolina zu schaffen?»

Marta schob den zweifelhaften Teig ganz nach hinten in das Gefrierfach, drehte sich zu mir um. «Pedro? Der würde hier nicht mehr auftauchen. Wie kommen Sie darauf, daß Pedro zurück ist?»

«Sie haben ihn mit Paolina verglichen, als sie weggelaufen ist, erinnern Sie sich?» In sehr unfreundlichen Worten, doch das sagte ich nicht.

Marta ließ sich schwer auf einen Küchenstuhl sinken. Sie öffnete und schloß ihre rechte Hand, starrte auf die geschwollenen Knöchel. Der Schmerz ließ sie zusammenzukken.

«Sie verstehen nicht», sagte sie.

«Genau das hat Paolina auch gesagt.»

Mit großem Aufwand ging Marta die restlichen tiefgefrorenen Lebensmittel durch, kontrollierte Etiketten aus Klebeband. Sie vermied es, mir in die Augen zu sehen. «Es war nicht Pedro, wegen dem ich gebrüllt habe. Pedro ist nicht Paolinas Vater.»

Ich fuhr mir mit der Zunge über die Lippen. «Er ist nicht...»

«Wollen Sie mir zuhören, oder wollen Sie reden? Paolinas Vater, er ist ein reicher Mann. Aber hilft uns das hier, wo wir wie Schweine leben? Kriegen wir irgendwas? Nein. Ihr Großvater stirbt in Kolumbien, hinterläßt ein Vermögen, eine Million Dollar, mehr, und was kriegen wir? Ein bißchen Geld für einen neuen Fernseher. Das ist alles.»

«Einen Moment», sagte ich, hob meine Hand, um ihren wütenden Redefluß zu stoppen. «Weiß Paolina das?»

«Sie weiß gar nichts. Sie ist zu jung. Dieser reiche kolumbianische Mann, ich arbeite in seinem Haus, mache ein bißchen sauber, koche ein bißchen. Er sagt, er wird mich heiraten, aber als ich mit Paolina schwanger bin, heißt es bye-bye, er hat viel zu viele wichtige Dinge zu tun, mit der M-19, den *guerrillas,* den Kommunisten. Ein Mann mit Ideen, sagte er zu mir, kann nicht an eine Frau wie mich gekettet werden, eine Frau mit einem Kind; eine Frau kann nicht ständig auf der Flucht vor der Regierung leben.»

Ihr Knoten hatte sich gelöst. Während sie sprach, zog sie die Haarnadeln heraus. Schwer und strähnig fiel ihr Haar auf die Schultern herab. Sie rieb sich die Schläfen, schloß ihre Augen. Einen Augenblick erhaschte ich einen flüchtigen Blick auf die junge Frau, die sie einmal gewesen sein mußte, mit einem frischen, faltenlosen Gesicht, einem Gesicht wie Paolinas.

«Er gibt mir etwas Geld, um sein Gewissen zu beruhigen, und ich komme in dieses Land, nachdem ich mein Kind, meine Paolina, auf die Welt gebracht habe. Pedro habe ich kennengelernt, als sie noch ein Baby war. Er sagte, er liebt uns beide.» Sie seufzt tief, zuckt mit den Schultern. «Vielleicht hat er das, für eine Weile.»

«Wie konnten Sie das geheimhalten? Wie konnten Sie es ihr nicht sagen?»

«Was für einen Unterschied macht das schon?» erwiderte sie. «Was für eine Rolle spielt das? Es ist eine alte Geschichte. Es ist vor langer Zeit passiert.»

«Aber wie können Sie sicher sein, daß Paolina es nicht weiß? Wenn Sie ihren Großvater besucht haben ...»

«Ich wäre nicht gegangen, hätte nicht um Geld gebettelt, nicht wenn ich gesund wäre, nicht wenn ich arbeiten könnte. Paolina weiß gar nichts. Sie ist nur ein Kind», sagte Marta voller Entschiedenheit. «Sie versteht nichts. Ich spreche nachts mit dem alten Mann. Ich nehme sie mit, ja. Um dem alten Mann zu zeigen, daß sie wie ihr Vater aussieht. Aber sie ist schläfrig. Sie besucht das Dienstmädchen. Sie schläft ein.»

Ich dachte über Paolinas verändertes Verhalten nach, seit sie aus Kolumbien zurückgekehrt war. «Sie weiß es», sagte ich. «Vielleicht nicht alles, aber doch zumindest etwas.»

«Na und?» sagte Marta, steckte ihre Haarnadeln trotzig wieder dorthin, wo sie hingehörten. «Dann akzeptiert sie, wie es ist. Was bleibt ihr sonst schon übrig?»

«Ich weiß es nicht», flüsterte ich. «Ich weiß es nicht.»

Und ich ließ sie dort sitzen und sie weiter Lebensmittel in ihren uralten Kühlschrank stopfen.

Als ich nach draußen kam, versuchte ich tief Luft zu holen. Die Nachtluft war geschwängert mit Auspuffgasen. Ich konnte meine Lunge nicht überreden, sich richtig auszudehnen.

In der Telefonzelle an der Ecke steckte ich eine Münze in den Geldschlitz und tippte meine eigene Telefonnummer. Roz meldete sich.

«Ist sie da?»

«Nein.»

«Hast du von ihr gehört?»

«Nichts.»

«Dann mach dich verdammt noch mal auf die Socken, und geh sie suchen.»

Ich legte auf und erreichte Mooney, nachdem ich das verdammte Ding ungefähr fünfzigmal hatte klingeln lassen.

«Hast du irgendwas Neues?» fragte ich ihn.

«Die Anwältin ist jetzt hier. Und ich habe Canfield, aber der gibt absolut keinen Ton von sich, bis er mit seinem Anwalt gesprochen hat. Wir werden hier noch den Gastgeber für ein gottverdammtes Treffen der beschissenen Amerikanischen Anwaltsvereinigung abgeben.»

Ich sagte ihm, daß Marta null wußte, und ich bat ihn, eine Fahndung nach Paolina rauszugeben.

33

Ich wußte, daß ich nach Hause gehen sollte, genau wie ein Kind, das sich im Wald verirrt hat, weiß, daß es auf die Suchmannschaft warten und bleiben soll, wo es ist. Aber wenn der vertraute Weg direkt hinter dem nächsten Berg liegt? Und was ist, wenn die Nacht hereinbricht und die Zweige bedrohlich rascheln?

Und wenn Paolina ganz in der Nähe war, an einem Ort, wo ich sie finden könnte?

Zu bleiben, wo man war, ist einfach gottverdammt zu schwer. Ich redete mir ein, daß mit ihr alles in Ordnung war. Sie hatte letzte Nacht für sich gesorgt, und sie war clever genug, auch diese Nacht auf sich aufzupassen. Ich war alles andere als überzeugend.

Nachdem die Fahndung jetzt raus war, würden sämtliche Cops im Großraum von Boston nach ihr suchen. Also was, zum Teufel, bildete ich mir ein, noch zusätzlich tun zu können? Auch suchen. Und ich kannte ihre Gewohnheiten.

Während ich fuhr, versuchten meine Augen die Schatten zu durchdringen. Nur weil Paolina bei Hunneman gewesen war, nur weil sie mit der Frau gesprochen hatte, die sich selbst Manuela nannte, nur weil sie ihr meine Visitenkarte gegeben hatte, brauchte ich noch lange nicht anzunehmen, daß sie tiefer in dieser Schweinerei steckte. Abzuhauen war ihre eigene Idee gewesen, ausgelöst durch Martas zornige Worte.

Ich fuhr über den Harvard Square, auf dem ein weiterer junger Ausreißer kaum groß auffallen würde, starrte in die Hauseingänge, in denen an Sommerwochenenden Musiker spielten, suchte die geschützten Tiefen des Holyoke Center ab, hielt an, um mir die Gruppe in Leder gekleideter Jugendlicher genauer anzusehen.

Banden junger Kids streunten durch den Cambridge Common. Ich ließ den Wagen stehen und verfolgte zu Fuß eine Gruppe von ihnen, zeigte ihnen ein Foto von Paolina, schaffte es gerade noch, keinen von ihnen zu schlagen, als sie mich nur höhnisch angrinsten. Ich zog ein heruntergekommenes Mädchen zur Seite. Sie konnte kaum älter als vierzehn gewesen sein. Sie trug eine dünne Wildlederjacke mit modischen Fransen – ein dürftiger Schutz gegen den nahenden Winter. Für fünf Dollar warf sie einen wirklichen Blick auf Paolinas Foto. Ich glaubte ihr, als sie sagte, sie hätte sie noch nie am Square gesehen.

Stunden später merkte ich, wie ich die übelsten Orte aufsuchte, und mir wurde klar, daß ich Schluß machen sollte. Paolina besaß ganz sicher Verstand genug, sich nicht in der Combat Zone herumzutreiben, Bostons Vergnügungsviertel für Erwachsene, Bostons Gosse. Aber andererseits, wie Marta gesagt hatte: Was wußte ich denn schon?

Ich fuhr gemächlich durch die Gegend um den Park Square in der Nähe des Busbahnhofes, suchte nach den Damen der Nacht, den Bordsteinschwalben, denen vielleicht ein junges Mädchen aufgefallen sein konnte, das auf einen Bus wartete. Ich zückte mein Foto von Paolina. Manche der Frauen hätten mir für ein paar Dollar alles mögliche erzählt, aber andere sagten, sie hätten sie noch nie gesehen, und ich war erleichtert.

Wo rennst du hin, wenn du noch zu jung bist, einen Zufluchtsort zu haben?

Würde sie versuchen, nach Kolumbien zurückzugehen? Um mehr über diesen neuen Vater herauszufinden? Das Bild meines eigenen Dad erstand so plötzlich und intensiv vor meinem inneren Auge, daß ich glaubte, den Qualm seiner Zigarre zu riechen. Ein Cop, er hatte jeden Tag seines Lebens geraucht, ein Drei-Päckchen-pro-Tag-Mann, und dann noch abends diese Zigarren. Ich hörte zu rauchen auf, direkt nachdem er an einem Lungenemphysem gestorben war – seine letzten Tage im Krankenhaus Alpträume aus Schläuchen, Spritzen und Pillen. Sauerstoffmasken. Das schmerzhafte Kämpfen um Atem.

Wie würde ich mich fühlen, wenn ich plötzlich erfuhr, daß er nicht mein Vater war? Ich, die Tochter, die nach seinem Vorbild auch Cop geworden war? Es wäre wie ein Erdbeben, dachte ich. Etwas, auf das ich mich immer verlassen hatte, hätte sich bewegt, unwiderruflich verändert. Sogar Boden unter meinen Füßen würde dann trügerisch erscheinen.

Diese Enthüllung machte Paolinas Brüder von einem Augenblick auf den anderen zu ihren Halbbrüdern.

Ich überlegte hin und her, ob ich einen Abstecher zum Flughafen machen sollte, verwarf die Idee dann, fuhr, mit einem komischen Gefühl in der Brust, nach Hause. Ich stellte mir vor, daß sie vor meiner Haustür stand, mich schlaftrunken begrüßte, wenn ich ankam.

Sie war nicht da.

Ich schlief ein, als die Sonne gerade aufging. Es war Viertel vor sechs. Zwei Stunden später wachte ich auf, erfüllt von einem inneren Drang, der mir beinahe wie die Verlängerung eines Traumes vorkam.

Ich rief Mooney an und stritt mich mit ihm herum, bis er schließlich einverstanden war, sich in einer halben Stunde mit mir in einem Doughnut-Laden in der Nähe der Wohnung auf der Westland Avenue zu treffen.

34

Ich war als erste dort und pflanzte mich auf einen Hocker an der schmuddeligen Theke. Eine einsame Kellnerin, die aussah, als hätte sie drei Nächte hintereinander gearbeitet, kam zögernd herangetrabt. Für den Fall, daß sie einschlief, bevor sie wieder zu mir kam, bestellte ich direkt einen großen Kaffee mit Sahne und zwei Stück Zucker. Sie wischte die schmierige Theke mit einem Lappen ab, der sogar noch schmutziger war als das Formica. Sie starrte immer wieder zur Tür, wartete darauf, daß endlich ihre Ablösung kam, seufzte und gähnte dem Burschen hinter der Kasse zu. Vielleicht ihr Mann. Sie ließ etwas von meinem Kaffee auf die Untertasse schwappen, als sie ihn vor mich knallte. Ich bestellte zwei Doughnuts mit Zuckerguß, meine Lieblingssorte. Sie schmeckten wie gesüßtes, klebriges Papier.

Mooney kam achtzehn Minuten zu spät. Die Ablösung der Kellnerin war immer noch nicht aufgetaucht. Sie unterbrach ihr ständiges Starren auf die Uhr an der Wand, knallte eine Kaffeetasse auf die Theke und knurrte ihn an, während sie seine Bestellung – Aprikosentasche – aufnahm.

Er trank einen Schluck und schüttelte sich. «Fang du nicht auch noch an, Carlotta», warnte er, bevor ich auch nur ein Wort rauskriegte. Ich habe Mooney schon in vielen verschiedenen Aufzügen gesehen, von der gewienerten Paradeuniform bis zur schäbigen Undercover-Aufmachung, aber nur selten machte er einen schlimmeren Eindruck. Seine Augen hatten dunkle Ringe, und auf seinem Kinn waren Stoppeln.

«Ich weiß, daß deine Verspätung einen guten Grund hat», sagte ich ernst, stützte das Kinn auf meine Hand und klimperte ihn schräg von unten mit den Wimpern an.

«Fang gar nicht erst an. Diese Canfield-Sache treibt mich noch in den Wahnsinn. Ich habe einen Beamten rüber ins Rathaus geschickt, um Heiratsurkunden und all die Scheiße durchzugehen, und es sieht ganz danach aus, als wäre deine Lydia Canfield, Gattin von James Hunneman, die Frau, der ein Teil der Kissenfabrik gehört, die einzige Schwester von meinem Harold Canfield. Wodurch Hunneman Canfields Schwager ist und womit die ganze Schweinerei in der Familie bleibt. Verdien ein bißchen Geld in Hunnemans Fabrik, gib's wieder für Miete in Canfields Wohnung aus. Wir haben Harold geholt, und ich habe, verdammt noch mal, gedacht, er würde auspacken, wo wir doch die Verbindung zwischen ihm und Hunneman kennen, aber der Bastard führt uns ganz gewaltig an der Nase herum.»

Ich trank einen Schluck Kaffee. Er stand vermutlich schon länger auf der Warmhalteplatte, als die mißmutige Kellnerin Dienst hatte. «Will er ein Geschäft mit euch machen?»

«Wenn er diese Frauen umgebracht hat oder wenn er weiß, wer, zum Teufel, es gewesen ist, dann will ich nicht, daß er irgendein Geschäft macht, durch das er seinen Hintern vor dem Knast rettet ...»

«Aber wenn das die einzige Möglichkeit ist herauszubekommen ...»

«Fang gar nicht erst an», sagte er, kaute auf einem Bissen von seinem Gebäck. «Ist Paolina wieder zu Hause?»

«Ich habe Roz losgeschickt, um nach ihr zu suchen. Habe Gloria angerufen, und sie wird dafür sorgen, daß die Taxifahrer auch ein Auge offenhalten. Zuerst dachte ich, es wäre einfach nur ein normaler Krach mit ihrer Mutter ...»

Mooney versuchte ohne großen Erfolg, ein Gähnen zu unterdrücken. «Es ist nie nur eine einzige beschissene

Sache.» Er kippte wieder Kaffee in sich hinein, als wäre es eine dringend benötigte Medizin. «Carlotta, es ist mir immer ein Vergnügen, dich zu sehen, aber wieso esse ich meine Aprikosentasche hier statt an meinem Schreibtisch?»

«Hör zu, Mooney, ich habe mir Anas Geschichte während der vergangenen Nacht wieder und wieder durch den Kopf gehen lassen. Sie streitet ab, mich zu kennen. Das ist Lüge Nummer eins. Du hast ihre Reaktion auf mich gesehen. Und niemand hatte ihr meinen Namen oder irgendwas gesagt. Sie kannte mich. Also habe ich angefangen nachzudenken: Wann hat sie mich gesehen oder wann konnte sie mich gesehen haben? Ich habe dir erzählt, daß ich beobachtet habe, wie Manuela, meine Klientin, die Frau, die ich für Manuela hielt, in einer alten Schrottkarre abgedüst ist. Ich habe Ana gefragt, ob sie ein Auto fährt. Erinnerst du dich noch, was sie gesagt hat?»

«Irgendwas davon, daß sie keinen Führerschein hätte.»

«Richtig. Sie ist meiner Frage ausgewichen.»

«Okay», sagte Mooney. «Dann hätte sie also hinter dem Steuer sitzen, hätte dich damals gesehen haben können. Na und?»

«Machen wir mit Lüge Nummer zwei weiter. Sie sagte, sie wäre zur Westland Avenue zurückgekehrt – wobei sie das Risiko einging, vom INS geschnappt zu werden –, weil sie *vielleicht etwas* in dem Zimmer vergessen hätte. Also, das ist mal eine große Lüge.»

«Du glaubst, sie hätte dafür einen wichtigen Grund gehabt?»

«Und ob ich das gottverdammt glaube. Die dritte Sache, die mir keine Ruhe läßt, ist das Geld. Die Frau mit dem kunstvoll gearbeiteten Ring hat fünf 100-Dollar-Scheine auf meinem Schreibtisch liegenlassen. Ana identifiziert den Ring als den Ring einer der Frauen, die mit ihr zusammen in der Westland gewohnt haben. Woher soll eine Frau wie die einen 100-Dollar-Schein haben?»

Mooney kaute einen Bissen seiner Aprikosentasche durch. Es hörte sich trocken und alt an.

«Wer hat die Westland-Wohnung durchsucht, Mooney?»

«Fähige Detectives.»

«Haben sie sie auseinandergenommen, wirklich richtig nach etwas gesucht, das jemand dort versteckt, sorgfältig versteckt haben könnte?»

«Wie zum Beispiel ein geheimes Depot von 100-Dollar-Scheinen?»

«Genau. Zum Beispiel.»

Mooney seufzte. «Also deshalb bin ich hier. Du willst dir diese Wohnung noch mal ansehen.»

«Wenn Ana so unbedingt dorthin zurück wollte, trotz des Risikos, von *La Migra* geschnappt zu werden, dann will ich wissen, warum.»

«Ich auch.» Mooney spülte den Rest seines Kaffees runter und stand auf; mehr als die Hälfte seines Gebäcks blieb auf dem Teller liegen. Ich dachte kurz daran, es mitgehen zu lassen, da die klebrigen Doughnuts meinen Hunger nicht gerade gestillt hatten, aber es sah alles andere als verlockend aus.

«Ich lade dich ein», sagte ich, aber Mooney war bereits auf halbem Weg zu dem Münzfernsprecher neben der Tür. Ich schob dem Mann hinter der Kasse ein paar Scheine zu, gab ein größeres Trinkgeld, als die Kellnerin verdiente.

«Dave wird mit dem Schlüssel auf uns warten», sagte Mooney, als ich bei ihm ankam.

35

Die Tür der Kellerwohnung war offiziell vom Bostoner Police Department versiegelt. Mooney schnitt das Siegel durch, sobald er Daves Schritte kommen hörte. Dave nickte mir kurz zu, gab Mooney den Schlüssel. Er sah fast genauso erschöpft aus wie Mooney. Auch er war unrasiert.

«Hat Canfield irgendwas gesagt?» fragte Mooney.

«Uns nicht», erwiderte Dave.

Ich ließ den Männern den Vortritt, holte tief Luft und folgte ihnen. Es war genauso schlimm, wie ich es in Erinnerung hatte, vielleicht sogar noch schlimmer, mit den Anzeichen, die die Jungs von der Spurensicherung und vom Durchsuchungsteam zurückgelassen hatten.

Ich sagte: «Zu schade, daß ihr Canfield nicht dafür hinter Gitter bringen könnt, daß er so ein Rattenloch wie das hier vermietet.»

Dave nickte zustimmend. Mooney sagte: «Wo willst du anfangen?»

Dave sagte: «Die Jungs sind hier alles durchgegangen ...»

«Ich suche nach einer Stelle, wo man ein Geldbündel verstecken würde», sagte ich, marschierte zu dem winzigen Schlafzimmer im hinteren Teil der Wohnung. Ich blieb abrupt stehen, als ich eintrat. Die blutige Matratze hatte sich rostbraun verfärbt.

«Wenn du das Schlafzimmer willst, nehme ich die – wie nennt man so was? – Kochnische», brüllte Mooney. «Dave, du übernimmst das Wohnzimmer, okay? Vielleicht hat ja jemand was in einem Sofakissen gebunkert.»

Einbrecherregel Nummer eins lautet: Frauen bewahren kostbaren Besitz so nahe wie nur irgend möglich am Bett auf, Schmuck unter der Matratze und so. Deshalb wollte ich das Schlafzimmer.

Abgesehen vom Sprungrahmen lag nichts unter diesen Matratzen.

Ich kam nicht sofort darauf. Zuerst mußte ich an allen anderen Stellen des Zimmers nachsehen, vom Kruzifix an der Wand bis zum Pseudo-Wandschrank, bevor mein Blick wieder von den Matratzen angezogen wurde.

Sie waren keine acht Zentimeter dick, wurden von den Metallrahmen darunter nur schlecht gestützt, waren in der Mitte sogar noch dünner, wo sich die Umrisse vieler Schläfer verewigt hatten. Allein schon bei dem Anblick kriegte ich Rückenschmerzen. Ich riß die Matratze vom ersten Bett, stellte sie hochkant und begann mit einer gründlicheren Untersuchung.

Der Bezug war früher mal weiß gewesen. Jetzt lag er irgendwo zwischen Grau und Beige, hatte Flecken, über deren Ursache ich nicht mal nachdenken wollte. Die Matratze roch wie überreifer Käse.

Nichts auf der Vorderseite der ersten Matratze. Ich drehte sie um und begann mit meiner Untersuchung der anderen Seite, versuchte mir vorzustellen, wo ich bei einer Matratze ansetzen würde, wenn ich in ihr etwas verstecken wollte. Vielleicht an den Seiten ...

Nichts.

Aus dem anderen Zimmer konnte ich laute Geräusche hören. Mooney hustete. Wahrscheinlich wühlte er gerade im Mehl und in den Cornflakes.

Ich stellte die zweite Matratze hoch, begann wieder von vorne. Die blutgetränkte hob ich mir bis zum Schluß auf. Entlang der Naht der inzwischen rostfarbenen Matratze befand sich der Umriß einer blassen dreieckigen Narbe. Die Stiche, die die Wunde schlossen, waren sauber und regelmäßig.

«Ich hab's!» rief ich, meine Stimme viel zu laut für das

Zimmer. Ich fragte mich kurz, ob die darüber wohnenden Mieter mich wohl gehört hatten. Die Männer im Nachbarzimmer jedenfalls. Sie kamen hereingestürmt.

«Messer?» Ich habe eins in meiner Handtasche, ein nettes Schweizer Offiziersmesser mit einem Korkenzieher und allem. Doch einer der beiden müßte eigentlich ein größeres haben, dachte ich.

Mooney trug seins ans Schienbein geschnallt. Mit einem verlegenen Seitenblick zu Dave zog er es heraus. Ich bin mir gar nicht sicher, ob die Länge der Klinge innerhalb der legalen drei Zoll lag. Ich schlitzte den Bezug der Matratze auf, stieß meine Hand in die Öffnung und holte eine Handvoll klebriges Polstermaterial heraus. Das Blut war durchgesickert.

«Soll ich . . .» Sowohl Mooney als auch Dave mußten meinen angeekelten Gesichtsausdruck bemerkt haben.

«Ich komme schon klar», sagte ich scharf. Als ich noch ein Cop war, hatte ich mich erheblich besser im Griff. Damals ließ ich mir weder Ekel noch Nervosität anmerken, nicht, wenn mich die Jungs beobachteten.

Ich zerrte eine weitere Hand Füllmaterial heraus. «Ich versuch's noch eine Weile, dann könnt ihr weitermachen. Ich will ja nicht die ganze Action für mich allein», versprach ich.

«Wonach suchst du?» fragte Dave.

Mooney sagte: «Kakerlaken, was denkst du denn?»

«Danke», sagte ich, rümpfte die Nase und bemerkte dankbar, daß es nicht mehr weh tat. «Das hat mir gerade noch gefehlt, eine Handvoll Kakerlaken.»

«Willst du einen Handschuh?» fragte Dave hilfsbereit. «Auf deinem Fundstück könnten Fingerabdrücke drauf sein.»

Ich zog meine Hand schnell heraus und nahm sein Angebot an. Er reichte mir einen dünnen Plastikhandschuh von der Sorte, wie Ärzte ihn benutzen, nicht den dicken schwarzen Lederhandschuh, den ich erwartet hatte. Vorbereitetsein im Zeitalter von AIDS.

Ich grub weiter Füllmaterial heraus, zwängte meinen Arm tiefer und tiefer in das Loch, schob ihn bis über meinen Ellbogen hinein. Ich fühlte eine harte, schmale Kante unter meiner Hand, überlegte kurz, ob ich endlich eine Sprungfeder gefunden hatte. «Ich glaube, da ist was», murmelte ich. Ich mußte noch ungefähr sechs weitere Handvoll klebriges Zeugs rausholen, ehe ich einen Halt fand. Dünn und hart, wie eine laminierte Karte. Größer als eine *green card*.

«Mach die Öffnung ein bißchen größer», sagte ich zu Mooney.

«Nimm deinen Arm aus dem Weg.»

«Ich vertraue dir.» Ich wollte nicht mehr loslassen, was immer es war, was ich da gepackt hatte.

Vorsichtig vergrößerte Mooney den Schlitz.

«Okay», sagte ich. Ich zog meine Hand heraus, hielt ein schmutziges braunes Ledermäppchen darin. Mooney schnappte sich das Ding, seine Hände genauso in einer AIDS-Verpackung wie meine. Wo nahmen die Cops bloß all die Handschuhe her?

Das Mäppchen kam mir irgendwie bekannt vor. Ich wußte, wo ich zwei wie diese erst kürzlich gesehen hatte. «INS-Papiere», sagte ich.

Mooney klappte es auf, und ich starrte auf Harry Clintons Bild, auf seinen Namen und die Zahlen und Buchstaben, die so offiziell wirkten. Zwei 100-Dollar-Scheine lagen ebenfalls ordentlich gefaltet darin.

«Wer zum Teufel ...?»

«Jamiesons Kumpel», sagte ich ausdruckslos. «Derjenige, der mir von der Undercover-Aktion bei Hunneman erzählt hat.»

«Scheiße», sagte Mooney. Er gab Dave die Mappe. «Bring das sofort in die Spurensicherung, und dann bringst du es mir zurück. Und gib eine Fahndung nach diesem Burschen raus. Sobald ich wieder im Auto sitze, werde ich mich mit Jamieson in Verbindung setzen. Carlotta...»

«Ja?»

«Gehen wir uns mit Ana unterhalten.»

36

Ana war im Verhörraum zwei, dem gleichen Raum, in dem ich mir das Videoband meiner toten Klientin angesehen hatte, allein mit Marian Rutledge, der eleganten Harvard-Anwältin. Mooney machte an der Kaffeemaschine halt und füllte sich eine Tasse, bevor er gegen die Tür hämmerte. Er hütete sich zu fragen, ob ich auch einen Kaffee aus dem Dienstautomaten wollte.

Die Anwältin öffnete uns die Tür. Sie trug ein klassisches graues Kostüm. «Gut», sagte sie kurz, als sie uns sah. «Meine Mandantin möchte mit Ihnen sprechen.»

Mooney hob eine Augenbraue. Wir traten ein, und Ana zwang sich zu einem unsicheren Lächeln.

«Wir schlagen nicht von vornherein ein Geschäft vor», sagte Marian Rutledge entschieden. «Aber wir sind zuversichtlich, daß unsere Informationen Ihrer Ermittlung weiterhelfen werden, und wenn dies der Fall ist, würden wir ein Wort zu Anas Gunsten zu schätzen wissen.» Sie wiederholte die gleiche Aussage noch einmal für Ana, wobei ihr Spanisch genauso elegant war wie ihr Kostüm. Ana starrte sie mit offenem Mund und voller Bewunderung an. Mooney war so müde, daß ich nicht sicher war, ob er sie überhaupt als Frau erkannte.

«Ist sie bereit, eine Aussage zu machen?» fragte er.

«Ja.»

«Ich hätte gern einen offiziellen Polizeidolmetscher, womit ich nichts gegen Ihr Spanisch sagen will.»

«In Ordnung», sagte sie.

Mendez wurde gerufen. Ein Tonbandgerät wurde auf dem langen rechteckigen Tisch aufgebaut. Mooney überprüfte alles, um sicherzugehen, daß es funktionierte.

Die Anwältin nickte Ana zu, als die Maschine leise zu summen begann.

«*¿Dónde comienzo?*» fragte Ana. Womit soll ich anfangen?

Mooney sagte: «Fangen Sie mit Manuela Estefan an.»

Ana sah mich an, warf ihrer Anwältin einen kurzen Blick zu, starrte sehnsüchtig auf die ramponierte hölzerne Tür. Es gab keine Fenster, nur triste beigefarbene Wände. Sie holte tief Luft. «Wir haben uns in dem Lager in Texas kennengelernt. Der Ort heißt Brownsville, glaube ich. Wir erzählen uns Geschichten, wie wir hergekommen sind, wie wir die vielen Meilen gegangen sind, daß wir unsere Familien zurückgelassen haben und hergekommen sind, und wir sind in diesem Lager, und sie sagen, sie werden uns zurückschicken, wieder direkt zurück nach El Salvador, wir bekommen nicht einmal die Chance, auch nur kurze Zeit zu bleiben. Es gibt Stacheldraht, und das Lager ist voll, viele Flüchtlinge wie wir, eingepfercht wie Tiere. Und ein Mann kommt zu uns, zu mir und Manuela und drei anderen aus meinem Land, und er sagt, er könnte uns helfen, für Geld, für Schmuck – oder vielleicht auch für andere Dinge.»

Sie errötete heftig, und Marian Rutledge sagte: «Reden Sie bitte weiter, Ana.»

«Wir sind anständige Mädchen», erklärte sie. «Anständige Mädchen. Aus armen Familien, ja, aber wir gehen in die Kirche. Anständige Mädchen.»

Jetzt wurde mir klar, warum sie gewollt hatte, daß ich in Mooneys Büro blieb. Nicht unbedingt ich, sondern eine Frau.

In Mooneys und Mendez' Gegenwart würde sie kaum noch mehr sagen, wenigstens nicht über diesen Teil ihrer Geschichte. Sie zögerte und trank einen Schluck Kaffee. Er ging die falsche Röhre runter, und sie hustete.

«Der Mann ist ein Coyote, ein Schlepper», fuhr sie fort. «Manche bringt er über die Grenze ins Land, andere holt er aus den Lagern. Er ist ein Schwein, aber er kann tun, was er sagt, und schon bald haben wir Fahrkarten für den Bus, und wir kommen in diese Stadt, nach Boston, alle zusammen, und wir bekommen Jobs in der Fabrik und eine Unterkunft. Er verspricht uns Papiere, aber die bekommen wir nie zu sehen. In der Fabrik fragen sie nicht nach Papieren.»

«Bitte weiter, Ana», soufflierte die Anwältin.

«Mehr Mädchen kommen zur Arbeit, aber wir fünf bleiben zusammen. Wir arbeiten hart, weil er uns Papiere versprochen hat. Manuela, sie beschwert sich, und sie sagen, wenn wir uns beschweren, müssen wir zurück ins Lager, nach Texas, zurück nach El Salvador, ja sogar – zurück, um zu sterben.

Für mich, mir reicht es. Ich habe zu essen, und ich arbeite dafür, und nachts kommt niemand, um mich fortzubringen. Aber Manuela, sie weiß mehr. Sie erzählt von den anderen Frauen, die sie kennenlernt, von denen, die Papiere haben und daß sie überall leben können und alle möglichen Sachen machen, mit jungen Männern ausgehen und Familien gründen, Kinder haben, die hier aufwachsen.

Manuela, sie ist die schlauste von uns. Sie findet etwas heraus, etwas, glaube ich, über den Mann, der der Coyote ist, einen Mann, den wir manchmal in der Fabrik sehen, wenn neue Mädchen ankommen. Und es dauert nicht lange, da hat Manuela ihre *green card*. Und sie sagt uns, daß dies ein sehr wertvolles Geheimnis ist und daß wir alle damit unsere *green cards* bekommen können, alle ihre Freunde. Und wir trinken Wein und feiern, und dann ist Manuela auf einmal verschwunden.»

Das Tonband summte. Mendez wiederholte jedes Wort mit ruhiger Stimme.

«Die Frauen in der Fabrik, sie sagen, Manuela schläft mit jemandem, um ihre Aufenthaltsgenehmigung zu bekommen, und dann verschwindet sie, weil sie nicht mehr länger an so einem schlechten Ort zu bleiben braucht, wo sie für so wenig Geld arbeiten muß. Aber Manuela, sie ist so clever. Sie weiß alles. Und wir vier, wir glauben, sie wird uns nachkommen lassen, sie wird uns die *green cards* besorgen, weil sie gesagt hat, sie würde es tun, und sie ist keine Frau, die etwas vergißt.

Wir warten auf sie, aber wir hören nichts mehr von ihr. Aurelia ist die mutigste von uns ...»

«Aurelia Gaitan», murmelte Mooney.

«*Si.* Und sie geht schließlich zu dem Coyoten, nachdem wir viele Wochen gewartet haben. Vielleicht weiß sie auch, was Manuela gewußt hat, aber sie sagt es uns nicht. Vielleicht weil ein anderes Mädchen in die Wohnung einzieht und weil wir sie nicht besonders gut kennen, vielleicht – ich weiß nicht, warum. Aber schon bald sagt uns der Boss in der Fabrik, daß er eine *green card* für Aurelia hat, und sie ist auch fortgegangen, mit Manuela, um an einem anderen, wunderbaren Ort zu arbeiten, ist nach Kalifornien gegangen, wo es immer warm ist, und wir freuen uns für sie, sind aber auch ein bißchen traurig und verwirrt, weil sie sich nicht von uns verabschiedet hat.

Wir wünschten uns, wir drei, wir wünschten uns sehr, daß Manuela uns das Geheimnis erzählt hätte, mit dem man *green cards* bekommen kann, und zu Hause, wenn die neuen Mädchen fort sind, beschließen wir dann, überall in der Wohnung zu suchen, weil Manuela gerissen ist, und vielleicht hat sie etwas versteckt, und das war dann auch der Grund, woher Aurelia wußte, wie sie an ihre Papiere kommen und Nordamerikanerin und frei sein konnte.»

Ihre Kaffeetasse war leer. Mendez ging hinaus und holte ihr eine neue. Dankbar trank sie.

«In der Matratze von Manuelas Bett, in dem jetzt ein neues Mädchen schlief, haben wir es dann gefunden. Die Karte, die Sie mir gezeigt haben, Manuelas *green card*, und viel Geld, und auf einmal wissen wir nicht mehr, was los ist. Denn warum sollte Manuela zum Arbeiten nach Kalifornien gehen und ihre *green card* zurücklassen, über die sie so glücklich und auf die sie so stolz ist, die sie brauchen wird, egal, wohin sie in diesem Land geht? Warum sollte sie all das viele Geld zurücklassen, und woher kommt das Geld überhaupt? Ich habe große Angst, daß sie im Gefängnis ist.

Delores sagt, sie wird den Mann, den Coyoten, fragen, was mit der Karte ist. Vielleicht, denkt sie, gibt es ja zwei Karten, eine – *¿cómo se dice?* – provisorische und eine richtige.»

«Und Delores ist fortgegangen», sagte ich. Und natürlich

konnten die beiden anderen nicht zur Polizei gehen, würden im Traum nicht mal dran denken. An wen wendet man sich, wenn man in einem Land aufwächst, in dem uniformierte Männer mitten in der Nacht Menschen verschleppen? Wenn jeder Ruf nach Hilfe in deiner neuen Heimat sich als Bumerang herausstellen und Abschiebung zur Folge haben kann?

Ana nickte freudlos und rieb ihre Arme, als wäre ihr plötzlich kalt. «Also sind nur noch Amalia und ich übrig. Wir sind jünger als die anderen. Wir beschließen, daß wir nichts unternehmen, bis wir etwas von einer der Frauen hören. Sie werden uns nicht ohne ein Wort, eine Nachricht zurücklassen. Wir gehen arbeiten, wir sind sehr still, wir beklagen uns nicht, selbst wenn wir Überstunden machen müssen. Wir haben kein Geheimnis zu erzählen, also beschweren wir uns auch nicht. Wir haben keinen Ort, an den wir gehen können, und unsere Freundinnen sind fort. Und dann passieren zwei Dinge schnell nacheinander.

Wir hören von Ihnen.» Sie nickte in meine Richtung. «Jemand, der nicht die Polizei ist, eine Frau wie wir, und dann hören wir, wie eine Frau über Manuela spricht und daß man sie tot gefunden hat. Es ist so lange her, verstehen Sie, Monate, und in unseren Herzen sehen wir Manuela in Kalifornien, wo sie an irgendeinem schönen Ort arbeitet, vielleicht Kleider verkauft, vielleicht einen Freund hat, und wir wissen nicht mehr, wie wir herausfinden sollen, was wirklich passiert ist, und wir wollen die *green card* zurückhaben, Manuelas *green card,* weil wir glauben, das ist es vielleicht, was Manuela für uns versteckt hat, diese Sache, die so wertvoll ist. Wenn wir vielleicht ... Ich weiß nicht, was wir dachten. Amalia ist klüger als ich. Sie sagt, sie wird zu Ihnen gehen. Sie wird das Geld nehmen, das wir zusammen mit der *green card* gefunden haben ...»

Ich unterbrach sie. «Warum sollte Amalia sich mir gegenüber denn als Manuela ausgeben?»

«Weil Sie dann die Karte besorgen und keine weiteren Fragen stellen würden.»

«Aber das Foto...», sagte ich.

«Manuela ist ihre *prima*, ihre Cousine. Sie sieht ein bißchen aus wie Manuela.»

«Aber wollten Sie denn nicht wissen, wer die tote Frau war?»

«Nein», sagte Ana eindringlich. «Nein. Wir wissen, daß unsere Freundinnen in Kalifornien sind. Unsere Freundinnen. Meine Freundinnen...»

Jetzt begann sie richtig zu weinen. «Und dann ist Amalia auch fort, und der Boss in der Fabrik sagt zu mir, keine Angst, die Frauen, die gehen, haben ihre *green cards* bekommen, und ich müßte in eine neue Wohnung umziehen, weil die Behörden die andere Wohnung entdeckt hätten und weil sie wüßten, daß die Mädchen, die dort leben, keine Papiere haben, aber ich weiß nicht mehr, und ich ziehe zu jemand anderem, und ich mache meine Arbeit und ich gehe und ich wandere herum, und ich gehe nicht mal in die Nähe von unserem Boss, und ich habe Angst, daß der Coyote, wenn er das nächste Mal zurückkommt, daß er dann weiß, daß wir jemanden um Hilfe gebeten haben, daß Amalia mit dieser Lady gesprochen hat. Und ich denke, wenn ich noch mal in der alten Wohnung suchen gehe, vielleicht hat Manuela dort noch etwas anderes zurückgelassen, vielleicht tiefer in der Matratze versteckt. Und ich gehe hin. Ich bin so dumm, ich gehe hin. Und statt dessen ist ein Polizist dort.»

Sie sprach plötzlich nicht weiter, vergrub das Gesicht in den Händen.

Das Klopfen an der Tür erschreckte uns alle. Ana schrie

auf. Dave kam herein und gab Mooney Clintons Ausweismappe. «Ein paar Teilabdrücke», sagte er. «Soll sie sich das Ding mal ansehen?»

«Nein!» sagte Mooney schnell. «Nimm das Foto raus und besorg fünf ähnliche – Fotos von Cops, Ganoven, was auch immer. Sie soll ihn dann unter den anderen identifizieren. Wir machen das hier genau nach Vorschrift. Dieser Schweinehund wird mir nicht durch die Lappen gehen.»

Ana identifizierte ihn ohne zu zögern aus einer Gruppe von sechs.

Hundesohn nannte sie ihn, und sie spuckte.

37

Harrison Clinton, sagte ich leise vor mich hin, als ich meinen Wagen vom Revier nach Hause fuhr. War ich überrascht? Benommen? Schockiert? Wütend? Wütend, ja, weil ich einem Mann geglaubt hatte, der eine Reihe Ausweise und Referenzen, einen lässigen Südstaatenakzent, ein Gesicht und einen Körper gehabt hatte, der auch einer näheren Untersuchung standhielt. War ich auf ihn hereingefallen, nur weil er attraktiv war? Hätte ich sein Mißtrauen Jamieson gegenüber nicht in Frage stellen müssen? Statt dessen ließ meine Abneigung gegen Jamieson Clinton nur noch glaubwürdiger erscheinen.

Der gute alte Harry Clinton. Ein Mann, dessen Arbeit ihn von Boston nach Texas und wieder zurück führte, ohne daß jemand zu viele Fragen über sein Kommen und Gehen stellte... Ein Mann, der Zugang zu jeder beliebigen dieser kastenförmigen neutralen Limousinen hatte, den Aries, Reliants und billigen Chevys, die der INS als Dienstfahrzeuge besaß. Ein Mann, dem Lügen so leicht über die Lippen gingen wie die Luft, die er atmete. «Wenn ich Sie beschattet hätte, würden Sie's nicht gemerkt haben, Ma'am.» Ich hatte ihm geglaubt.

Ein Mann, der mich geküßt hatte. Um ehrlich zu sein, ein Mann, den ich geküßt hatte. Ein Mann, den ich beinahe in mein Bett eingeladen hätte. Ein Mann, der erpreßte und vergewaltigte und mordete. Ich atmete tief ein und fuhr bei Rosa über eine Ampel. Ich hätte eigentlich... Ich bremste mich, bevor ich in eine Grube voller Selbstvorwürfe abstürzte. Natürlich weiß ich, daß es sinnlos ist, aber alte Gewohnheiten sind zäh.

Der Toyota bog ganz von selbst in meine Zufahrt ein. Ich wühlte in meiner Handtasche nach den Schlüsseln. Es erforderte meine gesamte Konzentration, den Schlüssel ins Schloß zu stecken und die Tür zu öffnen.

Ich brüllte nach Roz, aber alles blieb still. Immer noch unterwegs auf der Suche nach Paolina. Kurz dachte ich daran, mich ebenfalls auf die Suche zu machen, aber ich wußte verdammt gut, daß ich ein paar Stunden unter der Bettdecke brauchte, bevor ich wieder einigermaßen funktionierte.

Mit einem dicken roten Magic Marker schrieb ich Roz eine Nachricht. «Falls du was von Harry Clinton hörst, sofort wecken! Vertrau ihm nicht!»

Ich dachte darüber nach, einen weiteren knappen Satz dranzuhängen. «Er ist ein Killer.» Dann versuchte ich es mit: «Er ist ein Mörder.» So oder so, Roz würde mir nicht glauben.

Am Kühlschrank hing ein Zettel, der mich daran erinnerte, morgen auf keinen Fall das Volleyballtraining zu verpassen. Das größte Spiel der Saison rückte näher. Ich nahm den Zettel herunter und steckte statt dessen meine größere, rot geschriebene Warnung hin. Dann überprüfte ich den mageren Inhalt des Kühlschrankes, riß einen Karton Orangensaft heraus und stand in der kühlen Luft der offenen Tür, stürzte das Zeug in gierigen Schlucken runter.

T.C. kam miauend ins Zimmer, und ich fragte mich, wann ich ihn wohl das letzte Mal gefüttert hatte. Ich nahm eine Dose seiner Lieblingssorte Fancy-Feast, um es wiedergutzumachen. Er sah mich höhnisch an, schlang das Zeug aber trotzdem wie eine halbverhungerte streunende Katze runter.

Nachdem ich es so gerade eben geschafft hatte, mich die Treppe hinaufzuschleppen und die Schuhe von den Füßen zu schleudern, schlief ich komplett angezogen und alle viere ausgestreckt auf dem Bett ein. Nur einen Augenblick später, wie mir schien, riß mich das schrille Klingeln des Telefons aus meinem Schlaf. Mein Mund war knochentrokken.

Die Stimme war ein vertrautes schleppendes Texanisch. Ich setzte mich im Bett auf, plötzlich hellwach und konzentriert. Meine Hand umklammerte den Hörer.

«Äh, hallo», brachte ich heraus, zwang einen beiläufigen Ton in meine Stimme.

«Ich rufe wegen Samstagabend an.»

«Äh, ja», brachte ich heraus.

«Glaubst du, es klappt? Zum Abendessen?»

«Klar», sagte ich gelassen. «Schön, daß du's nicht vergessen hast. Ich freue mich schon drauf.»

Dann folgte ein längeres Schweigen. Ich konnte ihn atmen hören. Er gab einen grunzenden Laut von sich, der ein Lachen gewesen sein könnte. «Weißt du, du bist gut. Wirklich richtig gut. Fast sogar gut genug.»

«Was meinst du damit?»

«Hör zu, ich weiß Bescheid», sagte er. Seine Stimme klang jetzt anders, irgendwie kälter. Die Worte kamen schneller, und der lässige Südstaatenakzent war kaum noch da.

«Was weißt du?»

«Du bist das Miststück, das alles kaputtgemacht hat. Von sich aus wäre sie nie zu den Cops gelaufen.»

«Wo bist du?» sagte ich.

Die Stimme wurde wieder träge. «Du hast über mich Bescheid gewußt, stimmt's? Deshalb hast du mich auch rausgeschmissen. Sonst wären wir nach oben gegangen und hätten gebumst, stimmt's? Bei Frauen habe ich nie Probleme. Ich brauche nicht dafür zu bezahlen oder zu betteln, weißt du.»

Ich versuchte mir Harry Clinton vorzustellen. Dieser Mann am Telefon hatte seine Stimme, aber es kam mir vor, als ich ihm jetzt zuhörte, daß sich sein Aussehen geändert haben müßte. Wie ich es hasse, daß Monster völlig normal aussehen. Dieser Anstrich von Normalität jagte mir einen Schauer über den Rücken, während ich mir weiter sein Schwadronieren anhörte.

«Ich meine, ich mußte Manuela doch zerhacken, oder? Nachdem mir klar wurde, daß dieses dumme Miststück die verdammte Karte nicht bei sich hatte. Irgendwer findet die Karte, vergleicht sie mit der Leiche, und schon fangen sie doch an, die Akten der Einwanderungsbehörde zu kontrollieren, richtig? Was sie zwangsläufig zu meinem kleinen Nebenjob führt. Weißt du, alles, was passiert ist, ist einzig und allein Manuelas verdammte Schuld. Sie hat mein Ausweismäppchen gestohlen, hat es mir gestohlen, während sie in einem Hinterzimmer bei Hunneman mit mir gebumst hat. Sie zu zerhacken war ganz schön hart, weißt du?

Sie war schon okay, clever. Zu clever. Genau wie du. Hörst du mir zu?»

«Ja», sagte ich. «Ich höre dir zu.»

«Diese anderen Frauen mußte ich auch umbringen. Kannst du dir diese Manuela vorstellen, wie sie mit all diesen anderen Miststücken über mich geredet hat? Darüber, wo ich arbeite und wie ich wirklich heiße? Sie umzulegen war ziemlich übel, aber ich habe anschließend alles saubergemacht. Ich stecke jeden Cop locker in die Tasche. Jamieson kommt doch tatsächlich zu mir und erkundigt sich nach gefälschten *green cards*. Scheiße, sie war *nicht* falsch, sondern einfach nur blanko. Ich habe das Foto von Manuela gemacht, um ein bißchen Zeit zu gewinnen. Dieses verdammte erpresserische Miststück. Hörst du mir zu?»

«Ja. Wo bist du?»

«Du wirst mir helfen, wieder aus dieser Sache rauszukommen. Es gibt keine wirklichen Beweise gegen mich. Ich habe gründlich hinter mir aufgeräumt. Da ist nur diese eine beschissene Frau, die, die jetzt bei der Polizei ist. Was ich dir zu verdanken habe. Sie kann sagen, daß ich es war, sie kann die Geschworenen überzeugen. Abgesehen von ihrem Wort werden sie nie was gegen mich in der Hand haben. Ich will sie, und du wirst sie mir bringen.»

«Vergiß es. Es gibt eine Menge Beweise. Wenn sie erst einmal eine gerichtsmedizinische Untersuchung mit dir als Verdächtigem durchführen, werden sie auch ...»

«Halt den Mund. Es gibt nichts, was ein guter Anwalt nicht in Stücke reißen könnte. Ich bin kein Schwachkopf. Ich bin ein Profi. Ich wollte immer Cop werden, das weißt du, doch statt dessen bin ich bei dieser Einwanderungsscheiße gelandet. Ich weiß alles über Gerichtsmedizin und Kriminaltechnik. Aber diese Frau, der kommen die Tränen, und die Geschworenen werden ihr alles abkaufen, was sie ihnen erzählt. Geschworene geben einen Scheißdreck auf Fingerabdrücke und Aussagen von Gutachtern. Aber gib ihnen ein Opfer, einen Augenzeugen, und schon sabbern sie alles voll. Scheiße, wieso rede ich überhaupt von einem Prozeß? Es *wird* keinen Prozeß *geben*. Ich werde ungeschoren aus dieser Geschichte rauskommen. Und du wirst mir dabei helfen. Du wirst mir helfen, diese Ana aus den Klauen der Cops zu befreien. Also, hör mir zu.»

«Ich habe dir zugehört.»

«Was jetzt kommt, möchtest du vielleicht mitschreiben.»

«Was?»

«Meine Bedingungen.»

«Daß du dich stellst?» Während ich sprach, schnappte ich mir einen alten Kontoauszug und einen Stift von meinem Nachttisch. Ich warf einen Blick auf meine Uhr und notierte die Zeit.

«Nur zu, spiel die Dumme. Nur zu. Du brauchst auch nichts zu verstehen. Sag einfach deinem Cop-Freund, ich will ein Geschäft machen. Ich will dieses spanische Mädchen, das sie eingelocht haben. Ich will, daß sie noch heute zu mir gebracht wird, heute nachmittag, um drei Uhr. Und du wirst sie begleiten.»

«Wohin?»

«Ich werde dich in einer Stunde wieder anrufen.»

«Die Cops werden sich nicht auf diese Nummer einlassen. Wieso, zum Teufel, sollten sie?»

«Tja, ich dachte wirklich, ich wäre in Schwierigkeiten», sagte er, als hätte er meine Frage nicht gehört. «Jamieson schnüffelte herum, du warst draußen in Hunnemans Fabrik. Dachte, ich könnte vielleicht schon zu tief drinstekken, aber ich schätze, ich bin ein Glückspilz.»

Wieder machte er dieses eigenartige Geräusch, dasjenige, das ein Lachen hätte sein können. «Ich habe einen Gast in meinem Büro. Möchtest du deiner kleinen Schwester vielleicht mal hallo sagen? Bleib dran, und ich gebe sie dir sofort.»

«Paolina?» Ich brachte den Namen kaum heraus.

«Carlotta», kam ihre leise, verängstigte Stimme über die Leitung. «Es tut mir leid ...»

«Ich melde mich wieder», sagte Clinton breit. Und die Leitung war tot. Ich drückte immer wieder auf den kleinen Knopf und wiederholte ihren Namen.

38

«Mooney», sagte ich eindringlich, beugte mich aus meinem Sitz so weit vor, bis er mir entweder in die Augen sehen oder sein Gesicht abwenden mußte, um mir auszuweichen, «ich verlasse mich bei dieser Sache auf dich.»

«Carlotta, der Bastard gibt uns nicht gerade verdammt viel in die Hand, mit dem wir arbeiten können.» Seine Stimme klang ausdruckslos und leblos. Ich erinnerte mich, sie schon einmal so gehört zu haben, als er die Frau eines jungen Cops angerufen hatte, der im Dienst schwer verwundet worden war. Seine farblose, monotone Stimme verriet nichts, ganz sicher nicht den lebensbedrohlichen Zustand dieses jungen Polizisten.

Wir parkten in einem ungekennzeichneten Dienstwagen im Boston Common außerhalb des Eingangs zur Park Street Station, des größten und belebtesten U-Bahnhofs von Boston. An dem Schalter draußen stellten sich Leute für Fahrkarten an; weitere drängten in Scharen die Treppe hinunter, um sich in einer anderen Schlange im Inneren des Bahnhofs anzustellen. Die Verkäufer in den Zeitungsständen grapschten Quarters und gaben dafür gefaltete *Globes* und offen sensationslüsterne *Heralds* heraus. Der Serienkiller aus den Fens machte immer noch Schlagzeilen auf der ersten Seite. Hot-dog- und Luftballonverkäufer wurden ihre Waren an Touristenhorden los. Mooney saß hinter dem Steuer. Ich hockte auf dem Beifahrersitz. Ana saß hinten zwischen Joanne Triola und Walter Jamieson, der eine ausgesprochen finstere Miene aufgesetzt hatte.

Harry Clintons Anruf war endlos erscheinende zehn Minuten zu spät gekommen. Zu diesem Zeitpunkt saß Mooney direkt neben mir am Küchentisch. Das Telefon war angezapft, und ein Trupp Techniker mit Kopfhörern lauerte draußen in einem Lastwagen der Telefongesellschaft, über Schaltpulte gebeugt, mit deren Hilfe sie den Anruf zurückverfolgen wollten. Es war verrückt, es zu versuchen, aber keiner wollte sich die Chance entgehen lassen, die technische Ausrüstung einzusetzen.

«Halten Sie ihn in der Leitung», hatte Walter Jamieson gedrängt, als das Telefon endlich klingelte. Er saß mir auf der anderen Seite des Tisches gegenüber. Ich war nicht begeistert, daß er dabei war, aber Mooney hatte ihn mitgebracht.

Es war ein blöder Spruch. Ich wußte, daß ich den Mistkerl am Reden halten sollte.

Ich versuchte es auch, aber er war nicht in der Stimmung. «Sorg dafür, daß das Mädchen in der Park Street Station ist. Um drei Uhr heute nachmittag, auf der ersten Ebene stadtauswärts, da wo die Züge der Linie C abfahren. Der Bahnhof muß offenbleiben. Irgendwelche Absperrungen, irgendwelche Bauarbeiten, irgendwas Ungewöhnliches, und unser Geschäft ist gelaufen. Du bringst Ana rein. Keine Waffen. Keine Cops. Weitere Anweisungen folgen.»

«Laß mich ...»

Er hatte aufgelegt, und ich beendete den Satz «... mit Paolina sprechen» im Kopf.

Seine Stimme war auf einen Lautsprecher übertragen worden, daher brauchte ich seine Nachricht nicht zu wiederholen. Er klang forsch und effizient. Ihm war nichts von der irren Besessenheit des ersten Anrufes anzumerken, keine Anzeichen, daß er mit den Nerven am Ende war.

«Cool», hatte Jamieson bemerkt. «Sehr beherrscht.»

«Wenn er sich wirklich in der Gewalt hätte, wäre er längst weg», hatte Mooney gesagt. «Diese Nummer ist doch verrückt. Damit wird er nie durchkommen.»

«Er wird, wenn die Alternative er oder Paolina heißt», hatte ich scharf erwidert. «Hätte ich bloß die Finger von dieser Sache gelassen.»

Ich wünschte, ich wäre in dem Augenblick zu den Cops gerannt, an dem ich von der Hunneman-Fabrik erfahren hatte. Aber ich hatte Angst gehabt, ich würde Paolina verlieren, Angst, daß Marta ihre Drohung wahrmachte und fortzog, falls die Fabrik geschlossen wurde.

Jetzt konnte es gut sein, daß ich Paolina trotzdem verlieren würde, dachte ich.

«Ich werde dich das nächste Mal dran erinnern.» Mooney mußte den Ausdruck auf meinem Gesicht gesehen haben. Seine Stimme verhallte, und er hatte seinen Blick abgewendet, hatte auf seine Armbanduhr gestarrt, als stünden auf ihrem Zifferblatt irgendwelche Geheimnisse.

«Drei Uhr. Genau zu Beginn des dichtesten Gedränges auf der Park Street», hatte er düster kommentiert. «Schußwaffengebrauch können wir also ausschließen. Der Commissioner kriegt schon Ärger bei Verfolgungsjagden auf leeren Highways. Er wird sich auf gar keinen Fall darauf einlassen, eine *High-Noon*-Schießerei in der Park Street Station zu inszenieren.»

«Clinton ist ein smarter, verrückter Bastard», hatte Jamieson voller Bewunderung gesagt.

«Wenn Sie ihm gegenüber vielleicht hätten durchblikken lassen, daß Sie ihn verdächtigen...», hatte ich gesagt.

«Wenn *Sie* uns vielleicht früher was gesagt hätten...»

«Ruhe jetzt», hatte Mooney gepoltert. «Für so was haben wir jetzt keine Zeit.»

Hatten wir wirklich nicht. Uns blieben weniger als drei Stunden.

Mooney hängte sich ans Telefon, verständigte den INS und das FBI und das Büro des Commissioners, schaltete nur diejenigen ein, die unbedingt etwas wissen mußten, nur diejenigen, denen er am meisten vertraute. Eine langsame Infiltration des U-Bahnhofes begann – ein Straßenhändler hier, ein Mann mit Kehrmaschine da.

«Nicht zu viele Kehrer», protestierte ich. «Da merkt er sofort, daß die nicht echt sind.»

Der Vertreter von der MBTA machte ein empörtes Gesicht. Mooney legte eine Hand auf meinen Arm, um mich zu bremsen.

Marta war bei Lilia. Zuerst hatte ich es ihr nicht erzählen wollen. Wozu sollte das gut sein? Ich hatte gesagt, schlechte Nachrichten halten sich. Ich war fast der Meinung gewesen, daß sie die Wahrheit nicht verdiente, nicht nachdem sie Paolina so lange getäuscht hatte. Aber sie hatte ein Recht, es zu erfahren, das Recht der Mutter, sich Sorgen zu machen.

Mooney schickte Leute, verkleidet als Zugschaffner und Fahrkartenverkäufer, hinein, aber immer nur bei Schichtwechsel oder zur Mittagspause, nur wenn der normale Angestellte abgefangen und ihm irgendeine plausible Lüge erzählt werden konnte, warum er nicht gebraucht wurde.

«Er ist smart», sagte Jamieson immer wieder. «Sehen Sie nur, was er bislang alles gemacht hat.»

«Stimmt», zischte ich.

«Ich meine nicht die Morde», sagte er schnell. «Sondern den Rest – das hat er wirklich sauber hingekriegt, das müssen Sie zugeben. Er muß ein Heidengeld damit verdient haben, Ausländer ins Land zu bringen. Er hat von ihnen für die Einreise kassiert, hat sich dann Arbeitgeber gesucht, die verzweifelt billige Arbeitskräfte brauchten, hat Schutzgelder kassiert.»

«Er war nicht so smart wie Manuela Estefan», sagte ich trotzig.

Aber war er doch. Er lebte noch. Sie war tot.

Jamieson räusperte sich. «Wie auch immer. Was ich damit sagen wollte: Er wird sich die Gegend genau unter die Lupe nehmen, nach unten gehen, auf ein paar Züge warten und sehen, ob alles normal läuft. Sobald ihm irgend etwas ungewöhnlich vorkommt, wird er sofort verschwinden.»

Und das Schöne an der Park Street als Knotenbahnhof war, daß er so ziemlich überallhin verschwinden konnte. Runter auf eine tiefere Ebene und durch einen von einem halben Dutzend Ausgängen raus. Er konnte in eine Bahn seiner Wahl steigen, eine der Green Line oder eine der Red Line. Stadteinwärts, stadtauswärts. Durch Tunnel, Treppen hinauf, über Gleise.

«Carlotta», sagte Mooney gegen Viertel vor drei und schreckte mich aus meiner Trance, «geh mit Ana ein bißchen spazieren. Und sei in zehn Minuten wieder hier.»

«Hmh?»

«Er könnte jetzt irgendwo dort draußen sein. Hier im Common. Ich möchte, daß er dich mit ihr sieht. Und dabei kannst du auch gleich das Funkgerät testen.»

Ich zuckte mit den Achseln. Es machte für mich nicht viel Sinn, aber nach der erzwungenen Untätigkeit im Wagen war ich ein wenig hampelig, war zu allem bereit, wenn ich mir nur die Beine etwas vertreten konnte.

«Vielleicht fahren wir kurz weg, aber wir sind auf jeden Fall in zehn Minuten wieder hier», versprach Mooney. «Geh nicht runter, bevor du dich mit mir abgesprochen hast.»

Ana und ich stiegen aus und schlenderten auf den Park-Street-Springbrunnen zu. Das Messingbecken war trokken, so wie es den größten Teil des Jahres über ist, und die Fische schnappten überrascht nach Luft, statt Wasser zu speien. Ein Mann in einem Trenchcoat und mit einem drahtlosen Mikro rief die Sünder zur Reue auf, um die Liebe von Jesus Christus zu erlangen. Niemand beachtete ihn mehr, als sie einen umhergehenden Geiger in einem überfüllten Restaurant beachten würden.

Ich zerbrach mir zum siebzehntenmal den Kopf über die Kanone. Ich hatte beschlossen, keine mitzunehmen. Weil ich Angst hatte, ich würde sie benutzen. Eine U-Bahnstation ist nicht der richtige Ort für Schußwaffen. Wenn ich eine hätte, würde ich mich vielleicht auf sie verlassen und mich zu sicher fühlen. Ich könnte meine Selbstbeherrschung verlieren, Paolina gefährden – ich kannte alle gottverdammten Gründe, und trotzdem sehnte sich meine Hand nach einer Waffe.

«Mit Ihnen alles in Ordnung?» fragte ich Ana. Blöde Frage. Ich stellte sie, um zu sehen, ob die Techniker empfangen konnten, was ich sagte.

«*Sí.*»

Unten in den Eingeweiden des U-Bahnhofs wartete der

Mann, vor dem sie die meiste Angst auf der Welt hatte, auf sie. Natürlich war da mit ihr alles in Ordnung.

Oberirdisch funktioniert das Funkgerät bestens. Aber wenn's unter die Erde ging, dann regierten atmosphärische Störungen. Mooney meinte, es könnte funktionieren. Zumindest war es den Versuch wert.

Ana mit einem Sender auszustatten lohnte sich nicht. Das würde nur Clinton dazu treiben, sie so schnell wie möglich umzubringen und irgendwo loszuwerden. Also war es meine Aufgabe, die Cops auf dem laufenden zu halten, während ich gleichzeitig Clinton davon überzeugen mußte, daß keine Cops in der Nähe waren.

Auf dem Hauptweg durch den Common zogen zwei große schwarze Typen den Leuten mit ihren drei Spielkarten das Geld aus der Tasche. Die Gesichter wechselten von Jahr zu Jahr, das Spiel blieb immer das gleiche. Ich suchte schnell die Menge ab. Den dritten Mann, der als Lockvogel fungierte, entdeckte ich in vielleicht zehn Sekunden. Er schaute auf und erkannte mich aus meinen Tagen als Cop, lächelte zögernd und entspannte sich, als ich vorbeispazierte.

Wir kehrten den gleichen Weg zurück und schlenderten zweimal um den Brunnen. Der Himmel war fast makellos blau, nur hier und da unterbrochen von feinen Zirruswolken. Der Kirchturm war blendend weiß. Die Geräusche der Stadt wirkten gedämpft. Ich fühlte mich, als ginge ich im Nebel, als könnte mich niemand sehen. Menschen hasteten vorbei, und ich fragte mich, ob jemand wohl die Schrecken in meinem Kopf lesen konnte. Ich fragte mich, ob Harry Clinton uns jetzt sehen konnte, irgendwo in einiger Entfernung hockte, die Augen nicht von seinem Fernglas nahm. Ich fragte mich, welcher der Hot-dog-Verkäufer wohl ein Cop war.

Ich fragte mich, wo die Funktechniker waren. Keine Wagen von der Telefongesellschaft. Clinton wäre das sofort aufgefallen.

Der Wagen hielt direkt vor uns. Ich legte eine kalte Hand auf Anas Arm, und ohne ein weiteres Wort gingen wir darauf zu. Ich stieg vorn ein. Ana hinten.

«*Madre de Dios*», murmelte sie und atmete scharf ein.

Jamieson saß nicht mehr im Fond. Statt dessen saß dort eine Frau, die Anas Zwillingsschwester hätte sein können. Wenigstens aber ihre Schwester, dachte ich, und starrte sie genauer an.

«Was zum Teufel?» sagte ich zu Mooney. «O nein, so wird das nicht...»

«Carlotta.» Es war Joanne Triola, die jetzt sprach. «Das ist Sergeant Ramirez. Wir haben sie uns aus Lowell ausgeliehen. Wir waren nicht sicher, ob wir sie noch rechtzeitig herbringen konnten. Sie arbeitet als Undercover-Agentin bei der Drogenfahndung.»

Sie trug die gleiche grüne Bluse, den gleichen rostfarbenen Rock. Ana zog ihren Regenmantel aus, gab ihn ihr.

«Ihre Größe und ihr Gewicht sind praktisch gleich. Sie trägt eine Perücke. Clinton wird den Austausch auf keinen Fall erkennen können.»

«Mooney», protestierte ich, «du hast es mir versprochen. Keine krummen Touren, solange Paolina nicht in Sicherheit ist.»

«Ich kann ihm Ana nicht ausliefern», sagte Mooney.

«Mooney...»

«Er braucht Distanz, Carlotta. Um abhauen zu können. Er wird euch nicht nahe kommen. Es ist gottverdammt viel zu gefährlich für ihn. Aus einiger Entfernung ist sie einfach perfekt. Sorg du nur dafür, daß der Kerl auf Distanz bleibt.»

«Ja, aber...», begann ich, dachte an hundert, tausend,

Millionen Dinge, die für mich, für Paolina schiefgehen konnten.

«Es ist Zeit.»

«Gottverdammt, du hättest es mir wenigstens vorher sagen können. Du hättest sagen sollen...»

«Was hätte das gebracht, Carlotta?» schaltete sich Joanne ein. «Das läuft jetzt so ab.»

Ana starrte ihre Doppelgängerin an, ihre Retterin. Die zwei plapperten auf spanisch. Der gequälte Ausdruck verschwand aus Anas Augen.

Mooney sagte: «Mit Ihnen alles klar, Ramirez?»

«Ich bin soweit.»

Die Kirchturmuhr schlug drei.

«Ihr seid dran», sagte Mooney.

Wir stiegen aus dem Wagen. Ich vorne, sie aus dem Fond. Genau wie beim letzten Mal. Nur anders.

Wir stellten uns in der Schlange an, kauften unsere Fahrkarten, gingen nach unten. Ramirez wickelte sich in Anas Regenmantel. Ich blinzelte, als ich vom hellen Tageslicht in die künstliche Höhle kam. Auf den Treppen wimmelte es von Menschen, und ich beobachtete ständig meine nächste Umgebung. Ich wollte nicht, daß Clinton sich an mich heranschlich, bevor ich soweit war, und die falsche Ana sah. Wie gut hatte er die Frau gekannt? Mein Gott, wenn er in diesem Lager in Texas mit ihr geschlafen hatte, konnte ich nur hoffen, daß es im Dunkeln passiert war.

Ich starrte Ramirez an. Anas Gesicht war eine Idee breiter, jünger. Beide hatten sie runde braune Augen. Die Haare waren perfekt.

Wir schoben uns neben Kauflustigen mit Einkaufstüten auf den Armen, Studenten mit Rucksäcken, Geschäftsleuten, die dem Hauptansturm der Pendler zuvorkommen wollten, durch die Drehkreuze.

Die Züge Richtung Cleveland Circle hielten an der rechten Seite des Hauptbahnsteiges, in der Mitte, vor einem Kiosk, an dem man Zeitungen, Doughnuts, Kaffee und Popcorn kaufen konnte. Ich atmete tief ein. Das Popcorn-Öl roch ranzig.

Ramirez und ich bauten uns vor dem Kiosk auf. Sie drehte sich automatisch so um, daß sie mich ansah. Das war ein geschickter Schachzug, ihr Gesicht vom größten Teil der Menschenmenge abzuwenden. Ich wollte sie nach ihrem Vornamen fragen. Aber irgendwie schien es weder die richtige Zeit noch der richtige Ort für nette Konversation.

Nach acht Minuten, die mir wie acht Stunden vorkamen, kam ein schwarzer Junge in einer Lederjacke zu mir und sagte: «Sind Sie Carlotta?»

Ich nickte. Er gab mir ein zusammengefaltetes Blatt Papier und lief weg.

Ich las die getippten Anweisungen laut vor. Ich hatte nicht viel Vertrauen in das Funkgerät. Der Lärm der Züge war ohrenbetäubend. Ich konnte mich kaum selbst verstehen.

Auf dem Zettel stand: «Du steigst mit dem Mädchen in den nächsten Zug. Stell dich an die hintere Tür auf der rechten Seite. Beide Hände an der Stange. Sprich nicht mit Fremden. Steig an der Arlington aus. Bring den Zettel mit.»

Aus der Traum, den Zettel einfach zusammenzuknüllen und auf den Boden fallen zu lassen, wo einer von Mooneys Kehrmännern ihn finden konnte. Wenn das Funkgerät nicht funktionierte, würde kein Mensch wissen, wohin wir gefahren waren.

Ganz in der Nähe schob ein junger Mann einen Besen durch die Gegend. Zu Ramirez sagte ich: «Wir fahren zur Arlington.» Der junge Mann schaute nicht zu uns auf. Ich hoffte, er hatte es mitbekommen. Ich hoffte, er war einer von Mooneys Leuten.

Der nächste Zug war voll. Wir mußten uns durch die Menge drängen. Eine ältere Dame funkelte mich wütend an, als ich mich an ihr vorbeizwängte. Ich hielt einen Arm auf Ramirez' Schulter. Wir sprachen nicht.

Ich fragte mich, wieviel Zeit ihnen geblieben war, sie ins Bild zu setzen.

Noch mehr Leute drängten sich in der Boylston herein. Ich musterte immer intensiv die Menge Leute, die in der Park und früheren Stationen eingestiegen waren. Clinton war nicht in der Bahn, stand zumindest nicht. Saß vielleicht irgendwo hinter der Barriere aus Leibern. Vielleicht auch in einem anderen Wagen. Vielleicht war er auch schon an der Arlington. Ich hoffte es. Distanz, halte ihn auf Distanz.

Ich dachte an all die clever versteckten Cops, die die Ausgänge der Park Street Station beobachteten. Würde Mooney ihre Tarnung auffliegen lassen und versuchen, sie schnell zur Arlington Street Station zu verlegen? Wie viele Ausgänge hatte dieser U-Bahnhof? Gottverdammt, fast genauso viele. Vier an der Ecke Boylston und Arlington Street. Dann war da der Tunnel zur Berkeley Street. Und die anderen Bahnen.

An der Arlington stiegen wir mit einer Masse anderer aus, blieben stehen, während die Menge um uns herumbrandete. Manche eilten auf die Ausgänge zu, andere drängten in den Zug hinein. Eine Hand berührte mich von hinten. Ich wirbelte herum, sah nichts, hörte eine Stimme aus Taillenhöhe.

Ein kleiner Junge zerrte an meiner Bluse. «Der Mann hat gesagt, ich soll dir das hier geben.»

Wieder ein Zettel. Ich las ihn laut vor. Falls Clinton mich

beobachtete, hoffte ich, daß er dachte, ich würde ihn Ana vorlesen.

«‹Wirf mal einen Blick über die Gleise.›»

Ich hörte auf zu lesen, machte es. Sie waren da. Er hielt Paolina an der Hand.

«‹Wirf mal einen Blick über die Gleise›», sagte ich wieder. «‹Geh die Treppe rauf, bleib oben stehen, wo ich dich sehen kann. Ich schicke dir Paolina, wenn du mir das Mädchen schickst. Dann gehst du wieder runter und steigst in den nächsten Zug.›»

Verdammt. Ich warf einen Blick nach links. Die Treppe ragte etwa zwanzig Meter von uns entfernt auf. Auf Clintons Seite der Gleise befand sich eine identische Treppe. Beide führten zur Fahrkartenkontrolle, einer Betoninsel von der Breite des U-Bahn-Schachtes. Ich erinnerte mich daran, wie der U-Bahnhof Arlington Street aufgebaut war. Die Treppenabsätze lagen nur gut zwölf Meter auseinander. Ich warf Ramirez einen verstohlenen Blick zu.

Wieso konnten wir den Austausch nicht jetzt durchziehen? Ich schickte die falsche Ana die Treppe rauf, er trennte sich gleichzeitig von Paolina.

Ich beantwortete meine eigene Frage. Weil Ana und Paolina dann während des Bahnsteigwechsels für mehrere Sekunden außer Sicht sein würden, weil Ramirez Paolina dann packen, in einem Kontrolleurhäuschen Deckung suchen, auf einen Ausgang zurennen konnte.

Wir machten uns auf den Weg zur Treppe. Ramirez blieb auf meiner linken Seite. Es sah völlig normal aus, und ich applaudierte ihr stumm, daß sie sich weitgehend außerhalb direkter Sicht hielt. Aber wenn wir erst mal oben waren, in einer Entfernung von zwölf Metern oder vielleicht noch weniger...

Ob Ramirez wohl bewaffnet, ob sie auch mit einem

Sender ausgerüstet war? Verdammt, ich wußte überhaupt nichts. Verfluchter Mooney. Verflucht ihr gutes Timing. Die Treppe schien endlos zu sein. Ich behielt meine Augen nach rechts, über die Gleise auf die Stelle gerichtet, wo Clinton und Paolina jeden unserer Schritte nachmachten. Er hatte seine Hand in der Tasche seines leichten Sakkos. Die Tasche beulte sich aus.

Es folgte ein sehr kurzer Moment, in dem wir uns aus den Augen verloren. Ich sagte «Treppe, Arlington Street Station. Kanone in Jackentasche» so schnell und so laut ich konnte.

Dann sah ich ihn wieder. Er hielt Paolinas Hand, schob sie vor sich her. Am Kopfende der Treppe blieb er stehen, und wir sahen uns über die Entfernung hinweg an. Viel zu nah, dachte ich verzweifelt.

Jemand rempelte mich von hinten an, zischte ein «Entschuldigung». Scharen eiliger Pendler auf dem Nachhauseweg versuchten, Ramirez und mich zur Seite zu schieben. Ich wollte nicht noch weiter gehen. Ich packte die falsche Ana, und wir wichen ein Stück nach links aus. Der Bahnhof wimmelte vor Menschen. Ich starrte über die viel zu schmale Kluft und sah, daß Clinton genausoviel Schwierigkeiten mit den schiebenden, hastenden Fußgängern hatte wie ich. Er versuchte Paolina festzuhalten, die Kanone in seiner Tasche zu umklammern und gleichzeitig dennoch Ana nicht aus dem Blick zu verlieren. Ich konnte ihn problemlos sehen, aber wir waren auch größer als die Menge. Paolina war praktisch unsichtbar. Ana mußte etwa genauso schwer auszumachen sein.

Ich hielt die Luft an.

Der Lärmpegel verdreifachte sich, als sich eine Horde Kids einer nahegelegenen High School, befreit vom Unterricht, zu ohrenbetäubendem Rap aus einem roten Ghettoblaster die Treppen herunter ergoß und durch die Drehkreuze drängelte, wo sie mit ihren Schülerkarten wedelten. Statt sich sauber zwischen die beiden Treppen aufzuteilen, die auf den Bahnsteig der stadtauswärts und -einwärts fahrenden Züge führten, blieben sie genau in der Mitte stehen, stritten sich und gestikulierten wild, beendeten irgendeine Diskussion, die in der Schule begonnen hatte.

Ich konnte Clinton kaum noch sehen. Ich hörte ihn rufen. Dann sah ich Paolina, die sich durch die Menge schlängelte. Clinton riß irgend etwas aus seiner Tasche, und ich schrie «Runter!» Ich brüllte so laut ich nur konnte, mit Verzweiflung im Schrei, doch meine Stimme verlor sich in dem Tumult.

Paolina war wie der Blitz zwischen den Beinen von irgendwem, versuchte sich zu mir durchzudrängen. Ich konnte sehen, daß ihr Mund geöffnet war, aber ich konnte unmöglich sagen, ob sie schrie oder was sie schrie. Clinton hob die Waffe. Er zielte nicht auf Paolina. Ich drehte mich um und stieß Ramirez zu Boden.

Der erste Schuß brachte Stille, der zweite Panik. Paolina war vor mir, hatte ihre Arme um mich geschlungen, hätte mich beinahe über den Haufen gerannt. Ich wirbelte herum und stieß sie hinter mich, schob sie zwei Stufen hinter eine Betonbarriere.

«Bleib da», brüllte ich.

Ich stand auf und begutachtete das Chaos. Eines der Schulkinder lag auf dem Boden. Von Ramirez nichts zu sehen. Clinton drehte sich um, verstaute seine Kanone wieder in seiner Tasche, schloß sich der nach unten drängenden Menge an. Verwirrte Pendler standen da und schrien. Wachmänner in MBTA-Uniformen schwärmten aus und brüllten. Aus den Augenwinkeln sah ich, wie Ramirez sich wieder aufrappelte. An einer Schulter von

Anas Regenmantel war ein schnell größer werdender Blutfleck. Sie hielt eine Waffe in der Hand. Dann sackte sie wieder auf den Boden zurück. Ich brüllte so laut ich konnte: «Officer angeschossen! Officer braucht Hilfe!», betete, daß jemand etwas über das verdammte Ding, das mir stramm auf die Rippen geschnallt worden war, aufschnappte. Dann drängte ich mich zu ihr, riß ihr die Waffe aus der keinen Widerstand leistenden Hand und stürzte mich in die Menge, stürmte die Treppe hinunter, hinter Harry Clinton her.

«Runter! Aus dem Weg!» Die phlegmatischen Bürger auf der Treppe hatten keine Augen, keine Ohren. Sie hatten keine Schüsse gehört, nur Fehlzündungen, hatten nichts Außergewöhnliches bemerkt, nur einen laufenden Burschen, der noch seine Bahn kriegen wollte. Verdammt unaufmerksam von den Leuten, einfach herumzurennen, auf Treppen zu drängeln. Jemand konnte verletzt werden, verdammt noch mal.

Ich hielt die Automatik an meiner Seite, richtete die Mündung auf den Boden, unsichtbar. Ramirez hatte den Sicherungsbügel bereits zurückgeschoben. Aus zehn Treppenstufen Höhe suchte ich den Bahnsteig ab. Es war ein verschwommener Fleck, ein Wirbel aus Formen und Farben. Meine Augen nahmen Fragmente von Bewegungsabläufen wahr. Ein Junge umklammerte die Hand seines Vaters. Ein roter Fleck verwandelte sich in den Schal einer jungen Frau. Blau war eine Büchertasche, ein Schirm. Die meisten Gesichter sah ich im Profil oder dreiviertel abgewendet, in den Tunnel hineinstarrend, auf die Scheinwerfer einer nahenden Bahn wartend. Wo war er? Rannte er zum Ausgang auf die Berkeley Street? War er schon in einer Bahn zurück zur Park Street? Hinter einer Säule? Mein Atem kam stoßweise. Das Donnern des einlaufenden Zuges hämmerte in meinen Ohren. Meine Hand zitterte. Ich wollte diesen Bastard erschießen, ihn umbringen. Eine Kugel nach der anderen in seinen sterbenden Körper pumpen, ihm dabei ihre Namen ins Gesicht brüllen, Manuela, Aurelia, Delores, Amalia...

Eine Arborway-Huntington-Bahn lief ein. Ich sah, wie sich die Türen öffneten, wie sich neue Ahnungslose auf den Bahnsteig ergossen. Ich wußte, selbst wenn ich Clinton sah, würde ich niemals einen sauberen Schuß abgeben können. Ich würde irgendein armes Kind treffen, das nach der Hand seines Vaters griff.

Ich erinnerte mich an Ramirez, die oben auf dem Boden blutete. Und an das namenlose Kid, das gestürzt war. Und an Paolina, die ungeschützt und verwundbar auf der Treppe kauerte.

Ich schluckte und sicherte die Automatik. Ich hatte einen metallischen Geschmack im Mund. Ich stopfte die Kanone in meine Tasche, drehte mich um und rannte wieder die Treppe hinauf, machte mich hinter dem Geländer so klein wie möglich, mußte bei jedem einzelnen Schritt gegen die herunterbrandende Menge ankämpfen. Das Geräusch näher kommender Sirenen vereinigte sich mit der Kakophonie.

Paolina war genau an der Stelle, an der ich sie zurückgelassen hatte, die Augen weit aufgerissen. Eine grauhaarige Frau versuchte sie zu trösten, aber Paolina war taub für ihre beruhigenden Worte. Sie stöhnte leise. Ich kniete mich vor sie, rief ihren Namen. Langsam richteten sich ihre Augen auf mein Gesicht, und dann lag sie in meinen Armen. Ich hob sie hoch, und es kam mir vor, als würde sie überhaupt nichts wiegen. Sie stieß den Sender in meine Rippen, und der Schmerz fühlte sich gut an.

39

Um halb neun am folgenden Morgen, angetan mit Shorts und einem langärmeligen Hemd, pflanzte ich meinen Hintern auf die harte Holzbank der Turnhalle des Y an der Huntington Avenue, lauschte auf das Klatschen von Turnschuhen auf Dielen, die schrille Pfeife des Schiedsrichters, sporadische Schreie und kurze Beifallsstürme. Hauptsächlich hörte ich aber das Jubeln der gegnerischen Mannschaft. Wir lagen einen Satz im Rückstand.

Und ich zierte die Bank.

Meine Nase und mein Wangenknochen waren in Ordnung. Ein Eisbeutel war um meinen linken Knöchel gewikkelt, notdürftig mit einer Bandage fixiert. Ich hatte nur bis zu den ersten beiden Punkten mitgespielt. Ich muß wohl auf dieser verdammten Treppe im U-Bahnhof Arlington Street ausgerutscht sein, vielleicht als ich Paolina hochgehoben hatte. Den Schmerz hatte ich nicht bemerkt, nicht bis heute morgen.

Kristy hatte mich schräg angesehen, als ich hereingehumpelt kam. Normalerweise verpasse ich nur äußerst ungern ein Training, noch viel weniger ein Spiel – und das hier war das Spiel um die Meisterschaft, und hier saß ich nun auf der Bank. Ich streckte eine Hand aus und legte sie auf Paolinas Knie. Sie drehte sich zu mir und lächelte mich zögernd an.

«Vielleicht kannst du ja wieder rein», sagte sie ernst. Ich griff hinüber und steckte eine glänzende Haarsträhne hinter ihr Ohr, damit ich sie besser sehen konnte.

«Vielleicht.»

«Tut mir leid, daß du dir deinen Knöchel verletzt hast.»

«Ist nicht deine Schuld.»

Ihre Hand schob sich in meine. Sie war okay. Ein oder zwei blaue Flecken, versteckt unter ihrer gestreiften Bluse.

Ein aufgeschlagenes Knie unter der blau-grünen Hose. Ihre Finger spielten mit einem Goldfisch-Anhänger, der an einer schwarzen Seidenkordel hing, das Gegenstück zu dem, den ich in meinem Haus gefunden hatte. Körperlich war sie okay, aber viel, viel zu still.

Während ich im Umkleideraum gewesen war, hatte die hübsche Edna sich nach dem gutaussehenden Harry erkundigt, dem Talentsucher der Olympic. Würde er sich das heutige Spiel wohl auch ansehen und mich anfeuern?

Ich hatte ihr nicht erzählt, daß Harry Clinton in einer Zelle im Gefängnis an der Charles Street saß. Der Sender hatte auf den Bahnsteigen nicht besonders gut funktioniert. Zu weit unter der Erde. Aber Mooney hatte die Nachricht, zur Arlington zu kommen, von dem Kehrer in der Park Street erhalten. Und oben auf der Treppe in der Arlington, nur drei Meter unter der Straßendecke, war meine Stimme laut und deutlich rübergekommen. Harry Clinton war unter den feindseligen Blicken von sechs Cops und zwei FBI-Männern an der Berkeley Street aus dem U-Bahnhof aufgetaucht. Ohne Geisel im Schlepptau.

Er redete nicht über die Morde, wenigstens nicht mit den Cops, außer daß er sagte, sie müßten das Werk eines Verrückten sein, und da er nicht verrückt sei, könnte er auch nicht der Mörder sein. Nicht verrückt. Und das aus dem Munde eines Mannes, der Manuelas Hände abgehackt hatte, um ihre Identifikation zu verhindern, und dann bei den späteren Morden genauso verfahren war, damit es wie das Werk eines Ritualmörders aussah, der sich seine Opfer wahllos aussuchte.

Clever schloß verrückt nicht aus.

Ramirez lag mit gebrochenem Schlüsselbein im Boston City Hospital. Der Jugendliche, der zu Boden gegangen war, hatte eine zerschmetterte Kniescheibe.

«Ich dachte bloß, ich hätte ihn heute schon gesehen», sagte Edna, während sie ihre Schnürsenkel doppelt zuband und ein verwirrter Gesichtsausdruck eine Falte auf ihre Stirn zauberte.

Ich fragte mich, ob sie den Olympic Scout jemals mit den Polizeifotos von Harry Clinton auf den ersten Seiten beider Tageszeitungen in Verbindung bringen würde.

James Hunneman war im Polizeipräsidium, überschlug sich praktisch in seinem Eifer auszupacken. Der Fabrikbesitzer schwor, er wüßte absolut nichts von Mord. Er hätte lediglich Clinton bestochen. Es war ziemlich lange so gelaufen.

Clinton hatte ihm immer billige Arbeitskräfte vermittelt. Keine Fragen, keine Papiere. Dollars wechselten den Besitzer. Als das neue Gesetz in Kraft trat, ihm für die Beschäftigung von Illegalen empfindliche Strafen drohten, hatte er angefangen, Clinton mehr zu zahlen, um Razzien durch den INS zu verhindern. Er hielt die Kosten niedrig, indem er einige der Illegalen in Mietwohnungen seines Schwagers an der Westland Avenue unterbrachte. Canfield berechnete ihnen, was der Markt hergab, und bezahlte Hunneman eine Provision. Trotzdem meinte Hunneman, alles gerate außer Kontrolle. Er könne kaum noch einen Profit machen. Amerikanische Arbeiter verlangten ständig mehr. Gewerkschaften und außertarifliche Sonderleistungen. Sogar Krankenversicherung!

Hunnemans Anwalt versuchte, ihm an diesem Punkt den Mund zu stopfen, aber er fühlte sich vom Schicksal schlecht behandelt und wollte endlich seiner Empörung Luft machen.

Und Manuela, und die anderen Frauen, die so plötzlich verschwunden waren, nachdem sie angeblich ihre *green cards* bekommen hatten?

Nun, tobte er, er war nicht im Geschäft, um Fragen zu stellen. Ihm war es scheißegal. Das war doch nur ein Haufen verdammter Illegaler.

Ich hoffte, daß er für ziemlich lange Zeit ein Gefängnis von innen sehen würde, er und sein Schwager. Aber das reichte mir noch nicht. Wenn es so etwas wie eine Hölle gab, dann wünschte ich, daß beide eine endlose Schicht dort abzureißen hatten und Kissen in einem glühendheißen, ungelüfteten kleinen Kabuff nähen und füllen mußten.

Die Leute auf den Tribünen wurden lebendig, als Kristy einen phantastischen Wurf machte und meine Ersatzspielerin, eine Schwarze namens Nina, sofort mit einem harten Schmetterball dicht hinter das Netz ins gegnerische Feld nachzog. Der vierte Satz, acht beide. Ich feuerte sie an. Es war komisch, nur zuzusehen. Die Perspektive stimmte nicht.

«Ich bin im Kopf ganz durcheinander», flüsterte Paolina, lehnte sich gegen mich.

«Komm, reden wir drüber.»

«Jetzt nicht. Du willst doch zusehen.»

«Wir gehen spazieren. Ich will meinen Knöchel mal testen.»

Ich beugte mich zu einer Mannschaftskameradin hinüber und flüsterte ihr zu, wenn sich alle anderen ein Bein brachen, dann konnten sie mich auf den Korridoren im Erdgeschoß finden. Ich nahm Paolinas Hand, und wir gingen durch die große zweiflügelige Tür hinaus. Der Lärm des Spieles verebbte hinter uns.

«Was ist denn durcheinander in deinem Kopf?» fragte ich, nachdem wir eine Weile schweigend nebeneinander hergegangen waren. Der Eisbeutel schlug gegen meinen Knöchel.

«Tut dein Knöchel noch weh?»

«Nur wenn ich steppe.»

«Mam hat gesagt, ich sollte dir nichts von der Fabrik erzählen.»

«Macht dir das Kummer?»

«Ich habe Amalia deine Karte gegeben. Sie war auf der Toilette und hat geweint, und sie hat gesagt, keiner würde ihr helfen. Mir fiel ein, wie ich immer geweint habe, als ich noch ein kleines Mädchen war, und ich habe gesagt, vielleicht könntest du ihr helfen, so wie du mir immer geholfen hast.»

Als sie noch ein kleines Mädchen war. Wann hatte eine Zehnjährige aufgehört, ein kleines Mädchen zu sein?

«Ich wünschte, ich hätte ihr helfen können», sagte ich. «Sie hat mir nicht genug erzählt.»

Paolina sagte: «Sie hat geweint. Ich hasse es, wenn Erwachsene weinen.»

Wir waren in der Nähe einer Treppe, und ich ließ mich schwer auf die dritte Stufe von unten sinken. Ich beugte mich vor und untersuchte vorsichtig meinen geschwollenen Knöchel.

«Wenn sie die Wahrheit gesagt hätte», sagte Paolina zögernd, «hättest du ihr dann auch geholfen? Egal, wer sie war? Egal, ob sie illegal hier war und alles?»

«Ich hätte mein Bestes getan. Vielleicht hätte ich ihr nicht helfen können, aber versucht hätte ich's auf alle Fälle.»

«Was, wenn – was, wenn sie ein Geheimnis gehabt hätte, das zu schrecklich war, um es einem anderen zu erzählen?»

«Manchmal kommen sie einem gar nicht mehr so schlimm vor, wenn man seine Geheimnisse ausspricht», sagte ich.

Sie spielte an dem Drahtfisch, der um ihren Hals baumelte, ließ einen Finger über die schwarze Seidenkordel gleiten. «Mom hat mich belogen», sagte sie, «über meinen Dad.»

«Erzähl mal», murmelte ich, traute mich beinahe nicht zu sprechen, aus Angst, sie würde sich wieder vor mir verschließen.

Sie redete weiter, und ich atmete ein wenig leichter. «Ich wollte nur die Wahrheit sagen und keinem weh tun.»

«Das ist ganz schön schwierig», sagte ich. «Manchmal kann man nicht die Wahrheit sagen, ohne jemandem damit weh zu tun.»

«Ich dachte, wenn ich zu ... zu diesem Mann ginge, dann könnte er mir helfen, weil er doch für den INS arbeitet und so und weil du ihn doch mochtest. Ich dachte, er wäre okay.» Sie starrte auf den Boden. Ihre Finger spielten wieder mit dem Fisch.

«Du hast ihn an dem Abend gesehen, als du bei Roz in meinem Haus gewesen bist. Du hast seine Visitenkarte vom Tisch in der Diele genommen.»

«Du hast ihn geküßt», sagte sie vorwurfsvoll.

Das war jetzt nicht der richtige Augenblick, um eine Predigt über das Spionieren auf Treppenabsätzen zu halten. «Ich dachte auch, er wäre okay. Ich habe mich getäuscht.» Leise sagte ich: «Die Guten tragen keine weißen Hüte, und die Bösen keine schwarzen.»

«Aber wie soll man sie dann erkennen?» fragte sie.

Meine Mutter hat mir immer gesagt, ich dürfte keinem Menschen vertrauen. Sie hatte hundert verschiedene Arten, das zu sagen, ausgedrückt in den jiddischen Redewendungen ihrer eigenen Mutter. Es waren so viele, alle über die Nutzlosigkeit von Fremden. Der Spruch, der alle anderen zusammenfaßte, lautete: *A goy blayht a goy*. Ein Fremder bleibt ein Fremder. Ein Nichtjude ist immer ein Nichtjude.

Wenn man anderen Menschen vertraute, konnte es passieren, daß man am Ende mit einem Harry Clinton schlief.

Oder Paolina liebte.

Sie weinte nicht, aber es kostete sie eine gewaltige Anstrengung, es nicht zu tun, und ich wollte ihr sagen, daß sie sich gehenlassen sollte, daß sie für mich keine tapfere Fassade aufrechterhalten mußte.

«Wieso mußtest du mit dem Mann von der Einwanderungsbehörde reden?» fragte ich.

Sie holte tief Luft und fuhr mit zitternder Stimme fort: «Weil ich auch eine Illegale bin. Ich bin keine Amerikanerin.»

«Ach, Paolina.» Ich legte ihr meine Hand auf den Kopf. Ihr glänzendes Haar fühlte sich so weich an.

«Mein Dad ist nicht aus Puerto Rico. Er ist jemand, den ich nie kennengelernt habe. Ich habe nicht mal ein Bild von ihm. Ich hatte noch nie von ihm gehört, bis wir nach Bogotá gefahren sind.»

«Wie hast du es herausgefunden?» fragte ich. Ich wollte bis auf den Grund der Wunde gehen, damit sie sich alles vom Herzen redete. Aber meine Stimme blieb sanft und gelassen.

«Wir haben bei meiner Tante gewohnt», sagte sie, «meiner *tía* Rosa, aber an einem Abend sind wir in dieses große Haus gegangen, in dieses gewaltige Haus ganz oben auf einem Berg. Eine Frau in einer Uniform, wie eine Krankenschwester, kam zur Tür, als wir klingelten, und Mom sagte, ich sollte mit ihr gehen. Sie führte mich einen langen Flur runter, der von Kerzen beleuchtet wurde, in die Küche, und da haben wir dann Pfefferminztee getrunken und Plätzchen gegessen. Sie hat mir gesagt, wo das Klo war, aber ich habe mich verlaufen. Vielleicht habe ich die falsche Treppe genommen. Es war so ein großes Haus.»

«Erzähl weiter, Herzchen.»

«Ich bin immer weiter gegangen, habe mir alles angesehen. In einem Flur war ein großer blau-gelber Papagei auf einem Ständer, und ich habe mit ihm geredet, aber er hat mir nicht geantwortet. Ich habe immer gedacht, ich würde die Küche schon wiederfinden, und dann war ich auf einmal auf diesem Balkon, in einem winzigen Zimmer, das auf ein anderes Zimmer hinausführte, ein Zimmer mit fast so vielen Büchern wie in einer Bibliothek. Und ich habe meine Mom sprechen gehört. Ich hätte zu ihr runterrufen sollen. Hab ich aber nicht getan. Hab zugehört.

Sie hat mit diesem alten Mann geredet. Er hatte ganz weiße Haare, und er war ganz in Schwarz. Sie hat ihn meinen Großvater genannt, aber er war nicht ihr Dad, weil ich nämlich schon Bilder von Moms Dad in den Fotoalben gesehen habe. Und ich konnte das einfach nicht verstehen, also bin ich geblieben und habe alles mitgehört, was sie gesagt haben.

Sie haben sich fürchterlich gestritten. Mom wollte Geld. Sie hat gesagt, er würde es mir schulden. Und er hat sie beschimpft und gesagt, vielleicht wäre ich ja gar nicht seine Enkelin. Und selbst wenn ich es wäre, er würde seinen Sohn hassen und er würde ihr kein Geld geben. Und später hatte ich Mom dann Fragen über diesen alten Mann gestellt und ob er Kinder hätte, weil ich dachte, mein richtiger Vater wäre vielleicht tot oder so.»

«Ist er tot?» fragte ich.

«Ich wünschte, er wär's. Ich wünschte, ich hätte nie von ihm gehört.»

Aus der Turnhalle drang gedämpfter Jubel zu uns heraus, aber das Geräusch stand für mich in keinem Zusammenhang zu Volleyball. Ich fragte mich nicht mal, wer den vierten Satz gewonnen hatte.

Paolina sagte: «Ich habe so getan, als wäre ich wie du, wie ein Detektiv. Ich habe meine Cousinen und andere Leute da unten ausgefragt.»

«Und was hast du herausgefunden?» wollte ich wissen.

Sie biß sich auf die Lippe und zupfte an ihrer Kette. Dann sagte sie: «Mein Vater, mein richtiger Vater, heißt Carlos Roldan Gonzales. Er ist einer von den Typen, über die man in den Zeitungen liest, so einer mit Drogen. Früher war er einfach nur ein Kommunist oder so, aber heute dealt er mit Drogen, und die Polizei und die Armee jagen ihn die ganze Zeit, und jeder will ihn umbringen. Jeder haßt ihn, und so was ist mein Vater.

Mom hat's mir nicht erzählt. Sie tut so, als wäre Dad mein Vater, und dabei ist er's gar nicht. Ich glaube nicht, daß er mich adoptiert hat oder so. Ich bin noch nicht mal Amerikanerin. Ich bin wie die Frauen in der Fabrik. Ich weiß nicht, wer ich bin.»

Ihre Schultern bebten, und die Tränen kamen. Zuerst versuchte sie noch, sie zu unterdrücken, schniefte sie zurück, dann gab sie auf und weinte wie das kleine Kind, das sie war, hemmungslos und voller Kummer.

«Paolina, Herzchen, hör mir zu.» Ich wartete, bis sie mir in die Augen schaute. Ich hätte ihr ein Taschentuch geben sollen. Ich habe nie Taschentücher dabei, wenn ich sie brauche. «Du bist dieselbe wie immer.»

«Nein, bin ich nicht. Ich bin nicht dieselbe. Denk doch mal an die Schule. Werden es alle wissen müssen? Werde ich abgeschoben? Werde ich bei meinem Vater leben müssen? Ich dachte, dieser Mann würde es wissen, weil er doch bei der Einwanderungsbehörde arbeitet, aber dem war alles egal, außer daß ich ihn in der Fabrik gesehen hatte.»

«Du wirst nicht weggehen. Du wirst nicht abgeschoben.»

«Warum nicht? Wieso nicht?»

«Wir werden drüber nachdenken und herausfinden, was wirklich die Wahrheit ist und was nicht. Es gibt eine ganze Menge Sachen, die wir unternehmen können, wenn wir erst mal die Wahrheit kennen.»

«Aber ...»

«Hör zu, als einziges zählt, daß du weißt, wer du bist. Du spielst Schlagzeug in der Band. Du bist meine kleine Schwester. Du bist nicht deine Mutter, und du bist nicht dein Vater.»

«Aber ich bin wie meine Mutter. Lilia sagt, ich sehe genauso aus wie meine Mutter.»

«Und deshalb denkst du, du müßtest auch wie dein Vater sein?»

«Hm, ja, aber ich will nicht schlecht sein.»

«Ach, Paolina.» Ich starrte auf den Boden und die Decke und die Wände und versuchte die richtigen Worte zu finden. Ich berührte den winzigen Goldfisch an der schwarzen Seidenkordel.

«Nimm mal den Fisch», sagte ich langsam. «Wie ich gedacht habe, es wäre ein kleines Strichmännchen, und du hast mir gesagt, es wäre ein Fisch. Tja, für manche Leute ist es mehr als ein Fisch. Es ist ein Symbol, ein christliches Symbol, ein sehr altes. Aber es ist etwas noch viel Einfacheres. Es ist ein Stück Golddraht, das zu einer Form gebogen worden ist. Ob ich es jetzt für einen Fisch halte oder ob ich meine, es wäre ein Strichmännchen, es ist und bleibt doch ein Stück Golddraht.

Ich versuche, dir damit zu sagen, du bist du, ob du nun glaubst, du wärst jemand anders oder nicht. Nichts hat sich geändert, seit du zufällig diese Unterhaltung mitgehört hast, außer daß du jetzt anders über dich denkst. Du hast gedacht, du wärest ein Goldfisch, weil der eine Mann dein

Vater gewesen ist. Jetzt denkst du, du wärst ein Strichmännchen, weil jemand anders dein Vater ist. Aber das, woraus du gemacht bist, das hat sich nicht verändert.»

Danach schien die Schwellung und der Schmerz in meinem Knöchel nachzulassen. Ich spielte acht Minuten im fünften und letzten Satz. Ich schaute immer wieder zu Paolina hinüber, die auf der Bank saß, auf mich wartete. Auf ihrem Gesicht lag der leichteste Anflug von einem Lächeln. Wir verloren den Satz 15 : 12. Es kam mir vor wie ein Sieg.